30
ANOS

AS AREIAS DO IMPERADOR
UMA TRILOGIA MOÇAMBICANA
LIVRO II

Obras do autor na Companhia das Letras

Antes de nascer o mundo
Cada homem é uma raça
A confissão da leoa
Contos do nascer da Terra
E se Obama fosse africano?
Estórias abensonhadas
O fio das missangas
O gato e o escuro
A menina sem palavra
Mulheres de cinzas
Na berma de nenhuma estrada
O outro pé da sereia
Poemas escolhidos
Um rio chamado tempo, uma casa chamada terra
Sombras da água
Terra sonâmbula
O último voo do flamingo
A varanda do frangipani
Venenos de Deus, remédios do diabo
Vozes anoitecidas

MIA COUTO

Sombras da água

COMPANHIA DAS LETRAS

A editora manteve a grafia vigente em Moçambique, observando as regras do Acordo Ortográfico da Língua Portuguesa de 1990.

A revisão para as línguas indígenas de Moçambique foi feita por Afonso Silva Dambile.

Capa
Alceu Chiesorin Nunes

Ilustração de capa
Marcelo Cipis

Mapa
Sônia Vaz

Preparação
Adriane Piscitelli

Revisão
Ana Maria Barbosa
Viviane T. Mendes

Dados Internacionais de Catalogação na Publicação (CIP)
(Câmara Brasileira do Livro, SP, Brasil)

Couto, Mia
    Sombras da água: as areias do imperador: uma trilogia moçambicana, livro 2 / Mia Couto — 1ª ed — São Paulo : Companhia das Letras, 2016.

    ISBN 978-85-359-2804-4

    1. Ficção moçambicana (Português) I. Título. II. Série.

16-06986   CDD-869.3

Índice para catálogo sistemático:
1. Ficção : Literatura moçambicana em português   869.3

[2016]
Todos os direitos desta edição reservados à
EDITORA SCHWARCZ S.A.
Rua Bandeira Paulista, 702, cj. 32
04532-002 — São Paulo — SP
Telefone: (11) 3707-3500
Fax: (11) 3707-3501
www.companhiadasletras.com.br
www.blogdacompanhia.com.br
facebook.com/companhiadasletras
instagram.com/companhiadasletras
twitter.com/cialetras

Sumário

Resumo do livro I 9
O imperador 11

1. Águas sombrias 13
2. Primeira carta do tenente Ayres de Ornelas......... 25
3. Uma igreja por baixo de outra igreja 31
4. Primeira carta do sargento Germano de Melo...... 43
5. Deuses que dançam 49
6. Segunda carta do tenente Ayres de Ornelas......... 57
7. Os luminosos frutos da árvore noturna 67
8. Terceira carta do tenente Ayres de Ornelas.......... 75
9. Uma idade sem tempo 79
10. Segunda carta do sargento Germano de Melo.... 89
11. O roubo da palavra de metal 97
12. Terceira carta do sargento Germano de Melo..... 105
13. Entre balas e setas... 115
14. Quarta carta do tenente Ayres de Ornelas.......... 123
15. Mulheres-homens, maridos-esposas................. 129
16. Quinta carta do tenente Ayres de Ornelas......... 135
17. Quarta carta do sargento Germano de Melo...... 139
18. Uma missa sem verbo 147
19. Quinta carta do sargento Germano de Melo...... 159
20. As sombras errantes de Santiago da Mata 167

21. Sexta carta do sargento Germano de Melo 177

22. Um gafanhoto degolado 187

23. Sétima carta do sargento Germano de Melo 195

24. Uma lágrima, duas tristezas 199

25. Oitava carta do sargento Germano de Melo 205

26. Uma líquida sepultura 213

27. Nona carta do sargento Germano de Melo 221

28. O divino desencontro 231

29. Décima carta do sargento Germano de Melo 237

30. Sexta carta do tenente Ayres de Ornelas 245

31. Um hospital num mundo doente 249

32. Sétima carta do tenente Ayres de Ornelas 259

33. Maleitas imperiais 265

34. Décima primeira carta do sargento
Germano de Melo 275

35. O abutre e as andorinhas 283

36. Décima segunda carta do sargento
Germano de Melo 291

37. A noiva adiada 299

38. Oitava carta do tenente Ayres de Ornelas 309

39. Um telhado ruindo sobre o mundo 319

40. Décima terceira carta do sargento
Germano de Melo 327

41. Quatro mulheres face ao fim do mundo 335

42. Décima quarta carta do sargento
Germano de Melo 343

43. Tudo o que cabe num ventre 355

44. Décima quinta carta do sargento
Germano de Melo 365

45. O rio derradeiro 373

"Vai-te embora, seu abutre, que dizimavas as nossas galinhas", *dizia o povo enquanto Gungunhana era aprisionado pelas tropas portuguesas.*

Raul Bernardo Manuel Honwana citado por Adelino Timóteo em *Canal de Moçambique.*

Principais combates travados pelas forças portuguesas no Sul de Moçambique (1895-1897)

Resumo do livro I

A maior parte do sul da colónia portuguesa de Moçambique está, no final do século XIX, ocupada pelo Estado de Gaza. Em 1895, o governo colonial português lança uma ofensiva militar para afirmar o seu domínio absoluto na colónia então disputada por outras nações europeias. O rei do Estado de Gaza, nessa altura, é Ngungunyane (que os portugueses conhecem como Gungunhana).

Nesse contexto de guerra, o jovem sargento português Germano de Melo é enviado para ocupar um posto militar numa aldeia chamada Nkokolani, localizada no território da etnia Vatxopi (que os portugueses conhecem como txopes). Os Vatxopi são um povo ocupado e massacrado pelo domínio dos Vanguni e que estabeleceram, por essa razão, uma aliança de cooperação militar com as autoridades portuguesas.

No posto de Nkokolani, Germano apaixona-se por Imani, uma jovem Vatxopi educada pelos portugueses numa missão católica dirigida pelo sacerdote de origem goesa, Rudolfo Fernandes.

A guerra precipita uma série de eventos dramáticos na família de Imani; em poucos meses o irmão Dubula é morto, e a mãe enforca-se na árvore sagrada do seu quintal. Sobrevivem o pai Katini Nsambe, que é músico, e Mwanatu, um rapaz com problemas mentais a quem, por compaixão, Germano atribui a guarda do seu posto militar.

Para vencer a solidão, o sargento Germano escreve uma série de cartas para o tenente Ayres de Ornelas. Uma amiga do sargento, a italiana Bianca Vanzini Marini, vem visitar Nkokolani. Dias depois um disparo atinge as mãos de Germano, que se defendia de uma turba marchando sobre o quartel, à frente da qual se encontrava Mwanatu, o débil irmão de Imani. Imani, numa situação extrema, usa a arma para defender o irmão. O pai Katini, Imani, Bianca e Mwanatu transportam de urgência o sargento ferido para a margem do rio Inharrime, onde se localiza o único hospital da região que pode salvar o português.

O imperador

Levaram-no para além do mar,
onde os corpos se igualam aos corais.
Assim se esqueceu
dos ossos que lhe pesavam.

Não pisou na praia
quando partiu.

Uma onda o devolverá, disseram.
Estremeceram uns, desamparados.
Outros suspiraram, aliviados.

Puseram-lhe sal no nome
para que cuspíssemos na sua memória.

Mas a saliva
ficou presa na garganta.

Naquele exilado
afastávamo-nos
de quem éramos.

Aquele morto
éramos nós.

E sem ele
nasceríamos
menos sós.

1

Águas sombrias

*Não direi
que o silêncio me sufoca e amordaça.
Calado estou, calado ficarei
pois que a língua que falo é de outra raça.*

José Saramago, Poema de boca fechada

Tudo começa sempre com um adeus. Esta história principia por um desfecho: o da minha adolescência. Aos quinze anos, numa pequena canoa, eu deixava para trás a minha aldeia e o meu passado. Algo, porém, me dizia que, mais à frente, iria reencontrar antigas amarguras. A canoa afastava-me de Nkokolani, mas trazia para mais perto os meus mortos.

Há dois dias que tínhamos saído de Nkokolani subindo até à nascente do rio em direção a Mandhlakazi, terra que os portugueses chamavam de Manjacaze. Viajávamos com o meu irmão Mwanatu à frente e o meu velho pai na popa. Na canoa seguiam, além dos meus familiares, o sargento Germano de Melo e a sua amiga italiana Bianca Vanzini.

Sem pausa, os remos golpeavam o rio. E tinha que ser assim: conduzíamos Germano de Melo ao único hospital em toda a região de Gaza. O sargento vira as mãos despedaçadas num acidente de que eu fora responsável. Disparara sobre ele para salvar Mwanatu que caminhava à frente de uma multidão prestes a assaltar o quartel defendido pelo solitário Germano.

Era imperioso apressarmo-nos para Mandhlakazi, onde trabalhava o único médico em toda a nossa nação: o missionário Georges Liengme. Os protestantes suíços escolheram com critério um local para erguer o hospital: junto da corte do imperador Ngungunyane e longe das autoridades portuguesas.

O remorso pesou sobre mim durante toda a viagem. O tiro desfizera uma boa parte das mãos do português, aquelas mesmas mãos que eu, tantas vezes, ajudara a renascer dos delírios que o afligiam. Os másculos dedos com que tanto sonhara tinham-se evaporado.

Durante todo o caminho mantive os pés submersos no fundo encharcado da canoa, onde a água havia-se tingido de vermelho. Diz-se que morremos por perder sangue. É o inverso. Morremos afogados nele.

O nosso barco progredia com o vagaroso silêncio de um indolente crocodilo. As águas do Inharrime estavam tão imóveis que, por um momento, pareceu-me que não era a canoa, mas o próprio rio que flutuava. A esteira prateada que íamos deixando para trás serpenteava como um risco de água por entre as terras dos Vatxopi. Debrucei-me a espreitar os irrequietos reflexos sobre a areia do leito, incansáveis borboletas de luz.

— *São as sombras da água* — disse o meu pai, pousando o remo sobre os ombros.

Repousava os braços nessa improvisada trave. O meu irmão Mwanatu mergulhou as mãos na água e, enrolando a língua, proferiu uma mistela de sons que traduzi assim:

— *Diz o mano que este rio se chama Nyadhimi. Os portugueses é que lhe mudaram o nome.*

O meu pai, Katini Nsambe, sorriu condescendente. Tinha outro entendimento. Os portugueses estavam, dizia ele, civilizando a nossa língua. Para além disso, não se podia pedir pureza a quem batiza as águas. Pois mesmo nós, os Vatxopi, vamos mudando de nome ao longo da vida. Sucedera comigo quando transitei de Layeluane para Imani. Para não falar do meu irmão Mwanatu, sobre o qual derramaram águas sagradas para o lavar dos seus três nomes anteriores. Três vezes o batizaram: na primeira nascença, com o "nome dos ossos", que o ligava aos antepassados; com o "nome da circuncisão", quando o sujeitaram aos ritos de iniciação; e com o "nome dos brancos", conferido à entrada da escola.

E voltou o meu pai ao assunto: tratando-se de um caudal de água, por que motivo nos custava tanto aceitar a vontade dos portugueses? Para o rio Inharrime, concluiu, haviam inventado dois nomes porque duas águas corriam num mesmo leito. Revezam-se, por turnos, consoante as luzes: um rio diurno; outro noturno. E nunca fluíam juntos.

— *Foi sempre assim, cada um na sua vez. Agora, por causa da guerra, é que as águas se confundem.*

No local onde confluem o Inharrime e o Nhamuende existe uma pequena ilha coberta de árvores e rochedos. Ali fizemos paragem. Meu pai deu ordem para que abandonássemos o barco. Não esperei que a canoa tocasse a margem. Mergulhei nas águas tépidas, deixei que o rio me abraçasse e a corrente me arrastasse. Regressaram-me as palavras de Chikazi Makwakwa, minha falecida mãe:

— *Dentro de água sou ave.*

Diz-se dos mortos que são sepultados. Mas ninguém nunca lhes enterra a voz. Vivas se guardavam as palavras da minha mãe. Há poucos meses ela se tinha lançado de uma árvore, usando mais nada senão o próprio peso para se suicidar. Ficou pendendo de uma corda, baloiçando como um perpétuo coração noturno.

A ilha onde nos detivemos servia não apenas de paragem mas também de refúgio. À nossa volta a guerra fazia o mundo arder. Amparado na sua amiga italiana, Bianca, o português pediu um lugar à sombra. Disseram-lhe, delicadamente, que o sol há muito se tinha escondido. Andou uns passos e tombou sobre os joelhos.

— *Foi ela que me matou!* — gritou, apontando para mim. — *Foi ela, essa puta.*

Poupasse forças, recomendaram-lhe. A italiana deu-lhe de beber e, com uma mão cheia de água, refrescou-lhe o rosto. Para minha surpresa, Bianca assumiu a minha defesa. Convictamente, argumentou: o malfadado projétil não tinha sido disparado por mim, mas pelos negros que assaltaram o quartel. O português manteve a acusação, inabalável: era eu a autora do crime, ele estava mesmo à minha frente. E a italiana ripostou: era verdade que eu havia disparado, mas o alvo tinha sido outro. E acrescentou: não fosse aquele tiro e o sargento já não constaria do mundo dos vivos, massacrado pela multidão em fúria.

— *Imani salvou-te. Deves estar-lhe grato.*

— *Melhor fora que me tivessem dado um segundo tiro, mais certeiro.*

E logo a fala se lhe entaramelou, a febre tomando conta da sua alma. Bianca ajudou a que ele se deitasse. Fez-me, depois, um sinal para que eu tomasse o seu lugar. Hesitei. Escutei a súplica, quase exangue, de Germano:

— *Venha, Imani. Venha aqui.*

Contrariada, obedeci enquanto Bianca se afastava. A ruidosa respiração do português calava o rumor do rio. Da minha sacola retirei um velho caderno que depositei no chão como almofada. Há muito que o sargento dispensava travesseiro. Podia ser a sua velha e esfarelada Bíblia, podiam ser folhas arrancadas do caderno que usava para escrever. A verdade é que apenas um papel lhe acomodava o sono.

Dessa feita, porém, rejeitou a improvisada almofada. Olhou-me com estranheza e resmungou, reclamando que não me queria perto. Quando fazia menção de me retirar, sacudiu violentamente os pés como fazem as crianças contrariadas. *Fica comigo*, pediu. De novo acatei. E o homem apoiou a cabeça sobre as minhas pernas.

Imóvel, quase sem respirar, deixei que me contemplasse. Adivinhava os seus olhos febris pousando no meu peito, no pescoço, nos lábios. Até que balbuciou algo quase ininteligível:

— *Dá-me um beijo, Imani. Dá-me um beijo que eu quero morrer. Morrer na tua boca.*

Durante anos fora assim: em plena estiagem o meu avô semeava grãos de milho, em grupos de três, no solo ressequido e morto. A avó chamava-o à razão como se razão pudesse haver numa vida que é mais árida que o deserto. E o marido respondia:

— *É a chuva que estou a semear.*

Exímio tocador de marimba, o meu pai nunca se afeiçoou aos lavores agrícolas. Agora, na pequena ilha em que repousávamos, os seus dedos faziam o que sempre fizeram: tamborilavam a areia como se em tudo visse sonantes teclas. Mas era uma música feita apenas de silêncio, uma desesperada mensagem para alguém que, na margem do rio, soubesse escutar o chão.

Mas já ninguém escutava a terra: em toda a região, soldados de Portugal e de Ngungunyane preparavam-se para o embate final. Não era a vitória o que mais os motivava. Era o que se seguiria. O mágico desaparecimento dos que antes foram os inimigos, a retificação de um erro na obra divina. O meu avô plantava impossíveis sementes. O meu pai embalava com os dedos o sono dos que na terra dormem.

Essa era a triste ironia do nosso tempo: enquanto em desespero procurávamos salvar um soldado branco, a poucos quilómetros dali se instalara um matadouro para milhares de seres humanos. No cruzar desses cegos rancores, nós, os Vatxopi, éramos os mais vulneráveis. Ngungunyane tinha jurado exterminar os da nossa raça como se fôssemos bichos que Deus se arrependera de ter criado. Estávamos entregues à proteção dos portugueses, mas esse amparo estava sujeito a temporários acordos entre Portugal e os Vanguni.

O sargento Germano de Melo era uma dessas criaturas que viera do outro lado do mundo para me proteger. Em menina eu acreditava que os anjos eram brancos e de olhos azuis. Aquela aguada coloração era para nós um sinal de que eram cegos. Recém-chegado à África, o padre Rudolfo era contido quando me respondia sobre o que sabia das criaturas celestiais.

— *Não conheço os anjos do lado de cá. Garantem que têm asas, mas só diz isso quem nunca os viu...*

De uma coisa eu estava segura: o meu anjo seria branco e de olhos azuis. Como esse sargento que, anos depois, se apoiava no meu colo. Os panos em redor dos braços eram as suas asas rasgadas. Esse era um mensageiro noturno. Apenas no escuro se lembrava da mensagem de que era portador. Esse recado divino dormia agora entre os seus lábios. Obedeci à sua súplica. E debrucei-me sobre a sua boca.

Mais desperto e menos queixoso, Germano saiu do entorpecimento para segredar ao meu ouvido:

— *Rasga as folhas do caderno e espalha-as à nossa volta. Vamos fazer uma cama.*

Lentamente, estraçalhei umas tantas páginas e, quando me preparava para as espalhar sobre o solo, suspendi o gesto, hesitante:

— *E onde vai escrever as cartas para os seus superiores?*

— *Não tenho nenhum superior. Sou o último soldado de um exército que nunca existiu.*

Era tudo uma invenção, a começar pelo quartel de Nkokolani. Até o meu irmão Mwanatu, com a sua farda falsa e a sua imitação de espingarda, era um militar mais real do que ele.

— *Acho que se esqueceram de si* — tentei, como um consolo.

— *Há muito que recebi ordens para regressar a Lourenço Marques.*

— *E por que não foi?*

— *Não estou em África porque se esqueceram de mim* — disse Germano. — *Estou aqui porque me esqueci deles.*

— *Não entendo.*

— *Estou aqui por tua causa.*

Senti passos no capim. Procuravam por mim. E escutei meu pai a dispersar os seus companheiros:

— *Imani está a tratar do português, deixemo-los tranquilos.*

Vozes e risos foram-se afastando, esbatendo-se no escuro.

Voltámos, enfim, ao barco onde éramos esperados. Fui repreendida pelo longo e ruidoso suspiro de Bianca. E partimos rumo a Sana Benene. Esse lugar, na margem do Inharrime, não era exatamente um povoado. Com o advento da guerra, dezenas de refugiados se instalaram ao redor da igreja que os portugueses há muito ali haviam edificado.

Na primeira curva do rio, um enorme susto por pouco não arruinou a nossa viagem. Em direção oposta, deslizando a favor da corrente, surgiu um monstro imenso e brilhante. A colossal criatura sulcava as águas, silenciosa e flamejante como um pedaço de sol. Lentamente se aproximou como um metálico crocodilo ocupando-nos, primeiro, os olhos e, depois, a alma.

— *É o nwamulambu!* — segredou, aterrorizado, o

nosso pai. — *Ninguém fale, ninguém olhe de frente para ele.*

Aquela mítica criatura das águas não podia ser enfrentada sob o risco de nos secarem os olhos e definhar o cérebro. Aquele deus dos rios que convoca os sismos e traz a chuva não podia ser perturbado. O meu irmão benzeu-se, o meu pai foi remando com mil cuidados, evitando o mínimo ruído. E pensei: os rios já foram nossos irmãos, costurando uma líquida teia que nos protegia. Agora aliaram-se aos nossos inimigos. E tornaram-se serpentes de água, tortuosos caminhos por onde viajavam anjos e demónios.

Aquele assombrado encontro foi breve. Dentro de mim, porém, perdurou uma premonição funesta. Felizmente ninguém poderia notar a nossa presença: a canoa passava desapercebida. O sargento viajava deitado na embarcação, a branca Bianca dormia oculta sob uma capulana. Visíveis, apenas nós, os três negros. Tranquilizei-me: para todos os efeitos éramos uma canoa de pescadores locais. Nada podia despertar suspeita, nada podia desarrumar os espíritos do rio.

Quando reabri os olhos, o *nwamulambu* tinha-se esbatido na neblina e voltámos a respirar. Bianca despertou a tempo de ainda o descortinar à distância. Ainda espreitou a ver se na amurada da estranha criatura fluvial se vislumbrava o carismático Mouzinho de Albuquerque. Mas a embarcação dobrava a curva do rio e a italiana soltou uma gargalhada:

— *Um monstro, aquilo? Aquilo é um blocausse.*

O que tanto nos assustara não passava de uma dessas jangadas fortificadas que os portugueses usavam para sulcar os rios do Sul. Foi o que Bianca explicou. Essa construção apresentava-se assim brilhante porque era feita de chapas de zinco que assentavam sobre uma estrutura de madeira. Ali se protegiam os soldados brancos, evitando as emboscadas dos negros revoltosos. Ocultos na vegetação das margens, os guerreiros africanos alvejavam as lanchas. A espessa floresta era um território impenetrável para os portugueses. Apenas a gente local conhecia os atalhos no meio do lodo e das grandes raízes que, como uma construção às avessas, emergiam dos troncos. Esses caminhos abriam-se por vontade dos deuses e voltavam a fechar-se depois de cada emboscada.

Mais do que sulcar a superfície da água, a canoa foi rasgando um silêncio espesso. E apenas se escutavam, ao redor do sargento, as moscas, essas antecipadas carpideiras.

Foi então que vislumbrámos na margem um homem esbracejando. O pai hesitou em parar. Podia ser uma armadilha, naqueles tempos não se podia confiar em ninguém. O intruso continuou brandindo um envelope na mão enquanto gritava pelo nome do sargento Germano. Quando o abordámos, identificou-se: era um mensageiro e vinha do quartel de Chicomo. E trazia aquele envelope para entregar a Germano de Melo.

2

Primeira carta do tenente Ayres de Ornelas

Estar de arma — sem gatilho — ao ombro, sobre os
muros de uma fortaleza arruinada, com uma alfândega
e um palácio onde vegetam maus empregados mal pagos,
a assistir de braços cruzados ao comércio que os estranhos
fazem e nós não podemos fazer; a esperar todos os dias os
ataques dos negros, e a ouvir a todas as horas o escárnio
e o desdém com que falam de nós todos os que viajam na
África, não vale, sinceramente, a pena.

Oliveira Martins, *O Brasil e as colónias portuguesas*, 1880.

Quartel de Chicomo, 9 de julho de 1895

Caro sargento
Germano de Melo,

Não estranhe, meu caro sargento: quem lhe escreve é o tenente Ayres de Ornelas, cumprindo o dever de, ainda que sem a assiduidade devida, corresponder às suas frequentes missivas. Soube que o feriram com gravidade num atentado ao posto militar de Nkokolani. Também me informaram da sua evacuação para a igreja de Sana Benene, de onde se supõe que seja transferido para o hospital do suíço Georges Liengme. Deve saber que esse Liengme, que é mais médico que missionário, é um personagem pelo qual nutrimos a maior das antipatias.

Esse médico, que supostamente tomará conta dos seus ferimentos, tem incitado os indígenas à revolta e há muito que deveria ter sido expulso da África portuguesa.

Não se esqueça, sargento: em Sana Benene você está nas mãos de cafres que se apresentam como nossos amigos. Mas você é um soldado português. Deveria ter sido evacuado para o quartel de Chicomo, onde dispomos de um médico e de uma enfermaria. Outro superior seu já o teria mandado castigar. Fecho os olhos, mas apenas por agora. O sargento saberá dar acerto ao seu destino assim que estiver na inteira posse das suas faculdades. Instruí o portador desta carta para que fizesse o percurso inverso do seu, isto é, que caminhasse da nascente para a foz do Inharrime. Assim terei a certeza de que esta mensagem lhe será entregue sem atraso nem intermediários.

Nestas breves linhas quero, mais que tudo, fazer-lhe uma promessa: vou providenciar para que o nosso sargento regresse à pátria o mais urgentemente possível! Você merece esse favor — tal como eu mereço constar dos mais altos postos da hierarquia militar. Fadado estou para esses lugares cimeiros e apenas uma triste conspiração me tem afastado dessa vocação de liderança. Outros foram promovidos, como o Paiva Couceiro e o Freire de Andrade, a pretexto de serem veteranos de África. Para António Enes sou um novato na condução da guerra. Portugal vive a humilhação do Ultimato, a nossa governação atravessa um mar de escândalos políticos e financeiros e um sufocante quotidiano pesa sobre o nosso povo. O que quer dizer tudo isso? Quer dizer que Portugal precisa de heróis. Não percebo por que não se dá essa possibilidade a quem tanto talento já demonstrou na sua curta mas intensa carreira militar.

Como lhe disse, assim que for promovido tratarei de imediato da sua transferência para Portugal. Mas já o aviso: terá que viajar sozinho. Essa mulher negra que tanto enaltece nas suas cartas terá que ficar em Moçambique. Vezes sem conta me pergunto que atributos verá o sargento nessa cafre? Mas isso é um nota à margem, um desabafo sem consequência. Pode estar tranquilo de que não abandonaremos essa mulher: com o conhecimento que ela tem da nossa língua, poderá ser-nos muito útil para nós. Terminadas as campanhas de pacificação, dar--lhe-emos abrigo no nosso aquartelamento em Nkokolani. Nesse estabelecimento a moça seguramente sentirá menos saudades suas. Porque aquele edifício — metade cantina, metade quartel — é um pouco daquilo que todos somos: um híbrido entre patos e pavões. Mas aquela construção também é como um desses padrões que os navegantes implantavam nas praias africanas onde chegavam: uma prova de civilização num continente onde reinam as trevas.

Quero, por fim, dizer-lhe quão feliz me encontro por trocar correspondência consigo, meu caro sargento. Este bem-aventurado encontro é resultado de uma ironia do destino: as suas cartas eram inicialmente destinadas ao conselheiro José d'Almeida. Ora esse nosso conselheiro é completamente avesso a cartas e telegramas. No alto dos seus dois metros, Almeida encolhe os ombros, estreita os olhos claros que contrastam com a barba escura e proclama: *não leio nada!* E assim se justifica: *ninguém me pode surpreender. De Lourenço Marques só me enviam admoestações; do interior, apenas chegam maçadas.*

Por esse motivo, fiquei com a incumbência de dar resposta às missivas que a ele são dirigidas, incluindo a correspondência com o Comissário Régio que, até ao momento, acredita ser o conselheiro Almeida quem responde às suas solicitações. E foi assim que, por acidente, tomei contacto com as suas cartas tão cheias de uma sensibilidade que, desculpe a crueza do meu comentário, não se espera de um sargento de uma terra de província. Aos poucos, fui descobrindo em si alguém com quem podia partilhar o desalento de me ver tão apartado da minha terra e tão longe da minha querida mãe. A nossa correspondência não é um engano. É um encontro predestinado de duas almas gémeas. E foi também assim que fui conhecendo os seus companheiros de viagem: a sua apaixonada Imani, com a sua alma tão portuguesa; o pai da moça, o tal Katini Nsambe, um músico tão fiel à nossa bandeira; o irmão de Imani, tão pouco dotado pela natureza mas ainda assim tão dedicado à presença lusitana; e, por fim, essa curiosa italiana, Bianca Vanzini, que, longe da ética e dos católicos costumes, tão doces serviços tem prestado às nossas tropas. Toda essa gente já me faz companhia neste árido sertão africano.

É verdade que profundas diferenças nos separam. Com os meus vinte e nove anos, sou um monárquico convicto. Você é uma meia dúzia de anos mais novo e foi deportado para Moçambique por causa das suas convicções republicanas. Curiosos desencontros: em África estamos na mesma trincheira; em Portugal estamos em opostas barricadas. Confesso-lhe, meu caro: se a República vencer, demito-me do Exército e não mais viverei em Portugal. Você foi exilado pela monarquia. Eu serei a monarquia no exílio.

Aprendi, contudo, que a política não pode ser o diapasão para fazer e desfazer amizades. Tenho nas fileiras do meu partido pessoas de que muito me envergonho. E conheci nas hostes dos adversários gente que muito me fez crescer. As fronteiras entre os seres humanos são outras. Não sei quais, mas seguramente são outras. A verdade é que nós dois, à custa de grandes equívocos e de pequenas falsidades, vencemos essas fronteiras. A nossa correspondência celebra essa superação de diferenças. Numa terra atravessada por grandes rios, cada carta é uma canoa atravessando distâncias. Se eu fosse poeta, diria: com a palavra, a margem se torna miragem. Infelizmente, todos esses achados me soam a presunção e me fazem parecer ridículo.

P.S.: Cá o espero em Chicomo logo que lhe seja possível. Não desperdice qualquer oportunidade que lhe surja para regressar àquilo que é a sua natureza, o seu destino. Sinto no ar que alguma coisa de definitivo se passará em breve e seria bom tê-lo aqui comigo. Estará certamente em melhor companhia do que com esse pérfido suíço.

3

Uma igreja por baixo de outra igreja

Não viajes: porque nunca voltarás. Regressam apenas os que já foram felizes.

Provérbio de Sana Benene

Não são apenas terras que os rios atravessam. Este rio por onde viajávamos cruzava territórios de fogo, lavrados pela fome e pelo sangue. Mas havia uma outra distância que a nossa canoa ia vencendo: navegando por entre as espessas florestas a guerra parecia-nos alheia e longínqua.

Até que chegámos, enfim, a uma enseada onde a corrente se amansava. Estávamos em Sana Benene. Junto à margem erguia-se uma velha igreja cujas paredes, à luz do meio-dia, pareciam feitas de água. Caminhando pesadamente dentro de água, Mwanatu empurrou a embarcação em direção a uma plataforma de madeira.

Junto à orla alinhavam-se estacas de madeira, do topo das quais pendiam redes de pesca. A canoa deteve-se, por fim, e o casco rangeu de encontro às tábuas do putrefacto cais. O meu pai sorriu: não era um ruído; era um começo de música. Acariciou uma das pranchas do embarcadouro com o mesmo jeito sonhador com que afagava as tábuas da sua marimba.

— *Está a ouvir as tábuas gemendo, Imani? É a árvore chamando as filhas.*

Apoiado na sua amiga italiana, o sargento Germano de Melo apressou-se a sair da embarcação. Deambulou em terra firme, entontecido: o rio tinha-lhe entrado nos olhos. Espreitou desanimado o atalho que levava ao pequeno casario. Abraçada por raízes e troncos, a igreja parecia ter nascido antes do próprio rio.

— *É aqui o hospital?* — perguntou o português com voz sumida.

Estávamos ainda bem longe do hospital de Georges Liengme, em Mandhlakazi. Iríamos pernoitar nas dependências da igreja para, de madrugada, nos encaminharmos para o nosso destino final.

O debilitado sargento arrastou-se pelo carreiro com Mwanatu amparando-o pelas costas. No meio da colina se espalhavam os restos do que havia sido a escadaria da igreja. A chuva e o tempo rasgaram os degraus do edifício. As lajes de pedra pareciam regressar ao chão de onde haviam sido arrancadas.

À entrada da igreja batemos palmas como manda o respeito. Nós não batemos nas portas como fazem os brancos. A porta é já dentro, a casa começa no limite do quintal.

O padre Rudolfo Fernandes não tardou a emergir da penumbra. Não o via há anos. Passei toda a infância junto dele, na igreja de Matimani. Com o padre aprendi a falar e a escrever o idioma dos portugueses. E digamos que com ele aprendi a deixar de ser uma menina negra, da etnia dos Vatxopi. Rudolfo Fernandes estava envelhecido, a barba branca e os cabelos grisalhos, longos e desgrenhados. Veio esfregando as mãos na batina rasgada e suja. Quando percebeu quem eu era, ergueu os olhos aos céus e abraçou-me comovido:

— *Deus seja louvado, Imani, minha Imani! Olha para ti! Em que mulher linda te tornaste!*

Depois de entrarmos na igreja, apresentei os companheiros de viagem. O padre distribuiu um vigoroso aperto de mão por cada um, com exceção do meu irmão Mwanatu, a quem acolheu nos braços. O sargento foi o último a ser saudado. Germano de Melo era um branco, um homem e um militar. Merecia tratamento especial. Rudolfo estendeu firmemente o braço e só então reparou que não podia ser correspondido. Germano acenou atabalhoadamente com os cotos e balbuciou:

— *Fiquei sem elas, as mãos.*

No exterior, aquelas palavras não seriam audíveis. Dentro das quatro paredes, a débil voz do sargento ganhou a sonoridade de um eco: *fiquei sem elas, as mãos.* O padre esboçou um improvisado consolo:

— *Chegam aqui feridos brancos e pretos. Isto parece um templo. Mas é um hospital.*

A igreja cheirava a mofo, as paredes transpiravam, pegajosas.

— *Na última cheia, a água veio até aqui* — disse o padre apontando uma mancha de bolor numa trave de madeira. E riu-se, adivinhando no nosso silêncio uma qualquer reprovação:

— *Gosto assim, uma igreja lavada pelo rio.*

Sobre o altar estavam expostas figuras religiosas, esculpidas em madeira envelhecida. Esfarelando as lascas de tinta que se desprendiam das estátuas, o sacerdote declarou:

— *Nunca morre, a madeira está sempre viva.*

E meu pai sorriu, em absoluta concordância. Mwanatu baralhou-se todo a fazer o sinal da cruz, entrelaçando dedos e mãos pelo corpo todo. E saudou Deus tratando-o por "Sua Excelência". Rolas esvoaçaram entre as traves do telhado, as asas rasgando o ar como ágeis chicotes, quando Rudolfo gritou para a porta lateral:

— *Bibliana, venha ver! Venha ver quem acaba de chegar!*

Escutaram-se passos vagarosos e pesados no átrio: quem se aproximava não vinha descalço. De rompante, o sacerdote abriu as portadas e proclamou com exuberância:

— *Eis a minha Bibliana! Chegue aqui, minha filha.*

Em contraluz surgiu uma mulher negra, alta e magra, envergando um robe de seda vermelha. Umas botas militares faziam-na ainda mais imponente.

— *Bibliana é milagreira, a melhor das curandeiras. Não há mazela que ela não trate.*

A mulher deu uma volta ao redor do sargento e falou numa mistura de português, txitxopi e txishangana. A voz era grave, quase máscula.

— *Este homem vem comigo. Está quebrado, a alma desceu-lhe aos pés.*

Germano terá percebido alguma coisa, pois seguiu-a cambaleando para o pátio das traseiras. Fui no seu encalço para apoiar os seus passos e ajudar nas traduções. Sentindo que ficava sozinha entre os homens, Bianca decidiu juntar-se a nós.

Já no terreiro, a estranha anfitriã inspecionou-me de

alto a baixo, pousou os olhos nos meus sapatos e sacudiu a cabeça:

— *Achas que és alguma branca?*

Não reagi. Nem Bibliana esperava resposta. Entredentes, resmungou em txitxopi:

— *Conheci uma mulher calçada a quem se incendiaram os pés.*

E deixei de existir porque de imediato se ocupou a fazer sentar o português numa cadeira no centro do quintal. Depois passeou longamente as mãos sobre os ombros de Germano, cheirou-lhe o rosto e o pescoço. E inspirou fundo e cuspiu repetidamente. Enojada, Bianca virou-se de costas.

De uma sacola Bibliana retirou roupas de mulher e com elas vestiu o sargento. À distância, a italiana sacudia a cabeça em reprovação. Eu própria achei estranho aquele procedimento. A intenção, ainda pensei, seria dotar o enfermo de vestes largas e leves. Não era. A finalidade era outra, como sugeria a profecia de Bibliana:

— *Podem os homens mandar nas terras. Mas quem manda no sangue são as mulheres.*

E apontando para si e para Germano, a profetisa reiterou:

— *Nós, as mulheres.*

O sargento já cabeceava, meio adormecido, quando a milagreira deu ordens a uns rapazes para que fossem ao rio e trouxessem a canoa em que viajáramos.

— *Esse barco será a cama deste homem* — declarou.

Não tardou a que, numa espécie de cortejo fúnebre, Germano de Melo fosse transportado na canoa para o interior da igreja. Apoiada nos ombros dos rapazes, a embarcação balançava com a sobriedade de um caixão.

Apavorado, o português ergueu a cabeça e deve ter sido assaltado pelo mesmo desassossego que me atormentava porque, quase sem força, perguntou:

— *Já me levam?*

Depositaram a canoa sobre a pedra do altar. Uma vez mais a milagreira chamou os jovens e, em surdina, transmitiu urgentes instruções. Ágeis mãos palmilharam os cantos do edifício e das sombras recolheram penas de coruja. Com elas a profetisa forrou o fundo da embarcação.

— *Leve-me daqui, Bianca* — suplicou Germano. — *Estou a esvair-me em sangue.*

— *Amanhã você vai para Manjacaze* — tranquilizou a branca.

Mas já nada sossegava o sargento. Cotovelos apoiados sobre as bordas da canoa, os olhos escancarados como se vencessem um escuro que era só dele, o português discorreu:

— *É assim que os pretos matam os nossos cavalos: cortam-lhes as orelhas e eles esvaem-se em sangue durante a noite.*

Calou-se, exaurido. Reclinou as costas sobre o fundo do barco e, assim deitado, prosseguiu sem pausa:

— *É assim que os matam, pobres cavalos. Na manhã seguinte, as moscas entram-lhes aos milhares pelos ouvidos, caminham pelas artérias e vazam-lhes a carne por dentro, a tal ponto que, para remover o animal, basta a força de um único homem.*

A italiana passou os dedos pela desalinhada cabeleira do sargento, endireitou-lhe a gola do vestido e soprou-lhe junto ao rosto:

— *Amanhã, Germano. Amanhã já estaremos no hospital dos suíços.*

Bibliana repetiu, em chacota, as palavras da europeia:

— *Amanhã, amanhã, amanhã.*

Sorriu com desdém e, erguendo o queixo, ordenou-me que traduzisse:

— *Este branco ficará aqui até ganhar forças. Só depois irá para Mandhlakazi. Esse lugar tem nome de sangue. É o que quer dizer Mandhlakazi: a força do sangue.*

— *Basta clarear e estaremos a caminho de Manjacaze* — contrariou Bianca, e voltando-se para mim ordenou:

— *Explica isso a essa preta louca.*

— *Cuidado, dona Bianca* — supliquei. — *Essa mulher percebe português.*

— *Pois eu quero é que ela perceba.*

Bibliana fingiu não ter escutado. Rosto virado para os céus, semicerrou os olhos e proclamou:

— *Este branco não sai daqui!*

E espetou os dedos no vazio, como setas cravando-se no chão. Em desespero, Bianca levou as mãos aos cabelos e, sem esperar pelo final da tradução, objetou:

— *E deixamo-lo ficar aqui, sem alimentação apropriada e sem a mínima higiene?*

— *Eu lhe darei alimento* — ripostou Bibliana. — *E temos o rio que lava todas as feridas.*

— *Diz a essa preta* — ordenou-me a italiana — *que não gosto dela. Diz-lhe que não confio numa bruxa que se passeia de robe vermelho. E diz-lhe ainda que amanhã vamos ver quem manda.*

E a italiana falava para o vazio. Indiferente à fúria da mulher europeia, a negra Bibliana debruçou-se sobre o sargento para lhe desembrulhar as ligaduras. Com cautela fez com que o sangue escorresse para uma bacia branca. Uma gota que atingisse o solo e seria motivo para mau-olhado.

— *Não há sangue dos outros. Em cada um que sangra todos nós esvaímos* — murmurou a curandeira. À medida que a bacia se tingia de vermelho, fui dando conta do cheiro do sangue, um odor acre de ferrugem. O sargento manteve os olhos cerrados, enquanto Bibliana adicionava uma pitada de cinzas a um unguento de seivas e óleo de mafurra. Com aquela mistela esfregou as feridas do militar.

Findo o tratamento, a mulher abriu dois rasgões no robe vermelho e rodou assim pela grande sala. À força de pontapés, afastou as cadeiras e os bancos. Quando o espaço ficou vago, foi ao pátio e dali trouxe umas achas da fogueira que depositou no chão de pedra da igreja. Alarmada, a italiana gritou:

— *A mulher está louca! Vai pegar fogo à igreja!*

Um pé de cada lado do lume, Bibliana abriu as pernas como se aquecesse as entranhas. Ergueu lentamente os braços e entoou uma melodia. A toada foi ganhando pujança enquanto ela executava viris passos de dança, levantando alto os joelhos para depois bater vigorosamente com os pés no chão. Alçava e contraía as costas como se estivesse em pleno parto. As mãos raspavam no soalho para levantar nuvens de poeira. Num certo momento, do lenço que trazia atado à cabeça retirou uma mão cheia de pólvora que atirou sobre o fogo. As gargalhadas secas juntaram-se ao estalar da pólvora que crepitava sobre as chamas. Depois fez espraiar a voz, mais rouca do que nunca:

— *Este venenoso pó espalhou-se pelo mundo. Este pó*

rasga a garganta, devora o peito e, no fim, provoca a cegueira das nações. Essa cegueira chama-se guerra.

Mão na anca, tronco ereto, cabeça aprumada, foi proferindo belicosos mandos. Estava claro: um espírito tomava conta dela. A máscula voz que dela emergia pertencia a um antigo guerreiro. Esse soldado morto falava em txitxopi, a minha língua materna. Pela boca de Bibliana o falecido pregava:

— *Peço-vos, meus antepassados: mostrem-me as vossas cicatrizes! Mostrem-me a veia aberta, exibam o osso quebrado, a alma rasgada. O vosso sangue é o mesmo que ali está, vermelho e vivo, naquela bacia.*

E voltou Bibliana a cirandar pelo recinto, numa mescla de dança e de marcha militar. Suspendeu o bailado e, ofegante, fez uso das botas para apagar a fogueira. Aproximou-se do altar, afundou os dedos na cabeleira do sargento e, virando-se para nós, segredou:

— *Este branco está quase a ficar pronto.*

— *O que quer dizer?* — perguntei, aflita.

— *Já está a perder os braços, depois vai perder as orelhas e, a seguir, as pernas. No fim vai ficar peixe. E voltará para os barcos que o trouxeram para África.*

Assim se pensava dos portugueses: que eram peixes, vindos de mares distantes. Os que desembarcavam em solo firme eram jovens, mandados pelos mais velhos, que permaneciam nos barcos. Aqueles que nos visitavam ainda tinham os membros ligados ao corpo. Decorrido um tempo começavam a perder as mãos, os pés, os braços e as pernas. Nessa altura, regressavam ao oceano.

— *Prepare-se, minha irmã: não tarda que fique sem a companhia desse branco* — disse ela, beliscando-me o braço.

Adormeci sonhando que também eu era peixe e que, ao lado de Germano, cruzávamos mares sem fim. Era essa a nossa casa: o oceano. Poderia ter despertado num suave embalo. Não sucedeu assim. Tumultuosos gritos arrancaram-me da cama e me trouxeram à porta. Uma pequena mas colérica multidão se aglomerava junto da igreja. No centro da roda de gente encontrava-se um homem despido e amarrado, com sinais de ter sido espancado.

— *É um dos soldados de Ngungunyane* — ouviu-se gritar.

Clamavam uns que se tratava de um espião, mas a maioria assegurava que era um "passa-noite", um desses feiticeiros que labutam por encomenda. O alegado bruxo apresentava o corpo tão coberto de areia vermelha que me pareceu um simples pedaço de terra com forma humana. Talvez por isso me tenha doído menos vê-lo a ser pontapeado.

O padre levantou os braços a pedir contenção. Depois, interrogou o homem sobre os seus propósitos. Ao que o intruso respondeu ter vindo "ver as mulheres". Um clamor não deixou escutar o resto da explicação. E de novo choveram socos e pontapés, e o infeliz já não tinha alma para se defender. Deixara de ser terra. Era simples poeira.

Foi então que compareceu Bibliana e tomou conta da situação. Trouxe o intruso para junto do rio e ordenou que o amarrassem a um tronco. O homem suportou em silêncio a violência com que o ataram à madeira, como fazem a um bicho prestes a ser esquartejado. E nem sequer cerrou as pálpebras para evitar o sol que lhe atingia o rosto. A uma ordem da adivinha — a que todos chamaram de "*sangoma*"—, o tronco de árvore e o homem nele amarrado foram lançados na água. Reinava um absoluto silêncio enquanto a improvisada embarcação era arrastada pela corrente. Bibliana proferiu então:

— *Querias ver as mulheres? Pois abre os olhos dentro da água.*

4

Primeira carta do sargento Germano de Melo

Deus não criou as pessoas. Apenas as descobriu. Encontrou-
-as na água. Todos os seres viviam submersos como peixes.
Deus fechou os olhos para ver dentro da água. Nesse
momento vislumbrou criaturas que eram tão antigas
como Ele. E decidiu tomar posse de todos os cursos de
água. Foi assim que embrulhou os rios nas suas veias e
guardou as lagoas no seu peito. Quando chegou à savana,
o Criador libertou-se do que carregava. Tombaram no
chão os homens e as mulheres. Revolteando-se na areia,

abriram e fecharam a boca, como se procurassem falar e não tivessem ainda sido inventadas as primeiras palavras. Fora da água não sabiam respirar. Sufocados, perderam a consciência. E sonharam. Foi no sonho que aprenderam a respirar. Quando pela primeira vez encheram os pulmões, desataram a chorar. Como se parte deles estivesse morta. E estava: era a sua parte peixe. Choravam com pena das criaturas do rio que tinham deixado de ser. E agora, quando cantam e quando dançam, não fazem senão celebrar essa saudade. O canto e a dança devolvem-nos ao rio.

Lenda de Sana Benene

Sana Benene, 14 de julho de 1895

Excelentíssimo senhor
Tenente Ayres de Ornelas,

Começo por agradecer a Vossa Excelência ter-se dado ao trabalho de me endereçar uma resposta e, mais ainda, de enviar um mensageiro que palmilhou léguas para me entregar essa sua tão benfazeja missiva.

Talvez a minha letra seja pouco legível. Nem sei, Excelência, como fui capaz de redigir estas pobres linhas, já que mãos quase não as tenho e me falta memória para evocar os tormentos pelos quais tenho passado. Escrever é, para mim, tão vital que as dores que tenho deixo de as sentir quando empunho uma pena. Desconheço, Excelência, de onde nos vem esta incurável teimosia em viver. Falo por mim, pois não morro apenas por delicadeza.

Para terminar esta missiva esforcei-me a ponto de sangrar, pois, se é difícil usar as mãos no estado em que as tenho, mostra-se praticamente impossível escrever com as mãos entrapadas. A caligrafia é péssima, mas tive que escrever estas linhas sem ajuda de ninguém. Porque quero ser eu, com o meu próprio punho, a exprimir a enorme gratidão pela promessa de me fazer regressar a Portugal. Essa satisfação, confesso, e desculpe a ousadia de lho dizer tão abertamente, seria total se pudesse levar comigo a minha amada Imani. Dentro de mim dois desejos se digladiam. Quando penso em viver é Imani quem vence; quando penso que vou morrer é Portugal quem manda.

A verdade é esta: não sei se quero partir sem a companhia dessa mulher. Quando primeiro concebi esta carta, decidi que lhe comunicaria frontalmente mas sem afronta o seguinte: sem Imani não viajaria para lado nenhum. Mas agora hesito. O meu maior receio não é ofender Vossa Excelência. É antes não ser verdadeiro comigo mesmo. O que se passa é que essa moça é agora o meu destino, a minha pátria. Continuará sendo assim amanhã? Será que o amor dessa negra por mim é completamente desinteressado? Não serei apenas um passaporte para que ela se afaste do seu lugar e do seu passado?

São essas as mil dúvidas com que me defronto. São dilemas meus e que apenas a mim me compete resolver. Estou certo de que a imposição de viajar sozinho não resulta de um capricho ou da sua falta de vontade. Vossa Excelência simplesmente não pode atuar de outro modo.

E até entendo: como tratar de amores privados no meio de uma guerra tão cruel? Como pensar na namorada de um anónimo sargento no meio de um exército inteiro?

Perguntar-se-á Vossa Excelência como mantenho tanto apego por uma rapariga que disparou contra mim e desse modo para sempre me mutilou? Não sei responder, Excelência. Será que foi ela a culpada? Será que me lembro com rigor do que sucedeu?

Insiste Bianca Vanzini em fazer prova da inocência de Imani. A italiana estava presente na cantina e assegura que fui alvejado pelos cafres amotinados. A realidade é que não guardo nítida lembrança daquele trágico momento. E confesso, Excelência: a verdade já não me importa. De bom grado aceito a versão da italiana. Porque já não busco memórias. Bastam-me histórias. E talvez estas cartas sejam apenas um modo de inventar, nesse outro lado do papel, alguém que escute as minhas solitárias divagações.

No meio de tantos delírios febris não sei se recordo ou se imagino lembranças, mas tenho ideia de que numa pausa da viagem nos deitámos na margem do rio, eu e a bela Imani. A moça contemplou-me com os seus grandes olhos, tão grandes que neles cabem as noites todas do mundo. Depois, de um velho caderno rasguei umas folhas que estendi sobre o chão. *Venha*, disse, *deite-se por cima destes papéis.* Tentou impedir-me de desfazer o caderno. *Onde é que vai escrever cartas para os seus superiores?*, perguntou. E numa postura entre o desafio e a malícia ela sussurrou: *ou será que sou mais importante que os seus superiores?*

Não consigo deixar de lhe dizer o quanto essa rapariga dá sentido à minha vida. Ainda há pouco tive que interromper esta carta tomado por agudas dores nas mãos. Uma vez mais foi Imani que me acudiu. Tudo o que ela disse foi de olhos postos no chão. Afagando-me os estropiados braços, foi desfiando um murmúrio brando mas firme: *mais do que de carne e osso, as mãos são feitas de vazio. O espaço entre os dedos, a concha que enche a palma, é nesse vazio onde se tece o gesto. As mãos,* disse Imani, *são o que falta nelas. Se não houvesse esse vazio, não poderíamos tatear nem segurar. Não podíamos acariciar,* acrescentou ela a medo. E terminou de modo quase inaudível: *agora que lhe sobram uns poucos dedos, o senhor sentirá mais as coisas do que quando tinha as mãos inteiras.*

Envergonhada com a longa prédica, apressou-se a enrolar-me os pulsos com panos já lavados pelo rio e purificados pelo sol. *O senhor está bem melhor,* foi o que ela me disse. E aquele juvenil otimismo me ajudou a enfrentar a prostração em que me encontrava.

São essas diminutas ocorrências que lhe queria transmitir. Podem ser irrelevantes para si. Para mim esses eventos só ganham sentido se partilhados por alguém que recebe estas notícias com o mesmo espanto com que as vivi.

P.S.: Não quero fechar esta carta sem lhe assegurar o seguinte: não tenho como não ir para o hospital do suíço em Manjacaze. Pense no assunto pelo lado positivo. Talvez isso seja útil aos interesses lusitanos. Pelo suíço Liengme ficarei a saber o que se passa na corte do Gungunhana. E, naturalmente, não deixarei de relatar o que vi e o que não vi, o que me disseram e o que esconderam.

5

Deuses que dançam

No início do Tempo não havia nem rios nem mar. Sobre a paisagem ponteavam umas tantas lagoas, efémeras filhas da chuva. Vendo a aridez das plantas e dos bichos, Deus decidiu criar o primeiro rio. Sucedeu, contudo, que o leito teimava em espraiar-se para além das margens. Pela primeira vez receou Deus que a criação desafiasse o Criador. E suspeitou que o rio tivesse aprendido a sonhar. Os que sonham provam o sabor da eternidade. E esse é um exclusivo privilégio das divindades.

Com o seus longos dedos, Deus suspendeu o rio nas alturas para depois lhe encurtar as extremidades, decepando-lhe a foz e a nascente. Com paternal delicadeza voltou a depositar o fio de água no devido sulco de terra. Sem princípio nem fim, o rio empurrou as margens e espraiou-se pelo infinito. As duas bermas tornaram-se tão distantes que inspiravam ainda mais o desejo de sonhar. Assim se inventou o mar, o rio de todos os rios.

Lenda de Nkokolani

Dizem que a Vida é um infinito mestre. Para mim as grandes lições chegaram-me por aquilo que me faltou viver. E foram revelações que não nasceram do pensamento, mas do entorpecido despertar matinal. Hoje sei que todo o amanhecer é um milagre. O regresso assombroso da luz, o odor dos sonhos ainda preso no leito, tudo isso nos renova uma inominada crença. Há dois dias esse milagre aconteceu na pessoa de um militar branco. Chamava-se Germano e esperava por mim com a mesma devoção com que os filhotes das aves aguardam a chegada dos pais. Naquele momento eu cumpria esses maternais deveres: servi-lhe umas papas de milho com um esparregado de folhas amargas. Enquanto lhe levava a colher à boca, dei conta da dependência a que Germano estava condenado a vida inteira.

No final da refeição pediu-me que lhe libertasse

os pulsos. Queria arejar as feridas, foi o que Germano disse. A verdadeira razão era outra: pretendia examinar os seus próprios destroços. Quando as compressas tombaram no chão, a minha alma desabou junto com elas: restavam-lhe uns cinco dedos, e isso pensando que alguns deles ainda teriam salvação. Cinco dedos. Três na mão direita, dois na esquerda. Na altura perguntou-me algo despropositado:

— *E agora, Imani, como faço o sinal da cruz?*

E adormeceu, nessa doce fadiga que vem depois do pranto. A meio da tarde um grupo de homens irrompeu pela igreja. Vinham a mando de Bibliana e de novo carregaram o sargento dentro da canoa. *Deixem-me no chão,* insistiu o português. Mas eram ordens da milagreira: o enfermo não podia deixar pegadas naquele chão.

— *Para onde me levam?* — perguntou o estremunhado Germano enquanto cautelosamente o faziam descer para as bandas do rio.

— *Vai ser rezada uma missa* — retorquiu o padre Rudolfo.

— *E por que não o fazem dentro da igreja?* — inquiriu, aflito, o português.

— *Essa é outra reza* — ripostou o padre.

A canoa foi depositada nas águas calmas do Inharrime. Sentado no bojo da embarcação, de olhos esbugalhados, o português viu aproximar-se umas centenas de camponeses trajando panos brancos. Debaixo de uma frondosa figueira, nas escassas cadeiras que trouxeram da igreja, sentaram-se Bibliana, o padre Rudolfo e o meu pai, Katini Nsambe. A italiana Bianca Vanzini afastou-se da multidão em direção ao rio e ocupou um degrau da arruinada escadaria. Durante um longo introito a multidão entoou um cântico muito belo, mas cujo sentido me escapou totalmente.

Envergando uma túnica vermelha com panos brancos atados à cintura, Bibliana ajoelhou-se no centro daquela imensa moldura de gente. Fez-se absoluto silêncio enquanto ela evocava os antepassados. Enumerou-os um por um, numa infindável lista, como se os estivesse recebendo à porta de casa. Aprendi que há uma diferença fundamental no modo como brancos e negros tratam os falecidos. Nós, os negros, lidamos com os mortos. Os brancos lidam com a morte. Foi esse desencontro que Germano enfrentou ao enterrar o cantineiro Francelino Sardinha. Aquela cerimónia de despedida era um modo de pedir licença à morte para esquecer o morto.

Após a demorada evocação dos antepassados, Bibliana colocou à cabeça uma Virgem feita de gesso, envolta em fitas de uma impecável alvura. A multidão calou-se e todos se prostraram no solo. A adivinha desceu a ladeira e abraçou-se à estátua para juntas mergulharem no rio. Lançou sobre as águas um pano estampado que chamamos de capulana e proclamou:

— *Não lavamos no rio. É ao contrário: o rio é que se lava em nós.*

E pousou a capulana molhada sobre os ombros do português. Após um primeiro arrepio, uma sensação de leveza tomou conta do seu corpo. Subitamente a italiana abriu com brusquidão caminho por entre o povo. Deteve-se junto ao sacerdote e gritou-lhe para que mandasse parar aquilo a que chamou de um "carnaval negro". Rudolfo tranquilizou-a: todo aquele aparato não se afastava muito dos rituais cristãos. A italiana que tivesse paciência: mais adiante a celebração tornar-se-ia mais interessante. Contrariada, e resmungado na sua língua, Bianca Vanzini voltou a ocupar os despedaçados degraus.

A profetisa voltou a subir a encosta em direção à clareira onde a multidão em silêncio a aguardava. De vestes coladas à pele, foi rolando os olhos pelo vazio para, depois, baloiçar o corpo numa estranha dança. Os passos foram-se tornando cada vez mais enérgicos até atingir o vigor das passadas militares. Contagiado pelo enlevo da mulher, o padre foi percutindo com as mãos sobre a capa de um volumoso livro.

— *Que livro é esse?* — perguntou Bianca.

Sem parar de marcar o compasso, o padre explicou que se tratava de uma Bíblia que os suíços tinham traduzido para as línguas nativas. A esse livro a gente local chamava de "Buku". Bianca reagiu tão agressivamente que a voz se esganiçou:

— *O livro sagrado serve agora de tambor?*

— *A música é a língua materna de Deus* — retorquiu Rudolfo.

Foi isso, acrescentou, que nem católicos nem protestantes entenderam: que em África os deuses dançam. E todos cometeram o mesmo erro: proibiram os tambores. O sacerdote estava desde há muito tentando corrigir esse equívoco. Na verdade, se não nos deixassem tocar os batuques, nós, os pretos, faríamos do corpo um tambor. Ou, mais grave ainda, percutiríamos com os pés sobre a superfície da terra e, assim, abrir-se-iam brechas no mundo inteiro.

A túnica de tecido fino, agora encharcada de água, foi-se ajustando ao corpo de Bibliana. E percebeu-se porque razão o padre se tinha deixado seduzir. A mulher tombou de joelhos e discursou com tal ardor que não havia recanto onde a sua voz não reverberasse. A todos nos fez lembrar a lenda da criação dos rios e dos homens: *"No início do Tempo não havia nem rios nem mar..."*. E prosseguiu sem pausa até que, no final, vaticinou:

— *Este branco vai regressar às primeiras águas e nelas vai aprender a sonhar.*

Toda essa prédica foi recitada sem pausa. Exausta, a sacerdotisa arrastou-se em direção ao rio e mergulhou até à cintura. De mãos assentes na borda da canoa, submergiu consecutivas vezes até perder o fôlego. Depois verteu água sobre a cabeça do sargento, como se faz nos batismos cristãos. Quando regressou à margem, levantou os braços e, de novo, ensaiou uns passos de dança. Era um sinal. De repente, os tambores voltaram a soar e as pessoas saltaram para o terreiro, aos pulos e piruetas.

Inesperadamente, Bianca juntou-se à dança, rodopiando ao redor de Bibliana. As mãos da italiana prendiam-se às ancas da negra e assim evoluíam as duas mulheres ao sabor da música. O padre fitou atónito aquela cena. E perguntou:

— *Agora também dança, dona Bianca?*

À beira das lágrimas, a italiana sacudiu a cabeça. Não dançava. Estava sim a tentar imobilizar a feiticeira. Tencionava interromper aquela blasfémia. Mas logo desistiu do intento para, afogueada, retomar o seu lugar junto dos outros. Quando se afundou em prantos, o padre tranquilizou-a:

— *A senhora não entende, dona Bianca. Este ritual que tanto a incomoda é o que a salva de ser devorada viva.* — E acrescentou: — *Os famintos deste mundo, mais do que pão, querem encontrar culpados.*

Naquele momento Bibliana regressou à canoa e ergueu os braços do sargento como se fossem mastros de murchas bandeiras. A seguir retirou do barco umas poucas folhas de papel e lançou-as sobre as águas. Deixou que flutuassem à deriva até que se perdessem de vista. Ninguém mais deu conta, mas o que sobrenadava na corrente não era senão aquilo que soube depois ser uma carta do tenente para o sargento. As lusitanas palavras de Ayres de Ornelas dissolveram-se como sombras no rio Inharrime.

Por fim Bibliana subiu à margem para se deitar de bruços sobre o chão húmido. Extasiada, a multidão comprimiu-se para espreitar a mulher que parecia beijar o chão. Não beijava: ciscava a terra como fazem as galinhas. Os braços alçados sobre as costas reforçavam a semelhança com as aves. Só depois entendemos: Bibliana escrevia. Com a própria língua desenhava letras abrindo sulcos na areia molhada. Representava assim a incapacidade de Germano fazer uso das mãos. De quando em quando a mulher erguia o pescoço para apreciar a sua obra, como um pintor se afasta da tela para ganhar perspectiva. E cuspia os grãos de areia que se lhe pegavam à boca. No final soergueu-se e apontou o resultado do seu esforço. Na terra estava escrito um nome. Germano.

6

Segunda carta do tenente
Ayres de Ornelas

Alguém disse que a multidão das tribos do império Vátua, em pé de guerra, seria uma coisa temível contra a nossa debilidade. Alguém que frequentara o Kraal do Gungunhana viera dizer que assistira a uma parada de quinze mil guerreiros de aspeto imponente. E os que assim divagavam esqueciam-se que uma multidão armada não é um exército e que a coesão que as instituições militares demandam é incompatível com a inconsciência dos selvagens.

General José Justino Teixeira Botelho, *História militar e política dos portugueses em Moçambique*, 1936.

Chicomo, 18 de julho 1895

Caro sargento
Germano de Melo,

Já lhe devem ter dito que me encontro provisoriamente em Chicomo a mando do Comissário Régio
numa missão quase impossível: a de convencer o
Gungunhana a ceder às nossas condições de soberania.
Essas condições, como o sargento deve saber, são várias:
a entrega dos dois régulos rebeldes, o pagamento de
um tributo anual de dez mil libras em ouro e o licen-
ciamento dos comerciantes brancos, baneanes e mouros
no seu território. Exigimos ainda do régulo que permita
o estabelecimento de linhas telegráficas entre os postos

militares. Argumenta Gungunhana que as modernas comunicações ofendem os espíritos do seu pai e do seu avô, enterrados naquele solo sagrado. A espera dessa autorização é um bom exemplo da nossa ingénua condescendência. Aceitámos não desrespeitar as crenças dos indígenas. Soubemos depois que o astucioso régulo apenas tira proveito da nossa ingenuidade. Não são os espíritos que o preocupam. São razões de estratégia militar. Gungunhana conhece muito bem o valor das comunicações rápidas e a longa distância.

Não imagina como lamento ter sido transferido das minhas funções militares para uma missão de cariz diplomático. Admito, em benefício da minha honra, ser a primeira tarefa de um oficial não fazer a guerra, mas evitá-la a todo o custo. E tudo indica que o rei de Gaza também quer fugir de um confronto, agora que fizemos crescer a nossa presença na região onde ele se aquartelou. O Gungunhana acederá, estamos certos, a todas as nossas condições, com exceção daquela que é, para nós, essencial: a entrega dos rebeldes Mahazul e Zixaxa, que há alguns meses tiveram a ousadia de atacar Lourenço Marques.

A intervenção em assuntos diplomáticos ajudar-me-á na minha promoção para postos cimeiros para os quais me encontro fadado. Foi nessa convicção que aceitei acompanhar o conselheiro José d'Almeida nas negociações com o Leão de Gaza. Com a sua longa experiência diplomática e a preciosa confiança que granjeou junto de Gungunhana, o conselheiro José d'Almeida seria o chefe das conversações. Essa escolha não recebeu acolhimento consensual junto do Comando reunido em Chicomo. As mais vigorosas objeções vieram do capitão Mouzinho de Albuquerque, que chegou a dizer publicamente que "*do conselheiro José d'Almeida só há vergonhas a esperar*". O mesmo Mouzinho escreveu para António Enes a lamentar não ter sido ele o eleito para negociar com o rei de Gaza. Dizia textualmente nessa carta, a que, por inconfessáveis vias, tive acesso: "*mil vezes antes perder-se tudo e todos numa catástrofe a nos retirarmos sem fazer nada*". E acrescentava: "*ofereço-me para conduzir esta missão por mais doidamente arriscado que seja o empreendimento*". São tristes essas discórdias. Não nos bastavam os conflitos com os Vátuas. Mais graves parecem ser as nossas desavenças interiores. Só existe uma solução: ignorar as invejas e as disputas pelo prestígio. Um espírito superior como o meu: é isso que se espera de uma liderança lúcida à altura dos atuais desafios.

Foi com esse sentido de missão que me preparei para me deslocar para Manjacaze na companhia do Almeida. O alojamento estava mais do que assegurado: a residência do nosso conselheiro dista umas centenas de metros da corte do Gungunhana.

Insistiu o Comissário Régio que nos fizéssemos acompanhar por uma escolta de soldados. Desobedecemos a essas instruções. A falsa segurança de uma escolta não compensa aos sarilhos que a soldadesca cria ao se envolver com as mulheres da terra. E foi desse modo que, montados em dois belos cavalos, viajámos de Chicomo para Manjacaze. Nas diversas paragens que fizemos pelo caminho, o meu cavalo sempre se aproximou de mim como se quisesse dizer-me alguma coisa. Os olhos de algodão escuro fitavam-me com uma intensidade que me perturbava. E fui ganhando tal afeição ao bicho que, depois da chegada ao destino final, me levantei a meio da noite, vencendo a minha exaustão, apenas para revisitar aqueles olhos quase humanos.

Já instalados na residência do conselheiro tivemos que esperar mais do que queríamos. O rei de Gaza não compareceu na primeira convocatória. Estava ocupado num funeral. Foi o que um mensageiro nos transmitiu. O conselheiro Almeida quis saber quem tinha morrido. Respondeu o mensageiro que se tratava de "uma das mães" do rei. Contive-me para não me rir. *Uma das mães?* Coisa de pretos, pensei.

No final o mensageiro transmitiu o convite de Gungunhana para que o rei de Portugal visitasse o Estado de Gaza e que trouxesse com ele as suas muitas mulheres. Ríspido, o conselheiro corrigiu: "*o rei apenas tem uma esposa*". O cafre anunciou, solícito, a disposição dos anfitriões africanos para ajudar o rei a suplantar aquela carência. Foi um novo motivo de risada. Menciono essas exóticas ocorrências para o alertar sobre o seu namorico com essa moça, que parece ter-lhe roubado de tal modo o discernimento que o meu jovem sargento não entende as consequências de um noivado com essa Imani. Ao casar com uma preta você arranja o mais gordo dos cunhados que é a África inteira. Ao casar-se com uma negra o meu amigo casa-se com toda uma raça. E fiquemos por aqui, que esse seu assunto me tem deixado acabrunhado e já me basta a dura realidade que devo enfrentar. Regresso ao relato das minhas atribulações em Manjacaze.

Os dias que se seguiram naquele posto comprovam a justeza da escolha de José d'Almeida como negociador. No terceiro dia, o rei de Gaza compareceu em pessoa na nossa residência em Manjacaze. José d'Almeida era o único português perante quem o rei abdicava da prerrogativa de ser ele o visitado. A comitiva real era de tal modo numerosa que se espalhou por um círculo de mais de cinquenta metros de diâmetro ao redor da tenda onde iriam decorrer as conversações. A tenda foi instalada ao lado da casa do conselheiro Almeida e isso trazia-me uma ilusão de conforto. Os mais de quatro mil soldados, que se apresentaram sem escudos nem azagaias, formaram uma moldura humana a perder de vista. Nos lugares da frente sentaram-se os mais notáveis: o rei, os tios, os principais conselheiros ou indunas.

Curioso costume: o rei não chegou nunca a falar. Um anónimo orador usou da palavra para nos saudar e nos presentear com uma cabeça de gado como prova de simpatia. Não era ainda uma negociação. Apenas um ritual de boas-vindas. Mas era também uma exibição de poder. A impressão de força que quiseram deixar não resultou apenas do elevado número de tropas. O canto que entoaram em uníssono impressionou-me bem mais do que qualquer exibição belicista. E assim, de modo astucioso, os cafres combinavam ameaça com afabilidade.

Num certo momento, saltou para o centro da tenda um homem a quem os Vátuas designam como "o cão do rei". Era um sujeito de baixa estatura, que se apresentou envolto numa pele de leopardo e com a cabeça coberta de plumas. Durante um tempo não fez senão correr de um lado para o outro, ladrando e uivando como um cachorro.

Aquele personagem, tão longe da sua própria humanidade, impressionou-me a ponto de eu não ter pregado o olho a noite inteira. Eu já tinha lido sobre esses pantomineiros num relatório da autoria do suíço Georges

Liengme. O médico por diversas vezes tentara fotografar um desses homens-cão. Mas nunca a sua imagem tinha sido captada na placa fotográfica. Naquela noite, a imagem do bobo ladrando não me saía da cabeça. Aquele homem tinha alma de bicho. E tinha a enorme vantagem de não sofrer com os males do mundo e da humanidade. Apenas a fome e a sede o afligiam. No meio da insónia ocorreu-me que era isso que eu queria ser: um cão. Nascido para dormir enroscado aos pés de um dono qualquer. Ou talvez um cavalo para ser acariciado por um dedicado cavaleiro.

Na manhã seguinte foram quatro horas seguidas de reuniões, que, como sabe, os cafres chamam de *banja*. E ali se confirmou a ardilosa inteligência do nosso adversário. Maldizem os meus colegas a selvajaria de Gungunhana. Pois eu tenho que reconhecer nele a sagacidade de um extraordinário negociador. Não negou, não contrariou a nossa mais nervosa exigência, que era a de nos entregar os rebeldes Mahazul e Zixaxa. Sugeriu, em contrapartida, que juntássemos forças na procura desses fugitivos. Se a busca falhasse, as culpas não recairiam apenas sobre ele. E criticou a falta de inteligência da nossa parte: se tanto queríamos capturar aqueles evadidos, por que razão fizemos disso tanto alarde? Quem persegue um alvo furtivo deve agir de modo ainda mais furtivo. E esgrimiu o Gungunhana um outro argumento que me pareceu imbatível: se não queríamos a guerra, como tanto insistíamos, por que motivo estávamos concentrando milhares de tropas e artilharia na fronteira do seu território? A própria mãe do régulo, de nome Impibekezane — que sempre esteve presente nas negociações —, declarou ser estranho mobilizar-se todo aquele aparato apenas para capturar dois simples evadidos. Devo dizer que essa rainha-mãe exerce uma enorme influência sobre o filho e, assim, é uma das figuras mais poderosas do reino. Por essa razão os cafres chamam a essa senhora de Nkossicaze, a mulher grande.

No final das conversações, quando já nos despedíamos, aconteceu o seguinte: de súbito, o meu cavalo aproximou-se alvoroçado da tenda onde ainda nos encontrávamos, tossindo ruidosamente e libertando abundante espuma pelas narinas e pela boca. Babava-se de tal modo que todos os presentes foram salpicados com esvoaçantes nuvens de saliva. O animal inclinou sobre mim a sua enorme cabeça como se quisesse exibir os olhos tremendamente inchados e assim denunciasse a morte que neles começara a morar. O bicho ajoelhou-se de modo quase humano: escolhera-me para o acompanhar nesse agónico momento. O rei e os conselheiros mostravam-se intrigados, mas permaneceram em religioso recato. O meu amigo deve saber que o cavalo é para esses negros um animal quase desconhecido. O nome que lhe dão é copiado da palavra inglesa "horse". Pois no referido encontro um dos cafres presentes, todo provido de enfeites — certamente, um deitador de sortes —, debruçou-se todo sobre o meu cavalo, deitou-lhe a mão às crinas e recitou uma longa ladainha na língua zulu. A meu lado alguém me traduziu as palavras do curandeiro:

— *Quando chegaste não tínhamos nome para te dar. Trouxeste contigo cavaleiros de cintilantes espadas. Mas tu és uma azagaia viva, corres mais veloz do que o vento e saltas por cima das árvores mais altas. No chão que pisas fica uma pegada de fogo.*

Antes do final da prédica o animal tinha dado o último suspiro. Não fui capaz de permanecer no recinto. De olhos rasos de água, afastei-me daquela morte que, sendo de uma alimária, era um pouco a minha. Pode um militar de carreira chorar em público? E ainda por cima por causa de um animal?

Disse o Comando Militar de Lourenço Marques que essas são as últimas conversações com os chefes dos Vátuas. O tempo joga contra nós: as nações europeias com ambições coloniais estão à espreita. É por isso que enquanto conversamos sob um sol abrasador, enquanto desfalece um cavalo de olhos humanos e enquanto vai ladrando e uivando um pequeno homem, os dois exércitos se preparam arduamente para a guerra. E é por isso que o aviso, a terminar: deixou de ser seguro você andar por aí sem uma escolta devidamente preparada. E não deve voltar a navegar pelos rios. Se estas terras não são nossas menos ainda nos pertencem os rios. Os *angolas* que nos acompanham falam de cobras aquáticas de gigantescas dimensões que fazem virar os barcos. Asseguram os nossos informadores que se trata de uma nova forma de emboscada: os nativos estendem de uma a outra margem cordas que são esticadas à passagem dos barcos. Todos esses perigos sugerem a máxima prudência. Deixe-se estar por aí até que prepararemos o seu resgate com a necessária segurança.

Despeço-me desejando-lhe rápidas melhoras. Com mais saúde verá, estou certo, o mundo com outros olhos. A nossa alma é apenas isso: um estado de saúde.

P.S.: Um conselho lhe dou, meu caro: não mime essa preta Imani com elogios. Corre o risco de ver perder a sua original pureza e humildade. Custa-me a admitir, mas com os negros é assim: não se lhes pode dar confiança, que logo se transtornam na pressa de nos semelharem. Não há solução: desprezamo-los por serem quem são. Odiamo-los quando se parecem connosco. Graças a Deus, e acreditando nas suas declarações, essa Imani vai no caminho de deixar de ser preta. Esperemos que não seja mais do que isso: um caso fortuito e passageiro na sua longa vida.

7

Os luminosos frutos da árvore noturna

Ninguém é uma pessoa se não for toda a humanidade.
Dito de Nkokolani

Encontrei Germano a dormir fora da canoa que, sobre o altar da igreja, lhe havia servido de leito. Tinha sofrido um sangramento, os curativos encontravam-se completamente encharcados. À sua volta estavam espalhadas folhas de papel com manchas de sangue. Parecia que o sargento as tinha usado para se limpar. Vistos de perto se percebia que os papéis estavam rabiscados: eram inícios de cartas. O sargento sangrara enquanto escrevera.

O sono do sargento era tão profundo que senti necessidade de confirmar que estava vivo. Acariciei-lhe o rosto para sentir o seu calor, espreitei-lhe o peito para confirmar que respirava. No fim, benzi-me diante do altar e às arrecuas retirei-me da igreja.

Dirigi-me ao improvisado aposento que iria partilhar com a italiana. Encontrei-a à entrada, penteando os seus longos cabelos. Sem deixar de alisar a cabeleira, disse-me:

— *Germano está confuso, não se lembra do que sucedeu. A partir de agora só existe a minha versão: quem disparou foram os amotinados. Não tens culpa de nada, Imani.*

— *Não sei, dona Bianca. Não quero mentir.*

— *Não se pode mentir a quem não se lembra de nada.*

— *Eu lembro-me.*

O aposento que nos reservaram era uma tenda militar com uma única cama encostada no fundo. Uma lanterna de petróleo iluminava a entrada. Pousada no chão, uma outra lamparina fazia dançar sombras nas paredes de lona. Enquanto arrumava a escova e o espelho, a italiana declarou:

— *O teu pai pediu-me que te levasse para Lourenço Marques.*

O choque daquela notícia flagelava-me até às lágrimas. Todavia, fiz de conta que a decisão era esperada e, mais que tudo, me era indiferente. A falsa resignação transpareceu quando disse:

— *Se é isso que o meu pai quer...*

— *Vais gostar, Imani. Ou preferes ficar aqui, neste mato selvagem?*

Perante o meu abatimento, a branca acrescentou:

— *No início vais estranhar. Nos meus estabelecimentos trabalha-se de noite. Vais ser uma mulher noturna. Mas cedo te habituarás.*

A lamparina esmoreceu tocada por uma misteriosa brisa. Não era o meu noturno destino que me angustiava. Pensava em Germano. Pensava na nossa separação. Bianca notou essa nuvem no meu olhar.

— *Agora vou-te pedir uma coisa. Despe-te.*

— *Já estou quase nua, dona Bianca.*

— *Tira a roupa toda, estamos sozinhas, ninguém nos vê.*

Relutante, desenvencilhei-me da blusa e do vestido. A italiana deu um passo atrás, deitou mão à lamparina junto à cabeceira e ergueu-a bem alto para melhor me contemplar.

— *Os homens vão ficar malucos antes de te tocar.*

Pousou a lanterna para depois me afagar as ancas e o ventre. Não parou de me acariciar enquanto se explicava: desejava saber o que os brancos tanto buscam nas mulheres negras. Depois sentou-se com um intrigante sorriso. Queria ver a cara dos que nos descobrissem despidas e partilhando o mesmo leito.

— *Já viste? Duas mulheres, e ainda por cima uma branca com uma preta?*

— *Não gosto dessa conversa, dona Bianca.*

Ajeitou sobre os ombros as alças da combinação e espreitou-se nos meus olhos como diante de um espelho.

— *Já não tenho vontade de ter corpo. Alguns homens sentem-se atraídos por mim, mas é apenas porque sou a única mulher branca. E tu, minha querida, o que fizeste para ficar assim tão cheia de graça e tão sem raça?*

— *Sou preta, dona Bianca* — argumentei, encolhendo os ombros.

Mas eu sabia como tinham apagado as marcas da minha origem. Durante toda a infância, longe dos meus pais, o padre patrulhara-me os sonhos logo ao despertar, anulando os noturnos recados dos que me antecederam. Para além disso, o sacerdote Rudolfo Fernandes corrigia-me o sotaque como quem apara as unhas a um cão. Eu era preta, sim. Mas isso era um acidente de pele. Ser branca seria a única profissão da minha alma.

Escutaram-se, então, os batuques vindos das bandas do rio. Grupos de gente passaram pelos atalhos da aldeia. Fui à porta. E alguém me avisou de uma assombrada ocorrência: tinha regressado ao cais de Sana Benene o mesmo tronco que tinha sido usado para atar o espião Vátua. A velha árvore viajara contra a corrente e sem o corpo que nele havia sido amarrado. Inconfundíveis marcas na casca revelavam o destino do intrometido: acabara nos dentes de crocodilos. Tudo aquilo só podia ser obra de Bibliana. Essa era a razão daquela agitação: celebravam-se os poderes divinos que nos protegiam.

A italiana cerrou os olhos e resmungou: *aquela bruxa!* Disse-lhe que nós não usávamos aquele termo. E muito menos falávamos daquele tipo de assunto durante a noite. Mas a italiana continuou:

— *Pois a mim todos me chamam de bruxa. Sou mulher, sou solteira, viajo sozinha pelo mundo.*

Feiticeira que era, reconhecia bem uma outra feiticeira. Quando Bibliana dançava no terreiro, a italiana identificou de imediato a presença do demónio. No momento em que agarrava a túnica da negra, outras mãos a prendiam a ela. Eram mãos de mulheres. Reconheceu-lhes o rosto: eram prostitutas que haviam sido mortas nos bares de que era proprietária. Mas viu também outras mãos. Eram mãos de gente que lhe entregara aquilo que ela chamou de "dinheiro sujo".

— *Disse a todos que fiz esta longa viagem por razões de amor. Falei da minha paixão por Mouzinho. Tudo isso é falso. A verdade é que vim recuperar as dívidas do cantineiro Sardinha.*

Vieram-me à memória os derradeiros momentos de Francelino Sardinha: o modo gentil como ele me acompanhou a casa, a história que me contou da visita de Ngungunyane procurando o veneno de mri'mbava, derrotado que se encontrava por um amor interdito. E ressurgiu-me, enfim, o cantineiro de Nkokolani estrebuchando num lago de sangue, cingindo uma espingarda com o desespero de um afogado. Era assim que todas as noites adormecia: abraçado ao seu velho fuzil.

— *Acusaram o cantineiro de negociar armas com os ingleses? Pois eu negociei com todos, portugueses, Vátuas, ingleses, boers. Dizem que as minhas mãos são de ouro? Antes fossem, que Deus me perdoe.*

Estendeu-me uma fita azul e pediu-me que prendesse os cabelos que lhe cobriam as costas. Enquanto enrolava os meus dedos na sua perfumada cabeleira, a mulher branca reduziu a chama da lanterna e a sua voz escureceu quando disse:

— *A verdadeira feiticeira não é Bibliana. És tu. Germano está completamente enfeitiçado por ti. E isso tem que acabar.*

— *Acabar? Acabar como?*

— *Para onde te vou levar não pode haver esposas, nem maridos, nem namoros e casamentos.*

Remexeu a bolsa para dela retirar uma fotografia. Apesar de baça e amarrotada, distinguia-se na imagem a figura de um homem alto e seco, tendo ao fundo um navio.

— *É Fábio, o meu marido* — murmurou como se estivesse num velório. E voltou a revolver a carteira para dela retirar uma meia dúzia de envelopes. — *E estas são as cartas que me enviou de Itália. São as cartas de Fábio.*

Voltou a arrumar, com mil cuidados, a velha fotografia. E lamentou-se em italiano: *sono tutti uguali, gli uomini sono tutti uguali.* No princípio ainda acreditou ser verdadeira a saudade de que o noivo sempre se queixava. Como eram verdadeiras as suas lágrimas ao ler, numa distante aldeia de Itália, as dolorosas mensagens do seu amado exilado em África. Ilusão sua. Como os outros brancos, o seu companheiro estava ocupado com outros encantos. Com outros doces exílios. E foi já num outro tom que Bianca Vanzini voltou ao assédio sobre o meu futuro:

— *Pois é isso que vai acontecer: vou fazer de ti uma rainha. Os brancos correrão para se ajoelhar aos teus pés.*

— *E se eu não quiser, dona Bianca?*

— *Vais querer, Imani. És uma mulher inteligente, sabes que futuro podes ter com um homem estropiado que será mais um filho do que um marido.*

— *E se recusar?*

— *Se assim for, lembrarei ao sargento Germano quem foi que disparou, quem foi que o tornou um eterno aleijado.*

Deitou-se e, de olhos fechados repetiu, agora em português:

— *Os homens são todos iguais, em África, na Itália ou no inferno.*

Pensei que já tivesse adormecido quando a senti vasculhar de novo entre os envelopes. A sua mão, iluminada pelo *xipefo*, tornou-se ainda mais branca quando me tocou o ombro.

— *Lê-me esta carta. Não digas que não conheces a língua. Conheces, sim, é uma carta de amor.*

Fui decifrando as palavras, letra por letra. Saltei o que não entendia, enfeitei o que entendia. Mas li baixo e veloz, com receio de ser escutada fora das frágeis paredes de lona. Talvez fosse diferente na Itália. Mas, entre nós, as histórias só podem ser contadas de noite. Só assim se entretém o escuro. Felizmente a mulher branca não tardou a adormecer.

Embalada pela minha própria voz fui, também eu, deslizando no sono. E sonhei com a árvore que o avô plantara por trás da nossa casa. De dia era magra e de escassa sombra. Quando escurecia, porém, convertia-se numa imensa e frondosa criatura. Sob o luar despontavam, cintilantes, os seus frutos. Era uma árvore noturna. Ninguém mais a viu resplandecer. Apenas eu e a Lua.

8

Terceira carta do tenente
Ayres de Ornelas

[...] *a mínima desobediência ou simples demora no cumprimento de uma ordem minha era imediata e severa — para não dizer barbaramente castigada a chicote de cavalo-marinho, e um preto convicto de espião foi fuzilado e queimado o seu cadáver, diante de uns trezentos Mabuingelas e Mangunis, que se haviam reunido por minha ordem. Não se pense que gosto de ver matar indígenas a sangue-frio ou de os ver estorcer-se atangatados pelos açoites, mas percebi que o Gungunhana ainda era muito temido e respeitado, devido em parte às mortes que todos os dias mandava fazer, e, por isso, fiz o possível por inspirar um terror igual ao que espalhava em torno de si o régulo Vátua.*
Mouzinho de Albuquerque citado por António Mascarenhas Galvão, *Mouzinho de Albuquerque: Do sertão de Moçambique ao Fausto das cortes europeias* (Oficina do Livro, Cruz Quebrada), 2008.

Inhambane, 29 de julho de 1895

Caro sargento
Germano de Melo,

Graças a Deus regressei à minha vocação militar.
Deram-me ordem que deixasse os afazeres diplomáticos
e, aqui em Inhambane, me envolvesse nos preparativos
de uma poderosa ofensiva militar que terá lugar nas
planícies de Magul. Na verdade, a estadia em Manjacaze já se tornara insuportável. Não apenas pela espera
infrutífera de que o Gungunhana mudasse de atitude,
mas porque naquele lugar tudo era decadente e sombrio.
   Queixava-se o sargento de que o seu posto militar em
Nkokolani era mais uma loja do que um quartel? Pois a

residência de José d'Almeida em Manjacaze tinha-se transformado numa cantina onde desregradamente se distribuía álcool. Os notáveis da corte de Gungunhana, as esposas do rei ou os seus chefes militares, todos fingiam haver um propósito para uma audiência oficial. Era vê-los sair, momentos depois, caminhando cambaleantes com garrafas na mão. Beber já não bastava. Era vital que aquele que bebesse se tornasse distinto e visível aos olhos dos demais. Porque se promovia socialmente usufruindo do álcool dos europeus.

A fome que passei em Manjacaze foi tal que eu mesmo, que sou parcimonioso na bebida, acabei consumindo vinho sem a necessária regra apenas para me esquecer da escassez de alimento. Chegámos a ponto de pedir a Georges Liengme comida para a nossa gente e milho para os cavalos. O suíço forneceu quatro sacos de cereais.

— *O mais triste* — comentou o médico — *não é ter que dar comida. Mas é dar sem saber se essa comida se destina a pessoas ou a bichos.*

Quer vexame maior que esse tipo de aparte vindo de um europeu?

Partilhei consigo essas confissões preliminares, mas devo desde já avisá-lo de que esta não é exatamente uma carta. É uma convocatória que redijo no intervalo das minhas novas ocupações nesta simpática cidade de Inhambane. Como escrevi no início desta carta, estamos na véspera de um grande ataque em Magul. Este será um momento crucial para a minha carreira. A hierarquia está de olhos postos em mim e não posso perder a oportunidade para brilhar.

***

Sem mais delongas o assunto é o seguinte: necessito absolutamente que sirva de meu informador no terreno. Não é um pedido. É uma ordem de um superior seu. Nada disso tem a ver com as promessas de o recambiar para Portugal, que isso serão favores futuros que para aqui não são agora chamados. Isso é diferente. Seria vital que eu detivesse, em primeira mão, informações de natureza estratégica. As mais importantes são as referentes a movimentações de Gungunhana ou dos dois régulos fugitivos. Se eu souber disso antes de qualquer outro oficial português — e sobretudo antes de Mouzinho de Albuquerque —, terei um precioso trunfo para me notabilizar perante os meus superiores. A nossa correspondência passa, portanto, a ter um caráter funcional e reservado. Contudo, as suas cartas podem e devem continuar a falar dos seus sentimentos pessoais. Essas serão anotações à margem. O mais importante é que me forneça trunfos que me promovam a mim e despromovam os meus adversários políticos. Saberei recompensá-lo. Assim que aconteça a minha promoção o meu amigo será imediatamente reenviado para Portugal. Fica a minha promessa.

9

Uma idade sem tempo

A história do mundo é um relato de três dias e de três mortes. No primeiro dia, houve uma inundação e todas as criaturas se converteram em peixes. Foi assim que as minhas duas filhas se afundaram no rio. No segundo dia, um incêndio devorou as florestas e onde pairavam nuvens restaram apenas poeiras e fumos. As fontes secaram, extinguiram-se os rios. Então, todas as criaturas se transformaram em pássaros. Foi o que aconteceu com a sua mãe, não se lembra dela na árvore? No terceiro dia, uma violenta tempestade varreu os céus e as criaturas de asas converteram-se em bichos terrestres e espalharam-se pelos vales e pelos montes até não se reconhecerem a si mesmos. É o que nos está a acontecer a nós, os sobreviventes da guerra.

Katini Nsambe, falando para a sua filha Imani

Eis o que dá gosto ao cozinheiro: ver o fundo dos pratos lavado como se uma língua de gato os tivesse lambido. Era assim, purificado pela fome, que se apresentava o prato de alumínio com que se abanava o padre Rudolfo. De súbito, o religioso suspendeu o improvisado leque para comentar um rumor que lhe chegara: dizia-se que a rainha Impibekezane tinha sido vista nos arredores de Sana Benene.

— *Espero que não pense em vir cá* — afirmou o padre, a meia-voz.

Bem mais que uma honra, uma eventual visita daquele quilate era um motivo de insegurança. O padre queria a casa de Deus afastada das políticas e das guerras. A igreja podia ser uma enfermaria. Mas nunca um lugar de cinzas e mortes.

— *Nisso lhe dou razão, padre* — anuiu Bianca. — *Às*

vezes numa guerra o pior que pode acontecer é ganhar uma batalha. Os portugueses ganharam em Marracuene, mas deixaram lá duas dezenas de mortos. Vem aí a vingança.

Àquela hora o calor era intenso, mas o que mais nos sufocava era o prenúncio de uma iminente tragédia. A guerra cercava-nos com as suas invisíveis tenazes. O que me ocupava era como, rodeados de tantos perigos, poderíamos conduzir Germano ao hospital dos suíços.

— *Não se apoquente, minha querida Imani* — declarou o padre Rudolfo. E acrescentou: — *Esse seu branco ainda vai ficar aqui retido por mais uns tempos.*

A nossa partida para Mandhlakazi estava adiada. O dr. Liengme tinha sido chamado por António Enes a Lourenço Marques. E ninguém sabia quando regressaria.

Permanecemos em silêncio enquanto Bibliana recolhia os pratos e os talheres para os deitar numa bacia com água. A cada vez que a negra passava, a branca estendia as pernas para lhe atrapalhar a passagem. Incapaz de a fazer tombar, Bianca ralhava:

— *Passa por trás das pessoas. O padre não te ensinou as boas maneiras?*

Quando, enfim, Bibliana se recolheu na sombra alpendre da cozinha, Bianca comentou em tom severo: *o que aquela mulher trazia vestido era roupa de dormir.*

— *Dona Bianca, aqui toda a roupa é de dormir* — argumentou, displicente, o padre.

— *As mulheres usam esses trajes dentro de casa.*

— *A senhora não entende: a casa, para esta gente, é tudo isto em volta.*

A europeia contemplou o caos ao redor enquanto o sacerdote falava:

— O que se passa, dona Bianca, é que a senhora tem medo de Bibliana. Não vê uma pessoa. Vê uma negra, uma bruxa.

— Não é ela, mas o senhor que me preocupa. Já se esqueceu de que é um padre, já se esqueceu de que esta casa é um lugar sagrado.

— Lugar sagrado? Quer saber por que estou aqui? Mandaram-me para Sana Benene porque isto aqui não é lugar nenhum. Fui punido. Denunciei negócios sujos, de gente graúda.

— Que negócios?

— Escravos.

— Ora, convenhamos, senhor padre. Há que tempo que isso acabou!

— O problema é esse, dona Bianca. Não terminou. E a senhora sabe muito bem do que estou a falar.

Ao entrar na igreja naquela tarde o padre Rudolfo foi surpreendido pela presença de três homens que ocupavam a primeira fila das escassas cadeiras. Os estranhos apresentaram-se: eram Manhune, general e conselheiro de Ngungunyane, e dois guarda-costas que se apresentavam à civil. É má educação um visitante anunciar de chofre as suas intenções. Manhune estava acima desses preceitos e, sem rodeios, anunciou o propósito da sua visita: vinha buscar as mulheres.

— Que mulheres? — perguntou, tremendo, o sacerdote.

— Bibliana e a branca que acabou de chegar.

Não sairiam dali sem as levar. O Nkossi pretendia as duas. A negra, pelos poderes que ela detinha. A branca pelo poder que lhe era acrescentado ao ter uma esposa europeia. Quase em pranto, o padre implorou: *por favor, não me levem o meu marido.*

Os mensageiros riram-se às gargalhadas. O marido? Descontaram: o branco falava num idioma que não era o seu. E corrigiram-no com cordialidade. O incidente linguístico teve um efeito de provisória dissuasão. O mensageiro condescendeu: o padre que se organizasse que eles voltariam dentro de dias. Nessa ocasião as duas mulheres deveriam estar disponíveis e prontas para serem levadas. E retiraram-se para se dissolverem em sombras na paisagem.

Nem Bianca Vanzini nem Bibliana se encontravam no pátio da igreja e, por isso, o padre Rudolfo aproveitou o momento para nos informar a mim e ao meu pai da visita do chefe Nguni e das pretensões de Ngungunyane. Pediu-nos que mantivéssemos sigilo. Não valeria a pena assustar as mulheres visadas pela ameaça. E pesou sobre nós um silêncio espesso, apenas interrompido pelo gorgolejar da bebida de que o meu pai se servia com sofreguidão. Irritado, o padre retirou-lhe das mãos a garrafa de *nsope* e perguntou:

— *O seu filho Mwanatu onde anda?*

Katini contemplou os vastos campos ao redor como procurasse não pelo filho, mas por um idioma para responder.

— *Anda por aí...*

— *Por aí por onde? Este não é um tempo para se andar por aí....*

Não respondeu o meu pai, receando ser mal-entendido. Dizia-se do seu filho o que se diz de todos os loucos: que cirandava pela noite a adormecer os animais bravios. Apaziguava os cansaços e as fomes das bestas. Assim ganhava a alma dos bichos.

— *Esse menino continua retardado. Essa é que é a triste verdade* — insistiu o padre, constrangido.

Katini Nsambe ignorou o respeito devido a um padre e venceu os receios perante um branco.

— *É o meu filho, esse de quem falamos.*

Os nervos impediam-no de se manter sentado. Rodopiou ao redor da árvore e arrancou as cascas velhas, presas ao tronco, até ficar com os dedos em sangue. O padre falou comigo como se Katini não estivesse presente:

— *O teu pai está feliz por te levar para a terra dos brancos. É isso que queres ser: uma preta no mundo dos brancos?*

Por um segundo pensei que o meu pai se inclinara sobre o sacerdote para o agredir. E foi isso que Rudolfo receou, protegendo o rosto com os braços. Katini Nsambe, porém, limitava-se a debruçar-se sobre o padre para recuperar a garrafa de aguardente e, segurando-a de encontro ao peito, afastou-se com passos firmes.

— *Sabes que o Gungunhana proibiu o consumo de bebidas? Decretou a lei seca desde que o filho morreu alcoolizado no mês passado.*

— *O Ngungunyane não manda em mim* — declarou Katini. E acrescentou: — *O primeiro a violar essa lei vai ser ele próprio.*

O sacerdote esqueceu por momentos a magra silhueta do meu velho. E foi a mim que deu atenção:

— *Não deixo de escutar o que os outros pretos dizem de ti. E confesso-te uma coisa, minha filha: antes fosses branca.*

Mais do que a uma raça, eu pertencia a uma amaldiçoada espécie: era amiga dos brancos. Atirar-me-iam à cara essa condição como se faz aos loucos e aos leprosos.

— *Acabarás* — disse ele — *sentindo inveja do desprezo com que tratam o teu desvalido irmão.*

E havia uma outra lição, talvez a última que me queria transmitir. A nossa terra era uma ilha: os que chegam não querem ficar. Por muito que gostemos deles, não nos devemos entregar de alma inteira.

— *Os que batem à nossa porta estão de passagem. Abre--lhes a casa mas mantém fechada a tua alma.*

Referia-se à minha atração pelo sargento. Mas o padre falava, também, de si mesmo. Um homem entre mundos, uma criatura entre fronteiras. Para os brancos, era amigo dos pretos. Para os negros não era senão um português de segunda categoria. Para os indianos que com ele partilhavam a cor da pele, o padre não era ninguém. Tinha a língua, a crença e os modos dos europeus. Não chegava a ser traidor. Simplesmente, não existia.

— *Esta é a triste lei do mundo: os que existem pela metade acabam sendo duplamente odiados.*

Uma garrafa vazia tombou na areia, aos meus pés. Era meu pai que regressara ao nosso convívio e se sentava em silêncio. Ficar assim calado era um modo de pedir desculpa. Esfregou longamente as mãos nos joelhos, a ganhar coragem:

— *Diga-me uma coisa, padre. Essa sua esposa... essa mulher, essa Bibliana fala a língua daqui mas ela não é uma mulher das nossas, dos Vatxopi?*

— *Raio de pergunta, Katini! Você quis saber qual era a tribo do sargento português?* — inquiriu o padre. E acrescentou: — *Bibliana é da tribo das mulheres. É isso que ela lhe responderia se lhe perguntasse.*

Escutaram-se explosões ao longe. A seguir, tiros. E um tropel de cavalos que se afastavam. E depois, mais nada.

— *Quem será que agora dispara?* — perguntou o padre.

Ninguém podia responder. Quantas guerras há dentro de uma guerra? Quantos ódios se escondem quando uma nação manda os seus filhos para a morte? Adivinhei os gritos que se esvaíam na distância. E seriam mulheres, certamente, as que gritavam e ninguém as escutava porque estavam longe, sempre demasiado longe. O padre suspirou, numa espécie de tédio:

— *Lá vêm mais enterros!*

E beberam os dois homens. A cada vez que reenchiam os copos, amaldiçoavam o rei de Gaza:

— *Que lhe morram os filhos e as filhas! E que fiquem por enterrar e sejam devorados pelas quizumbas.*

Os embriagados são como os prisioneiros: criam um tempo que apenas entre eles se pode partilhar. Excluída, solicitei autorização para me retirar. Mas o padre mandou que ficasse: havia um assunto que queria esclarecer junto do meu pai.

— *A guerra está à nossa porta, meu irmão Katini. Não acha que é o momento de Imani saber a verdade sobre as que morreram?*

— *Deixe quieto o tempo* — disse o meu pai.

— *Não foi o rio que levou as suas irmãs* — afirmou o sacerdote. — *Beberam sim água de um poço envenenado.*

— *Veneno posto por quem?* — perguntei, com surpreendente serenidade.

— *Pelo demónio* — rctorquiu o padre.

E o meu velho confirmou com um aceno de cabeça. Na tensa e densa quietude que se seguiu, os menores detalhes ganharam a dimensão de um presságio: o tombar das primeiras gotas de chuva, o cheiro que parecia emergir da terra mas que despontava de um primitivo recanto da nossa alma. E de novo se adivinhou o mudo grito das mulheres, para além da distância.

— *São coisas passadas, já antigas* — disse o padre em afago da alma.

— *Não há coisas antigas* — afirmou Katini. — *Há coisas vazias como esta garrafa.*

10

Segunda carta do sargento Germano de Melo

[...] *sendo grandes conquistadores de terras, os portugueses não se aproveitam delas, mas contentam-se de as andar arranhando ao longo do mar como fazem os caranguejos.*
Frei Vicente de Salvador, *História do Brasil*, 1627.

Sana Benene, 8 de agosto de 1895

Excelentíssimo senhor
Tenente Ayres de Ornelas,

Ordenou-me Vossa Excelência que lhe servisse de
espião. De imediato comecei a cumprir essa nova incumbência e nesta mesma missiva já lhe faço chegar
informação sobre uma estranha ocorrência em Sana
Benene. Sucedeu ontem que a rainha Impibekezane,
mãe de Gungunhana, se apresentou nesta igreja. Surgiu a meio da tarde a grande dama dos Vátuas e vinha
acompanhada por uma pequena e discreta delegação.
Na altura eu dormia profundamente e nem o alvoroço
me fez sair da sesta. O padre alojou a real visita num

barracão de madeira e zinco escondido numa mata de arbustos. Vale a pena uns parênteses para se falar desta arrecadação. A intenção inicial de Rudolfo Fernandes era instalar ali uma tipografia para a reprodução de textos religiosos. De um velho componedor e de uma prensa só restavam peças soltas, dispersas pelos cantos. E ainda a caixa de madeira com alguns tipos, por ali alinhados como soldados em parada. Foi com isso que o Padre pensou imprimir a Bíblia em txixope, por mim traduzida. Mas tudo ficou pelas boas intenções. A ideia da Bíblia na língua do meu povo dissolveu-se no ar, tal como aconteceu ao cheiro da tinta, que todavia era tão forte e característico que, ainda hoje, o recordo como coisa estranha de quando ainda tudo estava em Mutimani.

Acordaram-me aos safanões anunciando a chegada dos estranhos visitantes. Ainda estremunhado e apoiado pelos braços de Imani e do padre, atravessei lentamente o pátio, ansioso por conhecer a velha dama que tanta influência exercia sobre o Gungunhana e a sua corte. Como Vossa Excelência bem sabe, a rainha Impibekezane não é mãe de sangue do monarca. Essa verdadeira mãe faleceu recentemente e, por desejo expresso do esposo, Muzila, foi enterrada embrulhada na bandeira portuguesa.

A razão da inesperada visita era, imagine Vossa Excelência, a minha pessoa! Impibekezane ouvira dizer que tinha chegado um militar branco a Sana Benene e pretendia encontrar-se em privado com esse português. Foi assim que me acordaram aos safanões, pois não queriam fazer esperar tão ilustre visitante. À porta do barracão encontravam-se dois soldados Vátuas que serviam de escolta da rainha. Não ostentavam nenhum sinal que os identificasse como militares. À porta inspecionaram-me os panos ao redor dos braços. E depois, com um menear da cabeça, autorizaram que entrasse. Em contrapartida, interditaram a passagem do padre e de Imani.

No fundo do alpendre estavam sentadas duas mulheres. A rainha-mãe distinguia-se pelo penteado armado, os múltiplos colares de missangas e as pulseiras que lhe ornavam os pulsos e os tornozelos. Como me haviam recomendado, dirigi-lhe uma saudação que só ao rei era permitida:

— *Bayete!* — proferi, dobrando-me numa pouco convincente vénia.

Confesso, Excelência, que fui atraído pela outra mulher, bem mais jovem e que se destacava pela sua rara e delicada formosura. Nem tenho palavras para descrever essa donzela: uma pele de tom avermelhado, um corpo perfeito e um rosto bem desenhado. De tal modo essa negra me fascinou que, notando a minha perturbação, a rainha disse à outra que se sentasse mais atrás, apagada pela penumbra do recanto. Falei em português na vã esperança de que autorizassem que Imani servisse de tradutora. A formosa moça surpreendeu-me ao responder na minha língua. Esclareceu que os assuntos que ali se iriam tratar eram demasiado sigilosos. Anunciou que se chamava Mpezui, era irmã do rei de Gaza e, na infância, tinha frequentado uma escola que os portugueses tinham construído em Manjacaze. E fitou-me com os olhos fundos e escuros, feitos para cercar a alma de um homem.

A rainha-mãe vinha alarmada pela tensão que se vivia na nossa região. Os dois exércitos concentravam milhares de homens na planície de Magul. Quis ela saber que lugar eu ocupava na hierarquia militar. Fiz referência à minha patente de sargento, e as duas mulheres trocaram um breve diálogo para depois se inclinarem com variados sinais de reverência. Com entusiasmo, Mpezui declarou que o rei de Gaza detinha a mesma posição de sargento do Exército português e que, por isso, a minha pessoa merecia o máximo respeito. Enganavam-se. Confundiam as patentes de sargento e de coronel, que era a distinção que Dom Carlos atribuíra a Gungunhana. Não contrariei. Mas a invulgaridade daquela visita enervou-me a tal ponto que me voltaram os arrepios das febres. Latejava-me o coração nos pulsos e o sangue escorreu-me pelos panos. Ocultei esse gotejar por detrás das costas.

— *O meu falecido marido, Muzila, foi um grande amigo de Portugal* — anunciou a rainha. O soberano Vátua, contudo, morrera desiludido: parte das promessas dos portugueses nunca foi cumprida. Porém, era essa uma verdade nas duas direções: o monarca africano também se esquecera de honrar os seus compromissos. Vossa Excelência relevará essas omissões de parte a parte. Bem sabe que essa é a natureza humana: temos memória é para esquecer as nossas culpas.

A rainha-mãe pousou sobre mim um olhar sentenciador enquanto me advertia para que nunca, mas nunca, a desiludisse. Baixei o rosto não como sinal de obediência, mas porque uma tontura me toldou o discernimento.

— *Em tempos como este, a deceção paga-se com a vida* — intimou a soberana.

A terra que eu pisava era sagrada, declarou a rainha. Naquele chão viviam os seus mortos. Com escusado detalhe descreveu a cerimónia fúnebre de Muzila. Ouvi o fúnebre relato de forma longínqua e fragmentada, aqui e ali perdendo a audição: o corpo do falecido Muzila tinha ficado suspenso numa árvore para que os líquidos fossem recolhidos numa larga bacia. Esses fluidos seriam depois usados para adubar os solos.

— *Morremos para ser semente* — rematou a visitante, corrigindo o penteado, parecendo que nunca chegava a tocar no cabelo. Inspirou fundo antes de voltar a falar.

— *Sou rainha. Mas primeiro sou mãe.*

— *Os homens* — declarou ela — *são educados para fazer a guerra. Desconhecem, porém, que nenhum exército tem mais força que uma mulher defendendo a sua prole.*

Não sendo sangue do seu sangue, o Gungunhana — ou o Umundungazi, como ela o designou — era o predileto dos seus filhos. E ela estava disposta a defendê-lo a todo o custo. Era por essa razão que a rainha ali se apresentava: concebera um modo de salvar o imperador. Esse plano salvaria, ao mesmo tempo, a vida e a honra dos portugueses que, aos olhos do mundo inteiro, seriam os únicos vencedores. Os únicos que não reconheceriam nunca essa vitória seriam os vencidos. E assim ao longo dos séculos festejariam, de outro modo, o seu triunfo.

Debruçou-se a rainha-mãe sobre mim como se me fosse dizer um segredo. A bela Mpezui imitou o gesto da soberana e roçou os lábios nos meus ouvidos para traduzir o murmúrio de Impibekezane:

— *Escute-me como se fosse um filho meu.*

Naquele crucial momento, porém, senti uma imensa hemorragia inundando o chão por trás de mim. Ainda percebi que falava de Sanches de Miranda e do que lhe dão na língua deles, o mafambatcheka, aquele que ri enquanto caminha. Mas já eu desaguava pelos pulsos. Tentei pedir socorro, mas a boca não me chegou às palavras. O mundo já estava escuro quando tombei sobre o meu próprio sangue.

Não lhe posso assegurar, Excelência, o que terá sucedido naquela temporária ausência. Alguém me deve ter arrastado porque despertei já em minha casa, alarmado por um infernal barulho que chegava do pátio.

Tenho que terminar aqui para não perder o mensageiro, que vai partir de imediato. Em breve darei mais notícias.

11

O roubo da palavra de metal

Eis o que nos dizem antes mesmo de nascermos: que a grande virtude da mulher é estar sempre presente sem nunca chegar a existir.

Dito de Bianca Vanzini

Despertei com um enorme rebuliço e pela janela da sacristia vi gente correndo caoticamente. A primeira coisa que me passou pela cabeça foi que estávamos a ser atacados. Podia ser a minha própria gente, os Vatxopi, com o propósito de sequestrar a rainha-mãe.

Foi Rudolfo que me elucidou sobre o que ali se passava: depois de a comitiva real Vanguni se ter retirado, constatou-se que os visitantes tinham roubado todo o metal que havia na arrecadação. As bancadas estavam vazias. Os modelos de metal concebidos para divulgar a palavra de Deus serviam agora para fazer balas.

Naquele momento, o sargento Germano emergiu de casa. Inteirou-se sumariamente do que se havia passado e de dedo em riste advertiu o sacerdote que dele esperava um relatório do assalto. Comportava-se como se fosse o proprietário da igreja. O padre desdenhou da ordem. Que importância tinha o sumiço de uns filetes de chumbo face à boa nova da esmagadora vitória que os portugueses haviam conseguido em Magul?

— *Não celebras as vitórias do teu exército?* — inquiriu Rudolfo.

A novidade parecia trazer preocupações para o sargento. Pouco lhe importava que seis mil guerreiros inimigos chefiados pelo odioso Zixaxa tivessem capitulado ante umas poucas centenas de combatentes portugueses. Pouco lhe importava que as metralhadoras dos seus compatriotas tivessem deixado quatrocentos mortos na planície de Magul. A única coisa que Germano de Melo queria saber era do roubo das barras de metal. Rudolfo fitou o soldado nos olhos e disse-lhe:

— *Vejo medo na tua alma, meu filho.*

E virou-lhe as costas. O sargento, porém, foi no seu encalço: o sacerdote que não esquecesse que ele, apesar de ferido, tinha os seus sagrados deveres. E teria que prestar contas do incidente.

— *Prestar contas a quem?* — perguntou o padre.

— *Tenho os meus superiores.*

O padre muniu-se de um balde para ir recolher água ao rio. No meio do caminho ainda comentou:

— *Vai ter com Imani, meu filho. Precisas com urgência de um conforto.*

Nesse momento, Bibliana passou por nós e, sem deter a sua marcha, abordou em txitxopi o alucinado sargento:

— *Quantas Bíblias existem, meu soldado? Uma para os ingleses, outra para os portugueses? Uma para os brancos, outra para os negros? Esse Deus que dizem ser um único que língua fala?*

As perguntas fluíram em cascata e o português não entendeu coisa alguma. Quando se acercou de mim, confirmei o seu estado transtornado. O seu olhar era irreconhecível quando estendeu um braço em direção ao meu rosto:

— *Esse cabelo, Imani...*

— *O que tem o meu cabelo?*

— *Não o podes endireitar?*

— *Está torto?*

— *A partir de agora vais passar a alisá-lo. Não quero cá carapinha que me faz mal aos dedos, esses malditos caracóis entram-me pelas ligaduras, infetam-me as feridas.*

As febres tinham regressado, pensei. Mas não era um retorno. Havia no seu rosto uma crispação que nunca antes havia testemunhado. Timidamente rocei os dedos pelos seus cabelos. Com brusquidão repeliu o meu gesto. Desconfiado, o português olhou ao redor, como que para se certificar de que ninguém nos escutava. Lançou então uma inesperada pergunta: se o padre Rudolfo merecia a nossa confiança. Perante a minha estupefação, insistiu:

— *Não estará metido com os pretos?*

— *Os pretos?* — inquiri, atónita.

O sargento não se apercebeu do inusitado das suas palavras. E já duvidava se Rudolfo era mesmo padre.

— *Conheces a história deste marmanjo?*

Era algo sabido em Sana Benene: todas as manhãs o padre se via ao espelho. Acreditava que, dia após dia, os seus olhos castanhos iam ficando azuis. Que ele se descascava da raça como as cobras se livram da velha pele. E se ia tornando mais e mais parecido com a sua progenitora portuguesa, que ele conhecia apenas pelo que lhe contavam.

— *Não acredito que esse tipo tenha mãe portuguesa. A bem dizer, nem sei se terá mãe alguma* — declarou Germano.

— *Quer saber quem é Rudolfo Fernandes? Ninguém melhor do que eu para lhe contar a história desse padre.*

A mãe de Rudolfo Fernandes era uma das chamadas "órfãs do rei". Recolhida num orfanato de Lisboa, foi enviada pelo monarca português para Goa. Na Índia devia desposar um dos poucos portugueses que ali prestavam serviço. A intenção era manter a chamada "pureza da raça". No caso da mãe de Rudolfo, esse propósito não foi alcançado: a órfã não escolheu um branco, mas um indiano de pele bem escura. O filho desse inesperado casal foi entregue ao seminário de Goa e ali fez a sua formação religiosa. Terminado o seminário, as autoridades lusitanas mandaram-no ir da Índia para Moçambique, porque não havia em todo o território mais do que meia dúzia de sacerdotes que evangelizassem numa língua civilizada e civilizadora: o português. Os outros cristãos, os calvinistas suíços, espalhavam de forma equivocada a palavra de Deus. Encorajavam os negros a escrever nas suas próprias línguas. Ensinavam-nos a ser africanos.

Foi com a missão de contrariar essas influências que o padre Rudolfo desembarcou em Matimani, a aldeia do litoral. E foi assim que ele desembarcou na minha infância. No início, o goês ficou entusiasmado: a igreja atafulhava de gente nas missas de domingo. Os chamados "indígenas" recebiam com entusiasmo as cartilhas para aprender a ler. O missionário acreditou que os africanos se aplicavam a decifrar as letras. Ingenuidade sua.

Os mais velhos iam aos cadernos e arrancavam-lhes as folhas para acender fogueiras para fritar o peixe.

O meu pai, Katini Nsambe, viu na catequese mais do que uma conversão religiosa: era uma porta abrindo-se para o mundo dos brancos. Essa era a intenção: que eu, Imani, me desembrulhasse da minha origem. Que escapasse de mim para um outro destino, sem retorno, sem raça, sem passado.

— *Naquele metal que roubaram estava um pouco de mim* — disse eu, interrompendo o longo relato.

Para contrariar a influência dos protestantes, Rudolfo decidiu traduzir a Bíblia. Durante meses ajudei-o na conversão de português para txitxopi. Certa vez, tive a ousadia de duvidar do caráter sagrado do livro. Quem o escreveu, quem o imprimiu, não foram simples mortais? Para Rudolfo a resposta era clara e simples:

— *Os livros nunca estão escritos. Quando os lemos, escrevemo-los.*

Aquele livro podia não ser sagrado. Mas fazia as pessoas sagradas. Era assim que o padre nos ensinava na catequese. A ele, porém, nem o livro nem a fé o ajudaram a manter-se lúcido e íntegro. Longe de Goa, afastado dos seus, o jovem clérigo foi perdendo o sentido da realidade. Várias foram as mulheres que dormiram com ele na igreja. Defendia que era aquela a melhor maneira de ministrar a primeira comunhão. A sua devassidão, contudo, não se resumia aos prazeres carnais. Na orla da praia acumulavam-se às dezenas garrafas de vinho já consumidas. O mar tomava-as pela cintura e elas evoluíam, solitárias bailarinas, sobre a crista das ondas. Viajavam, segundo o missionário, de volta às praias de Goa. Vazias, tão vazias como o homem que as bebera.

Certa vez deu-me ordem para que suspendesse os trabalhos da tradução e para lhe devolver a Bíblia.

— *Não precisamos mais de tradução. Nem de mais nenhum livro.*

Apontou o rio, as dunas e mais além o mar. E declarou:

— *Esta é a minha biblioteca.*

12

Terceira carta do sargento Germano de Melo

O pior sofrimento não é ser derrotado. É não poder lutar.
Provérbio de Nkokolani

Sana Benene, 9 de setembro de 1895

Excelentíssimo senhor
Tenente Ayres de Ornelas,

Sei que, depois da batalha de Magul, Vossa Excelência voltou para Inhambane e imagino que, face à euforia das grandes notícias, não tenha conhecimento dos eventos que passo a relatar. Tudo começou na noite passada, quando a presença de um intruso foi denunciada pelos cães. Das casas saíram pessoas para saber o que se passava. Um preto da etnia dos Vandaus tinha entrado na aldeia aos tropeções. Vinha ferido, sangrando do peito e das pernas. Sobrevivera, imagine Vossa Excelência, a um pelotão de fuzilamento em Chicomo. Fingiu-se morto após ter tombado no chão. Os soldados inclinavam--se sobre o corpo para confirmar a execução quando uma enorme serpente emergiu do escuro, causando a debandada geral. Gravemente ferido, o homem meteu--se numa canoa e deixou que a corrente o arrastasse até Sana Benene.

Tinha sido Mouzinho de Albuquerque que lhe dera a sentença de morte, acreditando tratar-se de um espião de Gungunhana. Mandaram que tirasse todas as roupas para confirmar se trazia no corpo as tradicionais tatuagens dos nossos inimigos. Era um simples adiar de sentença. Exibisse ou não as marcas da etnia culpada, o desgraçado estava condenado: o simples facto de ousar circular na área anexa ao quartel era prova bastante.

Foi um milagre o cafre ter chegado vivo a Sana Benene. Quando Bibliana apareceu, notei que algo especial se passava entre ela e o sobrevivente. A curandeira ficou imobilizada na contemplação do intruso e, de repente, lançou-se efusivamente nos seus braços. *É o meu cunhado Manyara*, anunciou em lágrimas. E os dois, abraçados, entraram na igreja. Todos sabiam o que fazer: Imani foi ferver água, Bianca foi buscar ligaduras e uma roupa lavada, e o padre permaneceu sentado com os olhos fixos em mim. *Que se passa, meu filho?*, perguntou-me com irritante tom paternal. Lembrei que se tratava de um prisioneiro já condenado e que devia ser conduzido para Chicomo para ser devolvido à justiça. *Para voltar a ser morto?*, ironizou o sacerdote.

Lembrei-lhe como, daquele modo, éramos cúmplices de um criminoso. Rudolfo enfrentou-me com inesperada agressividade:

— *Este homem nunca passou por aqui, ouviu? Bibliana*

vai tratar dele como tratou de si e depois ele segue o seu cami-
nho como você vai seguir o seu.

Entrei na igreja e senti o aroma das infusões que tão bem conhecia. O cafre ferido ocupava o leito em que eu antes convalescera. Dei ordem ao preto para que contasse o que lhe sucedera em Chicomo. Quis saber se, quando interrogado, admitira ser um espião. Foi Bibliana com o seu pobre português que traduziu as titubeantes declarações do cunhado: *diz o meu cunhado que falou na língua dele, o xindau, e nenhum dos portugueses o entendeu.* E comentou a profetisa que um mesmo equívoco sucede com os brancos e com os pretos: aqueles cuja língua não compreendemos estão já confessando a sua culpa.

As suas novas instruções, Excelência, não me saíam da cabeça. Foi assim que, apesar da oposição da curandeira, insisti que o maltratado negro narrasse as circunstâncias da sua detenção e subsequente fuga. Entre gemidos e esgares, o homem relembrou o inferno por que passara em Chicomo. Quando o arrastaram para o paredão, Mouzinho de Albuquerque fez parar os soldados para lhes lembrar o procedimento: só os brancos podiam compor o pelotão de fuzilamento. Após os disparos, o cafre acreditou estar realmente morto. *Não tive que fingir, estou aqui porque ressuscitei,* murmurou ele. E acrescentou, com um sorriso apenas esboçado: *ressurgi graças à minha cunhada.* Durante dois dias arrastou-se por penosos caminhos para agradecer a Bibliana, viúva do seu falecido irmão. Tinha sido ela, com as suas magias, que o protegera contra as balas. E seria pelas mãos daquela *sangoma* — que é como aqui chamam às curandeiras — que ele se curaria dos graves ferimentos.

Exausto e dolorido, o homem fez questão que o deixássemos a sós. Mas antes de nos retirarmos balbuciou um recado que Bibliana traduziu. Avisava-me o intruso para que fugisse dali. Dizia que a guerra estava para chegar. E aquele não era o lugar certo nem para os brancos nem para os da sua tribo, os Vandaus. Ambos éramos fantasmas e pesávamos naquele vazio.

Dona Bianca concordou com o recado do forasteiro e agitou as mãos como se, mais do que escutar, tivéssemos que ver as suas palavras:

— *O homem tem razão. Fuja do exército, Germano.*

— *Vocês sabem o que fazem aos desertores* — avisou o padre, amargo.

— *Ora, padre, no meio deste caos, quem se dá conta de que este homem existe?* — perguntou Bianca. — *Se ninguém reparou antes, quando ele se encontrava no seu posto, quem notará agora?*

Bianca e Rudolfo falavam como se eu não estivesse presente. Procurei os olhos de Imani, mas ela desviou o rosto. Entendi. Se nem eu mesmo me reconhecia!

E foram essas, Excelência, as atribuladas ocorrências que por aqui sucederam. Regressei ao quarto e comecei a rabiscar esta missiva. E passei o resto da manhã num inexplicável estado de prostração. Sentia, confesso, uma profunda saudade de Imani. Ao meio-dia vieram anunciar que o cunhado de Bibliana não resistira aos ferimentos. A última coisa que pediu foi que lhe trouxessem alguém que lhe cantasse algo na sua língua materna. Ainda assisti ao início dos preparativos do funeral. O padre chamou-me à parte para me dizer que, no momento da extrema-unção — que para os cafres é um batismo —, o cafre lhe confessara ser verdadeira a acusação que sobre ele pesava. Desde há semanas que fazia serviços de espionagem. Entregava informações ao Gungunhana em troca da salvação da sua família escravizada na corte de Gaza.

E foi então, Excelência, que o sacerdote revelou algo extraordinário. Eis textualmente o que ele me disse: *O que não falta por aí são espiões. Se os fôssemos fuzilar a todos, talvez já não estivesses entre nós.*

Havia nas palavras do sacerdote uma insinuação que me desagradou. Talvez fosse da minha má consciência, mas, naquela noite, perdi o sono. A verdade é que eu fui um espião experimental. Que ainda por cima não passou na experiência. A verdade é que as palavras de Rudolfo me deixaram num profundo desamparo. Recuperadas as mãos, era a alma que agora me faltava.

Ao princípio da noite, terminadas as exéquias do intruso, já eu batia à porta de Bibliana. Queria ser blindado pelos espíritos africanos. Queria ficar protegido contras as balas, contra os amores desfeitos, contra o meu passado, contra mim mesmo. Ninguém podia saber desses meus intentos e, por isso, desejei que a negra atendesse rápido aos suaves batimentos na entrada da sua casa.

A adivinha entreabriu a porta quase despida, os seios firmes e as coxas insinuando-se pela abertura de uma capulana. E o mais que aconteceu não terá certamente relevância alguma para Vossa Excelência. Não deixarei, no entanto, de o alertar para a necessidade de vigiarmos de perto essa polémica e carismática figura. Vossa Excelência dificilmente imaginará o poder que essa feiticeira tem sobre os indígenas. Pode ter a certeza: nenhum exército nos pode ameaçar tanto quanto essa mulher com as suas rezas e profecias. A minha recomendação é manter essa preta sob vigilância. Não foi por essa razão que a fui visitar, e isso já confessei. Mas o fuzilamento do cunhado, o tal espião que veio morrer a Sana Benene, não nos coloca numa posição favorável. Só se pode esperar que Bibliana tenha hoje uma enorme animosidade contra os portugueses.

Numa palavra, devemos manter essa senhora debaixo de olho. Convém-nos saber qual é o seu passado e como a podemos transformar numa nossa aliada. Nas linhas que se seguem esboço um retrato sumário da pessoa em causa.

Bibliana nasceu e viveu até recentemente numa aldeia próxima de Chicomo. Tinha, como é comum por aqui, um outro nome que não vem agora ao caso. O pai foi levado como escravo, a mãe foi morta ao tentar defender a família. Durante semanas os caçadores de pessoas vasculhavam a aldeia para terem a certeza de que ninguém havia escapado do cativeiro e regressado ao lugar de origem. Escravos e donos de escravos eram todos da mesma raça, da mesma língua, dos mesmos deuses.

Foi assim que, ainda menina, a Bibliana restou como única parente a avó materna. A velha tinha as pernas deformadas e não conseguiria fugir no caso de um ataque. No final de cada dia a neta colocava-a dentro de um saco de serapilheira para que, em caso de emergência, fosse arrastada para o mato. Numa certa noite a aldeia foi incendiada e Bibliana foi forçada a abandonar a avó a quem jurara proteger. A moça fugiu e desapareceu nos bosques.

Quem a recolheu, dias depois, foram os primeiros missionários protestantes a visitar a região. Nenhum deles era europeu. Os dois negros vinham do Transvaal e evangelizavam nas línguas africanas. Durante a catequese Bibliana viu que a sua história estava escrita no livro sagrado. Com licença dos missionários mudou o nome de infância e adotou esse outro pelo qual todos agora a conhecem. Com a bênção dos missionários casou com um pescador da aldeia. Passaram-se anos sem engravidar. O marido tinha o direito de a abandonar. Mas não o fez. Nem nunca lhe atirou à cara a sua condição de mulher estéril. Para mostrar gratidão, Bibliana trabalhou arduamente capturando cobras e crocodilos para depois vender as peles. O marido chegou a pensar que fosse uma domadora de jacarés. Mas ela fez prova da sua verdade, exibindo a catana e as armadilhas.

Com o dinheiro que acumulou, Bibliana comprou duas novas mulheres e ofereceu-as ao marido. Essas esposas tiveram filhos e a família compôs-se. Durante um ataque à aldeia, o marido foi morto pelas tropas de Ngungunyane. Viúva, pensou que a família se desmembraria. Não aconteceu. As outras esposas permaneceram com ela, juntamente com os respetivos filhos. Estranhamente os meninos começaram a tratar Bibliana por "*tate*", palavra usada para dizer "pai". Recearam as esposas que a alma do falecido se revoltasse. Mas nada aconteceu. E Bibliana pensou: a minha boa sorte foi para além do razoável. O sexo, a idade e a viuvez não autorizavam tanta fortuna. Não tardaria a ser acusada de feitiçaria. Foi então que tomou a decisão:

— *Fiquem com a minha casa, fiquem com as minhas coisas. Sou eu que vou embora.*

E partiu para Sana Benene, onde conheceu o padre Rudolfo. E não lhe bastou a certeza de que a sua história estava inscrita no Livro Sagrado. Aos poucos, foi assumindo que era uma Nossa Senhora:

— *Os filhos que criei não eram das outras. Eram meus. Sou como a mãe de Deus: engravidei de homens com quem nunca me deitei.*

Foi assim que essa invulgar mulher se instalou em Sana Benene. O que fica como mistério é o que se passou para que se tivesse tornado dona do lugar e do coração do sacerdote. Mas disso darei conta num outro relatório.

13

Entre balas e setas

O rio é uma lágrima regressando aos olhos de Deus.
Chikazi Makwakwa, mãe de Imani

O meu sono foi roído pelo ciúme. Não conheço mais eficiente triturador da alma: o ciúme é um moinho de vento que gira sem que haja nenhuma brisa. O invulgar entusiasmo com que há dias o sargento me falou de Mpezui era uma falsa brisa. Mas agora havia um motivo e era bem real. A lembrança da noite anterior era um punhal no meu peito: altas horas da noite, o sargento Germano batendo à porta de Bibliana. Essa recordação se renova, instante a instante. Foi assim que escutei a voz trémula do português a mendigar que fosse tratado. Altiva e provocante, a mulher inquiriu:

— *Mas eu já não o tratei, meu branco?*

— *Este é outro tratamento.*

Germano entrou, a porta fechou-se. Deixei de ver, deixei de escutar. E passei a adivinhar, sabendo que a imaginação é o mais acutilante dos sentidos. Não tive, contudo, tempo para me flagelar. Porque minutos depois, a mesma porta se reabriu e Bibliana saiu para o pátio envergando o uniforme do sargento. Hesitou no escuro para depois se dirigir a mim num passo decidido. Estendeu a mão e levou-me para sua casa onde um tristonho e envergonhado Germano tremia a um canto, coberto por uma simples capulana. *Trocámos de roupa*, murmurou Bibliana explicando o óbvio. De imediato uma dúvida se acendeu em mim: teriam trocado algo mais?

— *Veio pedir que o blindasse contras as balas* — declarou Bibliana apontando para o português. — *Está com medo, este teu branco.*

— *Estou em pânico, Imani* — balbuciou o trémulo sargento. — *Criei inimigos em todos os lados. Preciso de ajuda.*

— *Pois não o vou blindar, Germano.*

E antes que o sargento reclamasse, a *sangoma* prosseguiu:

— *Faça as contas, meu branco. Quantos soldados morreram nesta guerra? E quantas mulheres foram agredidas, violadas, assassinadas? E agora responda: quem mais precisa ser protegido?*

E bateu com as botas no chão como se tivesse transitado de profetisa para uma função militar. No meu ombro pousou com firmeza a mão para declarar:

— *Você não precisa de cerimónia, minha filha. Há muito que está imunizada.*

À nossa frente ela se despiu para devolver a farda ao sargento.

— *E você, meu branco, pode ficar com essa capulana que parece ter sido feita à sua medida* — gracejou.

Depois mandou que saíssemos ambos e aproveitássemos a noite para, como disse, nos imunizarmos ainda mais.

Conduzi o tiritante português pelo braço cuidando que não tropeçasse na capulana que lhe cobria o corpo. *Se o tenente me visse nestes propósitos*, lamuriou-se pelo caminho. Na sacristia ajudei-o a que se deitasse no seu improvisado leito. Estendeu-me os braços para me perguntar

— *Ainda estou a sangrar?*

Nunca cheguei a saber. Se a hemorragia não lhe havia estancado era em mim que ele sangrava. E adormecemos, corpo no corpo.

No dia seguinte, a igreja estava vazia. O sargento partira em direção ao rio. Desde manhã que se ocupava a pescar. De uma velha espingarda fizera uma cana de pesca. Ali estivera durante horas sem chegar a apanhar nenhum peixe. Mas isso pouco importava. Pescar é um verbo muito largo. Tão largo e fundo como um rio.

Aguardei pelo padre na sacristia. E como fosse longa a espera, deitei-me na esteira onde havíamos dormido. Os lugares onde sonhamos acabam por se tornar parte do nosso corpo. Naquele leito eu ainda me sentia em Germano. Fui arrancada desses devaneios por ruídos de passos e o arrastar de cadeiras dentro da igreja. Com medo espreitei. Percebi desde logo que eram militares dos Vanguni. Junto ao altar sentou-se o que parecia ser o chefe. Os outros permaneceram de pé. Não demorou que o padre Rudolfo, tímido e encolhido como nunca o vi, desse entrada no recinto.

— *Ngungunyane mandou que viéssemos buscar as duas mulheres: a branca e essa outra que chamaste de marido* — declarou em *xizulu* o chefe da comitiva.

As risadas dos intrusos foram tais e tantas que o padre também sorriu, fingindo juntar-se à chacota de que era objeto. E foi tão suave a sua fala que ninguém percebeu em que idioma falava: *daqui não sai ninguém...* E voltou a repetir, agora com mais ânimo: *nem que tenham que passar por cima do meu cadáver.*

— *Atem-no a uma cadeira e chamem os abutres* — ordenou o cabecilha do grupo.

Não foi coragem, mas uma inominada força que me fez emergir da sacristia para o centro da igreja. Detiveram-se, surpresos, os homens que já tinham começado a amarrar o sacerdote. Reconheci naqueles estranhos os temidos *timbissi*, as chamadas "hienas", esses mortíferos esquadrões usados pelo imperador.

Pode-se escutar uma seta cruzando o espaço? Não é por acaso que chamam aos Vatxopi o povo do arco e da flecha. Uma mulher txope como eu é capaz de escutar o assobio da seta até penetrar no peito de um homem que, depois, desaba no último dos abismos. E, logo a seguir, uma segunda flecha rasgando o ar e um outro corpo tombando. Tudo aquilo sucedia de facto, mas como se fosse um sonho.

E foi então que a realidade irrompeu com fragor na igreja de Sana Benene: ante o nosso espanto surgiu Xiperenyane, o mais carismático dos guerreiros Vatxopi e o mais temido dos inimigos de Ngungunyane. Com as próprias mãos, Xiperenyane libertou o padre enquanto dava ordem para que os corpos dos Vanguni fossem removidos.

— *A casa de Deus não pode receber sangue do diabo* — foi o que disse.

Desde criança aprendi a distinguir esse som inconfundível de um corpo a ser arrastado. E era como se aquele atrito roubasse vida ao próprio chão. Menos vivo parecia o padre, já liberto das amarras mas ainda imóvel sobre a cadeira. Xiperenyane acercou-se do último dos sobreviventes da brigada e desafiou-o, rosto no rosto:

— *Lembras-te de mim, Manhune? Cresci com o teu rei, vivi nos teus domínios até ser um homem. E fugi para continuar a ser pessoa.*

Os Vanguni usaram nele a velha receita para se fazer um bom exército: raptam-se os mancebos para longe dos seus lugares, faz-se com que esqueçam da família e dos afetos que já tiveram. E inventam nos seus carrascos a única família que lhes resta. Essa receita não resultou no caso de Xiperenyane. O guerreiro txope passava agora por Sana Benene no regresso da batalha de Magul, onde combatera ao lado dos portugueses.

— *Ainda trago sangue dos teus nas minhas mãos. Vais ter que contar bem quantos dos teus soldados voltaram à casa.*

E fez troça dos esquadrões mais aguerridos dos Vanguni que, segundo disse, *chegaram cheios de plumas e saíram depenados*. Depois, dirigiu-se em xizulu para o emissário do rei de Gaza.

— *Vinhas roubar mulheres para o teu rei? Para não ires de mãos vazias, leva-lhe um recado meu: vais dizer-lhe que as minhas unhas são longas garras de lagarto. Onde estou, sem dar um passo, todas as noites essas garras lhe arranham o sono.*

— *Sabes que não posso levar essa mensagem* — ripostou o outro. — *Ninguém o pode fazer.*

— *És um escravo, Manhune. Quem manda em ti não é nenhum rei. É apenas o medo.*

Manhune era um destacado comandante e conselheiro de Ngungunyane. Não perdeu a altivez quando se retirou. Ao passar pelo sacerdote português, gracejou:

— *Fique tranquilo, padre, não é desta vez que levamos o seu marido.*

14

Quarta carta do tenente
Ayres de Ornelas

O próprio Ayres de Ornelas confessou a sua ignorância, pois conforme ele mesmo escreveu: "Ainda que pareça estranho, na Escola do Exército do nosso tempo nem se falava em campanhas coloniais. O Regulamento Provisório para o Serviço dos Exércitos em Campanha, de 1890, era mudo e quedo a tal respeito. Como devíamos combater, como combatiam os nossos adversários? Não fazíamos a mais pequena ideia".

Ayres de Ornelas, *Coletânea das suas principais obras militares e coloniais*, v. 1. Agência Geral das Colónias, 1934, citado por Paulo Jorge Fernandes, *Mouzinho de Albuquerque: Um soldado ao serviço do Império* (A Esfera dos Livros), 2010.

Chicomo, 16 de setembro de 1895

Caro sargento
Germano de Melo,

Meu caro sargento: o nosso bom aliado Xiperenyane será portador de boas novas: vencemos, e de que maneira, a batalha de Magul! O segredo do nosso êxito esteve num detalhe prévio que certamente poucos se irão lembrar. Esse detalhe tem um nome: o régulo Chibanza. E narro-lhe agora o sucedido. Já nas imediações de Magul, demorámos quatro dias a atravessar um inferno feito de charcos, lodo e mosquitos. Com os poucos homens de que dispúnhamos, usando apenas dois burros e dois cavalos, fomos obrigados a fazer acampamento num local sem abrigo nem vegetação e cujos solos estavam saturados de água. Viam-se à distância grupos de soldados inimigos. Mas eles não davam pela nossa presença. Enviámos uns tantos *angolas* para os provocar de modo a forçar que investissem contra a nossa posição. Isso eu já havia aprendido: o único modo de nos movermos com segurança entre aqueles magotes era simulando uma tartaruga de quadrilátera carapaça. E nunca, mas nunca, poderíamos tomar a iniciativa de marchar sobre os adversários. Era o oposto: eles é que nos deviam atacar.

Contudo, em Magul, não sucedia nem uma coisa nem outra. As nossas forças permaneciam paradas. E as forças inimigas, sem se mexer. Obrigámos os *angolas* a fazer uma incursão provocatória, mas essa iniciativa não teve a resposta necessária. Ou melhor, teve uma resposta que não era a esperada. Para além dos dois mil soldados que já antes tínhamos avistado, passámos a escutar um poderoso fragor de cânticos e de pancadas sincopadas das azagaias sobre os escudos. E de repente todo o horizonte se cobriu de uns sete mil guerreiros que sobre nós avançavam executando uma espécie de dança. Era clara a intenção: cercavam-nos e queriam-nos ver definhar naquele charco. Nunca um pelotão desejou tanto ser atacado. E quando já perdêramos a esperança de que algo mudasse, vimos sair das nossas fileiras o régulo Chibanza munido de uma espingarda. Com passo seguro e solene foi-se aproximando das hostes dos Vátuas. A meu lado, um soldado comentou: *filho da puta do preto vai-se entregar aos irmãos dele!* Para aumentar a nossa surpresa, o régulo subiu para um gigantesco morro de muchém. E daquela espécie de palanque proferiu um violento discurso carregado de insultos contra Gungunhana. Os Vátuas protestavam e assobiavam mas permitiram que o régulo continuasse a sua chuva de impropérios. A fechar a sua intervenção, Chibanza desfechou sete tiros contra a multidão dos Vátuas. Depois cuspiu para o chão e lançou o insulto: *cobardes!* E regressou com toda a serenidade para o nosso aquartelamento. A exibição de Chibanza produziu o efeito desejado: uma raivosa onda humana precipitou-se sobre a nossa posição. O ataque dos Vátuas tinha sido desencadeado. Os negros arremeteram de peito aberto contra o crepitar das nossas metralhadoras.

E em poucos minutos o combate terminou, as baixas inimigas eram tantas que não era possível contar os corpos espalhados pelo capim. Mas também não fui capaz de contar os nossos mortos. Disseram-me que não seriam mais que uns trinta, e a maior parte deles era de negros de Angola. Todavia, quando chegou a hora de os recolher e os deitar à terra, eu não tinha olhos para tanta mágoa. Cada um daqueles jovens era parte de mim e a culpa de os perder pesará em mim para sempre.

E depois uma outra mágoa se somou à culpa. Assim que as hostes inimigas se retiraram, as forças dos régulos de Matola e de Mahotas, ao verem a fragilidade dos derrotados, lançaram enormes razias sobre as casas, as mulheres e as manadas das gentes de Mahazul e Zixaxa. Não é possível imaginar a desolação que restou nos territórios arrasados. Era uma rixa entre eles, os negros, mas não posso deixar de pensar que fomos nós que facilitámos essa devastação. Para os meus colegas aquelas funestas razias foram acolhidas como encorajadoras novidades. Segundo eles, o desejo de vingança da gente de Mahazul e Zixaxa tinha-se tornado maior que a animosidade que estes nutriam antes pelos portugueses.

Os comandantes militares mais experientes em África tinham, afinal, toda a razão na sua proposta de um avanço mais cauteloso. No início, confesso que não entendi (ou entendi e não acatei) os sábios conselhos dessa velha raposa que dá pelo nome de Caldas Xavier. Para aquele experimentado estratega não se devia atacar abertamente o exército dos Vátuas, sendo preferível rodeá-lo com uma cintura de postos fortificados, que pouco a pouco se fosse apertando até garroteá-lo. Se ele, compreendendo a ameaça, quisesse reagir, tanto melhor pois que, como assegurava Xavier, os Vátuas não deviam ser temidos quando passavam ao ataque. Convinha até provocá-los. E recomendava ainda Caldas Xavier que esses nossos postos militares fossem erguidos de tal forma que parecessem fracos, para encorajar o inimigo a arremeter contra eles. Quem sabe o seu posto em Nko-kolani estivesse naquelas decadentes condições apenas em obediência àquela recomendação tática?

Mas todo esse plano tão bem fundamentado tinha para mim uma fatal inconveniência: levava tempo. E eu tinha pressa. Jovem recém-formado, eu acabava de chegar a Moçambique e com ganas de rapidamente subir na hierarquia. Fui um dos que defendeu o ataque a Magul. E tenho orgulho nessa aposta. Mas aquele último combate também provava um outro princípio: na guerra, quem tem pressa morre depressa. Caldas Xavier tinha razão: não enfrentamos um exército, mas um povo em armas.

Um conselho lhe dou, meu sargento: não se revele, perante os cafres, tão frágil, tão humano e tão igual. O meu caro sargento é um branco e continua a ser, para todos os efeitos, um militar. Está ferido, está isolado. Mas não pode abrir o coração, chorar e rir-se com os indígenas e, sobretudo, não pode exibir o seu afeto por uma mulher negra.

Caldas Xavier tinha razão na sua estratégia a longo prazo. Magul não devia ter acontecido. Mas aconteceu e desse feito retirámos grande vantagem. Porque nós precisamos de façanhas temerárias. Essas ousadias não se destinam apenas a intimidar os cafres revoltosos. Mas irão impressionar a opinião pública em Portugal, que vê com maus olhos o dispêndio de fortunas numa guerra alheia e distante. E as outras nações europeias saberão do nosso efetivo domínio na África Oriental.

Já não temos inveja do nosso próprio passado, foram as palavras de um soldado após a batalha de Magul.

15

Mulheres-homens, maridos-esposas

Eu tive um sonho.
Mas era um sonho cego.

Eu vi um caminho.
Mas era um caminho coxo.

Eu vivi até ser velho.
Mas morri antes de começar a viver.

Canção de Nkokolani

Nessa noite, o padre Rudolfo Fernandes procurou-me para me relatar o seu lapso linguístico ao referir Bibliana como "marido". Rimo-nos e ainda tentei minorar o assunto. *Não se preocupe, foi um simples engano.* Mas o sacerdote admitiu que a sua relação com Bibliana era muitíssimo estranha. O padre fez questão de partilhar comigo segredos da sua ligação com ela.

— *Esta nossa Bibliana* — começou ele — *tomou conta da igreja desde que chegou a Bana Senene.*

A sua chegada foi objeto de mil versões. Defenderam uns que ela surgira das águas do rio, outros asseguraram que emergira do chão como uma serpente cega. O que é certo é que a mulher se apresentou a mim disposta a ajudar-me nos serviços domésticos.

O padre alojou-a numa arrecadação das traseiras. Falavam em txishangana e faziam juntos as orações na margem do rio. Bibliana sempre se dirigiu a Deus de um modo muito pouco católico, e o sacerdote, talvez por essa razão, no início não aceitou que a mulher fizesse as orações dentro do templo. Na casa de Deus, a negra procedia apenas à limpeza do edifício.

Num certo final de tarde Bibliana escutou uma ladainha no interior da igreja. Em silêncio, entrou. De costas para a porta, o padre rezava em pé em frente ao altar. Bibliana aproximou-se, abraçou o homem por trás como se fosse uma sombra regressando ao corpo. Deixou que as mãos passeassem sob a túnica do sacerdote. Procurou, com ânsia, o volume do seu sexo. Mas não encontrou nada, nenhuma saliência, nem sequer um esboço de protuberância. Decidiu procurar mais acima e, quando lhe tateava o peito, encontrou duas inesperadas proeminências. Retirou-lhe a batina, puxando-a pela cabeça. Quando Rudolfo lhe apareceu todo despido, nenhum sinal de surpresa lhe marcou o rosto: o padre tinha corpo de mulher. Aterrado, Rudolfo balbuciou:

— *Não sou assim, minha filha. Sou como todos os outros homens. Não sei o que se está a passar.*

— *Mas eu sei, padre. O senhor está mulher por minha causa. Ficou assim quando me tocou.*

— *Que Deus me proteja que isto só pode ser punição.*

— *É o contrário, padre. Este é o único modo de fazermos amor.*

Num murmúrio ela acrescentou: o padre era um *impundulu*, um homem que ama como as mulheres. Era um desses que, ao fazer amor, se transforma numa mulher.

— *Não me diga mais nada, Bibliana. Deus abandonou--me aos mais obscuros sortilégios.*

Não se calou Bibliana. Um *impundulu,* explicou a estranha visitante, é um príncipe, mas não tem sexo. Em vez do pénis tem uma língua que assoma do corpo como um rio lento e escuro. Essa língua foi feita para beijar, lamber, sugar. Assemelha-se o *impundulu* a uma ave sem asas, mas com plumas tenras e desabotoadas. Se uma mulher for acariciada por uma dessas plumas ela se incendeia como um archote. E esse fogo só pode ser aplacado por um fogo igual.

— *E sou uma dessas criaturas?*

— *Você é uma criatura minha.*

A mulher deslocou a mão para o vão das pernas de Rudolfo. Aterrado, o sacerdote suspendeu a respiração. No ouvido do perplexo missionário, Bibliana sentenciou:

— *Agora vais sangrar. Em cada lua nova verás o teu próprio sangue.*

O padre tombou de joelhos e fechou os olhos como se assim, de pálpebras fechadas, fosse o único modo de contemplar o céu.

A manhã seguinte foi de extrema ocupação para Bibliana. E chegou a pedir que eu a ajudasse nos seus trabalhos de exorcismo. Xiperenyane fizera paragem em Sana Benene a caminho de Zavala com o fito de sujeitar-se a si e aos seus homens aos rituais de purificação que Bibliana chamava de kufemba. Da batalha de Magul vinham contaminados pela morte. Não haveria regresso se não fossem lavados por dentro.

Foi obra para um dia inteiro: um por um, os guerreiros sentaram-se junto à esteira da adivinha e viram rolar os ossinhos mágicos para saber se traziam consigo os espíritos dos que mataram. Os carregadores de almas alheias eram depois sentados na margem do rio. Sobre eles se derramava sangue de cabrito e as capulanas que lhes cobriam a cintura eram soltas na corrente. Desamarravam-se assim do passado, e os mortos não podiam voltar da morte para se vingar dos vivos.

Quando todo aquele cerimonial terminou eu estava exausta como se alguns daqueles espíritos tivessem cravado em mim as suas garras. Sem roupa lavei-me no rio. Foi pena que Xiperenyane não estivesse ali para me ver. Ele era um homem bonito. Por um momento o meu desejo esqueceu-se de Germano de Melo.

16

Quinta carta do tenente Ayres de Ornelas

O preto não nos obedece, não nos respeita e nem sequer nos conhece na maior parte d'aquella província. Esta é a verdade em toda a sua crueza e tantos e tão repetidos factos a demonstram que não há protestos nem invocações de glórias passadas que a possam invalidar.

J. Albuquerque, *O exército nas colónias orientais*, 1893.

Inhambane, 24 de setembro de 1895

Caro sargento
Germano de Melo,

Estou profundamente desapontado consigo, meu caro sargento. Você é uma das razões por que ainda não me tornei suficientemente notado perante os meus superiores hierárquicos. Deixe que lhe pergunte: com tanta carta que me endereçou, que informação útil me fez chegar tal como lhe havia pedido? Passaram por si espiões sem que me alertasse atempadamente; vai ser tratado por um médico nosso inimigo; entretém-se numa igreja cheia de pretos hereges. Tudo isso são simples lapsos, meras desatenções? E ainda por cima teima em tratar por "rei" um negro que merece quando muito o epíteto de "régulo". Fala de "dinastias" e "sangue real" dos Vátuas como se a aristocracia fosse extensível aos africanos. Imagino que para si, um republicano confesso, todas essas observações façam pouco sentido.

Fique sabendo que você está insultando não apenas a monarquia de que faço parte eu e também fazem parte Mouzinho e tantos outros oficiais. Na verdade, nós somos um exército de gente humilde e pobre comandado por aristocratas monárquicos. Apenas para que fique registado: eu descendo dos Senhores do Morgado do Caniço por parte de pai e do Conde da Ponte por parte de mãe. Carregamos nas nossas famílias o orgulho de antigas tradições militares. Você deve ter sido muito bem educado, imagino. Mas há modos e costumes cuja posse não resulta de esforço, mas de um berço distinto. Para agravar todo esse mundo de diferenças, acabou por se enredar em amores com uma preta. Como se isso não bastasse, contraria as minhas instruções e insiste em manter uma ligação com uma jovem que, para além de ter demasiada raça, não tem suficiente idade. E vejo com apreensão que esse romance já tenha ido para além de um encontro fortuito.

Deixe-me dizer, sem panos quentes: como militar você é um desastre. Pensa demasiado, interroga-se sobre a legitimidade da guerra, não tem ambições de carreira. E vive há tanto tempo e tão intensamente entre os africanos que lhes vai descobrindo laivos de humanidade. Eu mesmo confesso: das vezes que mais me aproximei dessa gente acabei em confissões lamechas como a carta que escrevi à minha mãe relatando a minha intensa emoção ao escutar os sublimes cânticos dos Vátuas.

Falo, pois, com experiência própria: todas essas circunstâncias emocionais enfraquecem um soldado porque o tornam débil e hesitante. E mais grave ainda porque, acontecendo em plena guerra, essa promiscuidade acaba por confundir as fronteiras entre o nosso território e o do adversário.

Por tudo isso comunico-lhe formalmente: está dispensado de me enviar qualquer relatório, bem como estão suspensas as suas funções de meu informante. Um desajeitado como você se tem revelado só me iria trazer problemas.

Lastimo sinceramente que termine assim a nossa relação epistolar. Não me volte a escrever. Qualquer mensageiro que me chegar a seu mando será imediatamente detido e devidamente castigado.

P.S.: Passaram-se dois dias desde que redigi estes brevíssimos parágrafos. Tive oportunidade para repensar e reconheço que me excedi no tom ríspido e intransigente com que o tratei. Não irei riscar nem emendar o que está escrito. Mas agora, com menos emoção e mais discernimento, quero dizer-lhe o seguinte: de quando em quando, mas muito esparsamente, poderá o sargento Germano de Melo continuar a partilhar comigo suas aventuras e desventuras. Não mais do que isso. Está isento de ser sargento. Basta-lhe que seja Germano de Melo. Abstenha--se de espiar o inimigo que aliás você tem dificuldade em distinguir. Será suficiente que me fale como um ser humano.

17

Quarta carta do sargento Germano de Melo

*Eis a pobreza do nosso destino: acabamos por ter sauda-
de do tirano anterior.*

Padre Rudolfo Fernandes

Sana Benene, 1º de outubro de 1895

Excelentíssimo senhor
Tenente Ayres de Ornelas,

Tem razão, Excelência. Nada valho como soldado. Menos talento tenho para espião. Agradeço a sua carta, mesmo que as suas apreciações sobre a minha pessoa não sejam abonatórias. Mas quando Vossa Excelência se assume apenas como Ayres de Ornelas é então que ganho a mais nobre das companhias. Por isso, as suas palavras não me despromoveram. Pelo contrário. O final da sua breve missiva foi um precioso prémio para mim.

Fico infinitamente grato por me ter demitido das funções de espião e por me ter encorajado a continuar a enviar estes mal-amanhados recados pessoais. É isso que faço nesta missiva. E verá que os meus relatos permitem olhar o sertão africano como algo que é mais do que uma simples paisagem. Talvez eu seja um segundo Diocleciano das Neves, esse branco que se imiscuiu no universo dos indígenas e que desse mundo nunca mais regressou. Ao sertanejo Diocleciano chamavam de mafambatcheca, aquele que se ri enquanto caminha. Eu não me rio nem caminho. Mas há uma viagem que vou empreendendo nas profundezas da alma africana. Veja as minhas cartas como um relato dessa viagem. A continuação das minhas cartas salvar-me-á de morrer e desaparecer para sempre da memória dos homens.

Desta feita venho relatar um misterioso encontro que me sucedeu esta manhã. Passeava com Imani junto ao rio quando um menino nos interpelou para perguntar se me voltariam a crescer as asas. Pensei ter interpretado mal, no fraco entendimento que tenho da língua dos cafres:

— *As asas?* — perguntei.

— *Essas que te cortaram* — esclareceu.

Sentou-se Imani junto à criança e do que conversaram não lhe sei dizer. Mas percebi que falavam sobre mim e, a certa altura, o menino imitou um pássaro voando em meu redor enquanto me chamava de "chapungo". A minha companheira pegou na mão do catraio e passou os seus pequenos dedos sobre os escassos curativos que ainda sobram nos meus braços. A criança, receosa no início, explodiu depois numa gargalhada. Eis a razão do seu anterior equívoco: os pedaços de gaze que tombavam dos pulsos eram vistos como restos de asas. Afinal, eu não era um *chapungo*, uma dessas águias que nunca larga as suas plumas. E o menino riu numa mistura de alívio e desapontamento.

Aquelas gargalhadas fizeram-me pensar que Vossa Excelência tem razão: como soldado sou um desastre. Mas também lhe digo: se para ser um bom soldado não se pode ter dúvidas, prefiro que a minha carreira fique por aqui, um simples sargento que tão esquecido foi pelo seu exército que acabou ele próprio não se lembrando para que servia a farda que envergava o relato.

O incidente do menino que me tomou por um pássaro é apenas um introito para o relato mais sério e grave que ocorreu a meio do dia. Surpreendi, já a meio, uma conversa entre Katini Nsambe e a italiana Bianca Vanzini. Pedia o tal Katini que a italiana levasse a sua filha, Imani, para Lourenço Marques e a colocasse a render junto dos homens brancos. Argumentou que a moça era bonita, de tez clara e de dócil temperamento. A italiana não se iria arrepender. Respondeu Bianca não poder corresponder ao pedido pois não passava de uma simples proprietária de bares. Ao que Katini implorou: *pois leve-a para um desses seus bares.* Mas o pobre cafre nunca estivera numa cidade: naqueles bares as prostitutas eram todas brancas. As pretas serviam apenas nas cantinas dos bairros indígenas.

Aos poucos a italiana foi perdendo a convicção. E prometeu matutar no assunto. Desabafou comigo no dia seguinte, como se me devesse uma explicação. Confessou que já lhe tinha passado pela cabeça levar Imani para Lourenço Marques. E mais ainda quando, na primeira noite, a viu sem roupa. O pedido de Katini fazia todo o sentido: as prostitutas brancas estavam a perder terreno na concorrência com as mulheres de cor. Ao ver-

-me prostrado e sem resposta, a italiana encorajou-me a visitar a efervescência dos bares de Lourenço Marques. Falou-me de nomes de estabelecimentos como International Music Hall, Tivoli, Trocadero, Bohemian Girl, Russian Bar e tantos outros.

Os visitantes europeus sentiam-se em África como se estivessem em Lisboa, em Paris ou em Londres. Com algumas libras podia-se comprar a simpatia de mulheres de mil nacionalidades, mesmo que se adivinhasse que a maior parte delas exibia uma identidade postiça. Bianca citou nomes tão díspares e exóticos como Dolly, Kitty Lindstrom, Fanny Scheff, Helen Drysdale, Sarah Pepper, Blanche Dummond, Cecília Laventer. Contratar Imani seria, repetiu ela, uma contravenção à regra estabelecida: as brancas, nos bares da cidade; as pretas, nas cantinas dos subúrbios. Mas Bianca divertia-se com a possibilidade de desobedecer num mundo já tão desobediente aos mandos de Deus. *Vou chamá-la de Black Lilly*, proclamou. Mandei que se calasse. Não entendeu a minha reação. Pensou que não me agradasse o nome. Reclamei do modo como Imani, a principal interessada, estava a ser esquecida.

— *Alguém já ouviu Imani?* — perguntei.

— *Desde quando uma mulher é consultada?* — retorquiu ela. — *Imani será muito mais feliz sozinha. Nas suas mãos, se é que assim se pode chamar a esses apêndices que traz nos braços, essa rapariga será apenas a esposa de um branco. Nas minhas mãos ela será uma rainha.*

E acrescentou que ambos sabíamos — e por experiência própria — que os brancos se esqueceriam dos preconceitos ao ver as pretas a lustrar os bares da cidade. Quem se importunaria seriam as mulheres brancas, agastadas pela competição. A única questão, declarou ainda Bianca, é que as pretas rapidamente ficam com os corpos gordos e flácidos. É preciso recrutá-las bem novinhas, antes que tenham filhos e se degradem.

Jovem, bela e solteira, Imani satisfazia todos os requisitos para ter uma longa e rentável carreira.

Escutei aqueles planos com o coração despedaçado. Não fosse eu um enjeitado, o que faria era raptar essa mulher para um lugar que suspeito não existir.

Vossa Excelência não deixa de ter razão. Não faço ideia do que poderia ser uma vida conjugal com uma preta. Mesmo assim deixo crescer esse sonho. Ontem, aflorando esse assunto com Imani, ela disse algo que me parece irrefutável: que os nossos dois mundos não eram, afinal, tão diversos. E ela está certa. Em África ou na minha pequena aldeia de Portugal, as mulheres partilham as mesmas magras expetativas do que pode ser um casamento. De um marido nada se espera. Por isso ele não pode nunca desiludir. De uma mulher exige-se que seja mãe. Não dos filhos que escolha ter. Mas dos que por ordem de Deus e da Natureza nascerem desse homem de quem nada se espera.

Que filhos teríamos, perguntará Vossa Excelência. Como os apresentaria aos familiares portugueses? Quem me respondeu não foi Imani. Foi Bibliana que proclamou com a certeza das profecias: *Que importa a cor da pele dos que nascerem? Gungunhana terá netos brancos portugueses e os portugueses terão netos africanos! Contrariar essa inclinação é travar o vento com uma peneira. O Tempo, meu filho, o Tempo é um grande misturador de sementes.*

Por todas essas razões, a primeira coisa que farei logo

pela manhã é pedir para que se reze uma missa para que Deus, de quem tenho andado apartado, me guie e me ajude a recuperar das minhas maleitas. A igreja de Sana Benene pode ser pequena, solitária e decadente. O padre pode ser transviado. Porém, uma igreja é, seja onde for, uma pátria pequena. Mesmo eu, que não sou praticante, encontro no sossego dos templos o lugar onde volta a nascer a minha mais antiga alma.

18

Uma missa sem verbo

Viverás para sempre com essas espessas cicatrizes. Mas a verdade é esta: as cicatrizes protegem muito mais do que a pele. Eu, se pudesse renascer, pedia para vir coberto de cicatrizes, dos pés à cabeça.

Padre Rudolfo falando ao sargento Germano

Foi preciso um esforço para escutar o que o sargento dizia, parado frente ao padre que varria o interior da igreja. Eu mesma, que o amparava, tive que me inclinar para escutar o seu insistente pedido. Quando por fim percebeu, o sacerdote Rudolfo Fernandes não se conteve no espanto:

— *Uma missa?*

O padre enfrentou o sargento como se não o reconhecesse. Havia anos que ninguém lhe pedia para rezar. Parou de varrer e encostou a vassoura com tais cuidados que parecia estar a escorar a parede. E contemplou, embevecido, as nuvens de poeira que ainda flutuavam nos ares bafientos da igreja. Aquele era o único motivo por que ele varria o templo: ver os raios de luz adejando pela igreja. São os meus vitrais e estão vivos, pensava para si mesmo.

— *Senhor padre, não ouviu o meu pedido?* — insistiu Germano.

Alguns indígenas, pensou o padre, ficam fascinados a olhar as janelas. Nunca viram um vidro. Cativa-os essa matéria que se toca sem se ver, essa água vertical, essa imaculada transparência. Rudolfo nascera numa cidade moderna, habituado desde a mais tenra infância às janelas vidradas. Contudo, a primeira vez que realmente *viu* um vidro foi certa vez que observou a chuva escorrendo pela janela. E agora as palavras do sargento escorriam pela sua distração.

— *Padre Rudolfo? Está a ouvir-me? Peço que reze por mim, padre* — repetiu o militar.

— *Meu filho, depois de tudo o que passaste ainda achas que Deus está vivo?*

O sacerdote virou as costas e já se retirava quando me prostrei diante dele e, de joelhos, implorei:

— *Se não reza por Germano, então peça a Deus por mim.*

Surpreso, o sacerdote inspirou fundo e deu ordem para que o ajudasse. Ainda tinha presente as vezes em que, na minha infância, coadjuvei nos rituais da missa. E voltei a fazer o que antes fizera: da sacristia retirei um missal, um sino, uma taça de metal e uma garrafa de vinho. Ajudei o padre a subir para o estrado que circundava o altar, tarefa que cumpriu como se escalasse a mais íngreme encosta. Inclinando-se sobre mim, segredou: quem usava aquele local de culto era Bibliana. A multidão que todos os domingos enchia aquela casa vinha apenas assistir aos cultos da negra sacerdotisa.

Já em cima do estrado, o padre vagueou os olhos pelo espaço. Ainda se recordava da primeira vez que

Bibliana contemplou Jesus pregado na cruz. Parecia consternada, e o que comentou foi o seguinte: *devia ter-se casado, esse Jesus, veja como está magro.* Depois, Bibliana demorou o olhar nos pés do crucificado. Era neles que o Filho de Deus perdia a raça e ganhava parentesco com os humildes.

Fiz soar a sineta mais para chamar Rudolfo à realidade do que para dar início à celebração. De costas para mim, o padre esperou que o ressoar da sineta se extinguisse para erguer os braços perante a cruz de Cristo. Ficou assim um tempo sem pronunciar uma palavra. Até que deu meia-volta e tornou a enfrentar o sargento que aguardava, de joelhos, com ar aparvalhado:

— *Uma missa?*

— *Por favor, padre...*

— *Eu pergunto, meu filho: Bibliana não te aliviou as dores?*

O total desamparo do sargento deve ter convencido o sacerdote que, finalmente, abriu o missal para pausadamente o folhear de trás para a frente e do princípio para o fim. Até que, num gesto largo, abandonou o livro sobre o tampo da mesa. Olhou as pombas varejando no teto e suspirou:

— *Nem salmo nem oração. Não vou ler coisa nenhuma.*

— E rematou, cansado: *A vida lê-se é nas cicatrizes, como essas que agora trazes no corpo e na alma. Eu, se voltasse a nascer, queria vir coberto de cicatrizes.*

Ao escutar essas palavras o sargento desabou em lágrimas. O sacerdote desceu do púlpito para o consolar:

— *Estás infeliz por teres perdido as mãos? Pois, pensa bem. Não foi agora que as perdeste. Deixaste de ter corpo desde que chegaste à África.*

Nos infernais dias de calor, prosseguiu Rudolfo,

quem transpira pelos nossos poros não somos nós. É o demónio. Reconhecia-se o sargento no cheiro que dele exalava? E por que não? Porque o suor não era dele, o sulfuroso odor não lhe pertencia. Nem a ele, nem a nenhuma pessoa. Há muito que não havia ninguém dentro do soldado. E devia dar graças a Deus por isso: quanto menos corpo, menos morte teremos que enfrentar. *Percebes, meu filho?* Tonto e confuso, o pobre sargento não entendia coisa nenhuma. Mas toda aquela verborreia, por mais intrincada que lhe parecesse, vinha carregada de um divino fascínio. E por isso o português meneou respeitosamente a cabeça.

Não havia, portanto, razão para abatimento. Tudo aquilo que tinha a aparência de desgraça tinha o seu lado benigno, proclamou o padre a terminar. Pensasse nas evidentes vantagens: seria dispensado do serviço militar. E seria reconduzido a Portugal, sem farda nem obrigação de matar.

— *Não é o que queres? Não é o que qualquer soldado sonha? Voltar para casa?*

— *Não sei, padre. Tenho andado tão confuso* — disse o sargento contendo as lágrimas.

O que para Rudolfo era um consolo soava para mim como uma punição. Pensar que Germano iria regressar a Portugal doía como um punhal cravado no meu peito. "Regressar" era um verbo estranho. Regressa quem é esperado. E o sargento não tinha quem o aguardasse do outro lado do mar.

— *Eu não sei mais o que quero* — declarou ainda Germano. — *Eu quero Imani, quero as minhas mãos, quero regressar, quero ficar.*

Se havia nele essas dúvidas era preciso evitar a todo o

custo a sua evacuação para o quartel de Chicomo. Caso se apresentasse tosco e inválido naquele posto militar, Germano seria, de imediato, evacuado para Lourenço Marques. E dali procederiam à sua repatriação para Lisboa, para bem longe de mim. Foi o que defendi com alma e coração perante um sargento atordoado e hesitante. O padre tranquilizou-me:

— *Não vamos mandá-lo para o quartel de Chicomo. Estará mais seguro no hospital dos suíços. Por ali não passam portugueses.*

A própria Bibliana considerava ser essa a solução mais apropriada. Apesar de estar francamente melhor, as febres e os delírios continuavam a assaltar Germano de Melo. A feiticeira tinha chegado ao seu limite: o doente carregava espíritos vindos do além-mar.

— *Mandem esse enfermo para os que rezam* — declarou Bibliana.

Em toda a região os protestantes suíços eram conhecidos como "os que rezam". A gente local escutava-os a cantar em grandes e afinados coros nas celebrações de domingo. O empenho dessas afinadas vozes explica-se, segundo Bibliana, porque os brancos celebram um único deus. Consolam, nos seus cantos, esse deus condenado à eterna solidão. E é por pudor que cerram os olhos enquanto entoam os louvores. Para que Deus não se lhes revele frágil e carente.

Havia uma razão adicional para apressar a saída de Germano de Melo de Sana Benene. O padre falou dela enquanto rasgava uma página do missal para enrolar um cigarro. Não era tabaco o que ele preparava. Eram folhas e sementes de *mbangue*, que ele consumia sem qualquer remorso pois, segundo defendia, havia sido Deus que semeara aquela miraculosa planta. As primeiras baforadas inundaram a igreja de um doce e inebriante aroma. Voz sumida pela tosse, o padre declarou:

— *Vêm aí as tropas...*

Suspirei, resignada. O que por ali mais havia eram tropas. Não existiam senão soldados por aqueles matos: pretos, brancos, crianças e velhos, vivos e mortos, todos de armas na mão. O sacerdote adivinhou as minhas silenciosas dúvidas e esclareceu:

— *São as nossas tropas, as portuguesas. Chegam amanhã, chefiadas por Santiago da Mata, um homem sem alma de gente.*

E a seguir estendeu a beata na direção do sargento, que recusou energicamente a oferta, erguendo os truncados braços como se lhe estivessem a apontar um revólver. O padre sorriu, indulgente. E tossicou mais do que falou:

— *Amanhã é melhor ficares escondido na sacristia. Os teus superiores vão querer levar-te para Chicomo.*

O meu irmão Mwanatu parecia um fantasma quando assomou à porta da igreja. Vinha alvoroçado, olhos maiores que o rosto. Antes de entrar fez uma espécie de continência militar e, depois, em frente do altar esboçou sobre o ventre o sinal da cruz. A seguir, abriu e fechou a boca sem emitir qualquer som. Impaciente, o padre admoestou-o:

— *Por amor de Deus, Mwanatu, nem o sinal da cruz fazes certo!*

— *Padre* — balbuciou o meu irmão —, *quero falar uma coisa…*

— *Não é "falar" uma coisa. É "dizer" uma coisa…*

Vindo das traseiras, o nosso pai juntou-se a nós. Arrastando os pés, aproximou-se do filho e perscrutou-lhe o rosto com aquilina curiosidade. Foi forçado a esperar até que o meu irmão conseguisse articular palavra.

— *Sargento, aconteceu uma coisa terrível* — anunciou finalmente Mwanatu. — *Nkokolani já não existe. Mataram todos, queimaram tudo.*

O peso da notícia fez-me tombar na pedra da igreja. No longo silêncio que se seguiu, fiquei catando o chão como se procurasse uma réstia terrena da realidade. Esfarelei entre os dedos lascas de tinta que haviam tombado da parede. Para surpresa de todos, Mwanatu voltou à fala, com firme serenidade:

— *Eu vou lá.*

— *Lá onde?* — perguntou o meu pai, Katini Nsambe, que entretanto chegara.

— *Vou a Nkokolani enterrar os nossos mortos.*

— *Tu és um homem, mas eu sou o pai. Sou o último dos Nsambes. Eu é que tenho que ir fechar a terra.*

Mwanatu, porém, já tinha tudo planeado. Falara com pescadores que, naquele momento, o aguardavam no cais. Tinha deixado à porta uma sacola para a viagem. O pai que fosse mais tarde. O padre Rudolfo arranjar-lhe-ia lugar num outro barco.

— *Agora rezemos pelos que faleceram* — solicitou o meu irmão.

Olhei para Mwanatu como se não o reconhecesse. Qualquer coisa deve morrer para que nos revelemos inteiros e renascidos. O meu irmão, lerdo e débil, ressurgia agora na figura de um homem tranquilo e eloquente. Regressado dos seus delírios, o sargento abraçou demoradamente o seu jovem sentinela. Depois, em tom fraterno, afirmou:

— *Despe essa farda, Mwanatu. Pode ser perigoso. Ainda te confundem com um soldado português.*

— *Eu sou um soldado português. Não abandono a minha arma* — e apontou para uma espingarda pousada na entrada da igreja.

— *Trouxeste-a de Nkokolani?* — perguntou o sargento. — *Mas para quê? Essa arma não funciona, nunca funcionou.*

— *Funciona, sim. Quem disse que não funciona?*

O nosso pai estendeu-me o braço ajudando-me a levantar do chão. Só então notei que lágrimas me escorriam pelas faces. *Limpe esse rosto*, ordenou o meu velho. *Não se chora dentro de uma igreja que é falta de respeito*, acrescentou. Depois dirigiu-se para o meu irmão:

— *Se os Vanguni já tiverem enterrado os nossos mortos, você sabe o que tem que fazer: desenterra-os e procede conforme os nossos preceitos.*

— *Assim farei, meu pai.*

Sabíamos como os Vanguni tratavam os derrotados. Mesmo depois de mortos deviam ser humilhados. Sepultavam-nos a nós, os Vatxopi, como faziam com os escravos: envolviam-nos numa esteira e atiravam--nos para uma vala comum. O fundo dessa anónima cova estava coberto de outros escravos agonizantes. A cada um desses desgraçados tinham quebrado as pernas. Sobre todo esse amontoado de mortos e moribundos lançavam terra que, no final, afincadamente calcavam. Não devia sobrar indício de que aquele solo tinha sido escavado. Era assim que procediam. E tinham um fito: sem campa assegurava-se que os escravos não deixavam memória. De outro modo a lembrança viva dos mortos perseguiria para sempre os antigos donos.

— *E que faço com a mãe?* — perguntou Mwanatu.

— *Com a mãe?* — inquiri, atónita.

— *Se a mataram, onde a enterro?*

Há meses que a mãe tinha morrido. Não corrigi. Naquele momento, a realidade pouco importava. E o nosso pai, Katini Nsambe, partilhou desse entendimento quando declarou com solenidade:

— *Se a mataram serei eu quem a vai enterrar. Deixe essa tarefa para quando eu chegar.*

Mwanatu estava sentado a engraxar as botas. Eram os derradeiros preparativos antes da viagem. Olhou para mim demoradamente e disse que assim, contra o sol, eu lhe fazia lembrar a nossa mãe.

Não era a primeira vez que Mwanatu me confundia. Inventava essa parecença para se defender de indecifráveis medos. O maior desses fantasmas era antigo: enquanto menino, receava que eu me fosse embora. Quando lhe lia histórias, ele, tomado de súbito acesso, gritava para que parasse.

— *Nunca lhe disse por quê* — comentou Mwanatu deixando as botas no chão. — *Tinha medo de que você entrasse no livro e nos deixasse para sempre.*

— *Não lhe agradavam as histórias?*

— *Histórias têm sempre um fim.*

— *Pode ser um final bonito.*

— *Mas sempre era um desfecho* — comentou. Depois

instalou-se entre nós o grande silêncio das despedidas, esse ponto final das histórias que nunca contámos.

— *Tenho um pedido para lhe fazer, mana. Deixe-me levar os seus atacadores. Eu dou-lhe os meus.*

Acedi. Desatei lentamente os cordões, ignorando a estranheza do pedido. Quando, por fim, se consumou a troca, Mwanatu declarou:

— *Agora você vai-me guiar os passos, mana.*

E juntámo-nos aos demais para seguirmos, em excursão, para o ancoradouro. À frente seguia Mwanatu. Fui pisando as suas pegadas como se ninguém nunca antes por ali tivesse passado.

No cais, ao abraçar Mwanatu, faltou-me voz para a despedida. Adeus não é uma palavra. É uma ponte feita de silêncios. A canoa desapareceu na curva do rio, devorada pela penumbra da tarde. Fiquei acenando na margem, envolta num súbito frio.

E depois, em excursão, todos regressaram a Sana Benene. Na plataforma, ficamos eu e o sargento. Pela primeira vez tomei a iniciativa:

— *Venha comigo, Germano.*

Em silêncio entrámos juntos nas tépidas águas do Inharrime. Disse-lhe que queria um rio para chorar. Abraçou-me de forma desastrada e os meus ombros estremeceram num desamparo feliz. Pediu então o português que mergulhássemos e nos deixássemos ficar submersos até mais não podermos suster a respiração. E assim procedemos. No limite do fôlego, voltámos a assomar à superfície. O português murmurou: *agora beija-me.* Hesitei. Na boca do soldado resplandecia um tremor de gota. Os nossos lábios tocaram-se.

— *É assim que deve ser o primeiro beijo* — disse Germano.

Era um beijo esperado e desesperado, como se cada um buscasse no outro a última réstia de ar.

— *É assim que deve ser o primeiro beijo* — repetiu ele.

— *O primeiro?*

— *Todos os beijos. Todos os beijos são os primeiros.*

19

Quinta carta do sargento Germano de Melo

Há uma velha lenda em Goa que conta a história de uma ilha e de um barco: um pescador naufragou e refugiou-se numa ilha deserta. Ali permaneceu, solitário, durante anos, envolto numa permanente névoa que lhe roubava o horizonte. Certo dia deu conta de que, afinal, não havia ilha nenhuma. Ele vivia sobre um barco. Não notara antes porque estava cego. Tão cego que não reparou que deixara de ver. Tempos depois, o pescador foi mordido por um gigantesco peixe. Apercebeu-se então de que o barco onde vivia era, afinal, um destroço jazendo no fundo do mar. Descobriu que não estava apenas cego. Estava morto.

Era o que se passava connosco. Estávamos mortos no desterro do sertão africano.

Relato do padre Rudolfo

Sana Benene, 2 de outubro de 1895

Excelentíssimo senhor
Tenente Ayres de Ornelas,

Há dois meses que estou encalhado neste lugar que, como diz o padre, não é lugar nenhum. Bianca anunciou que não aguenta mais, que se vai embora na primeira ocasião. Também eu estou farto, cansado. Todavia, não me apetece sair de Sana Benene. Prende-me a este lugar a doce companhia de Imani. Não posso dizer que desisti inteiramente de sonhar com o regresso a Portugal, essa prenda que Vossa Excelência tão generosamente me prometeu. Estou dividido. E estas cartas são a ponte entre os meus desencontrados desejos.

Talvez seja por isso que agora me sucede algo novo e estranho. Quando me sento em frente aos papéis dou por mim a benzer-me antes de começar a escrever. Como se a escrita fosse um templo onde me resguardasse dos meus infernos interiores. Não fique pois, Excelência, preocupado em me responder. Escrever é um verbo intransitivo, o meu modo de rezar. E quem reza sabe que não há resposta.

Falei a Imani da promessa de Vossa Excelência de me levar de volta a Portugal assim que ele fosse promovido. Quis ela saber o que eu tinha respondido. Contei-lhe a verdade. Que dissera primeiro que sim e depois que não. Imani teve, no início, uma inesperada reação. Em surdina, os lábios roçando-me o lobo da orelha, perguntou: *Não quer voltar para casa?* Respondi que para mim já não existia casa. E por isso não havia regresso.

E acrescentou que se o meu amor era forte eu deveria inventar uma solução para que ela viajasse também. Uma antiga suspeita sufocou-me o peito. Sem medir as palavras perguntei se o amor dela por mim era maior do que o desejo de fugir. A moça sorriu e retorquiu de modo evasivo: esses dois desejos eram uma única coisa.

E afastou-se sorrindo, deixando em mim mais do que uma dúvida, a desconfiança de que já lhe tinha falado: estaria eu sendo usado para que Imani escapasse da sua terra? Seria uma falsidade tudo o que ela me entregou e me fez sonhar? Adivinho qual seja a sua resposta e prefiro que a guarde para si. Manterei intatas as minhas crenças e as minhas paixões. Aprendi com Bianca que o amor é como o fogo: quando é bom sai-se chamuscado.

Desobedecerei por amor, seja esse amor falso ou verdadeiro: irei, contra a sua vontade, para o hospital do suíço. É isso que farei. E sofro já de uma antecipada saudade dessa gente que se converteu na família que nunca tive. Quando falei dessa nostalgia ao padre Rudolfo ele torceu o nariz. E disse já não acreditar em amores, saudades, entregas desinteressadas. Não acreditava em ninguém e menos ainda depois de me ter conhecido. Ofendido, pedi que se explicasse.

— *Li as cartas que deixaste espalhadas no teu quarto* — revelou o padre. E depois, com os braços cruzados por dentro das mangas, perguntou: — *Não há nada que me queiras confessar?*

Ainda me refazia do choque daquela revelação, e já o sacerdote retirava de um dos bolsos da batina aquilo que, no início, me pareceu ser uma cruz feita de metal. Só depois percebi tratar-se de uma pistola. Levantei os braços enquanto Rudolfo falou contemplando os céus:

— *Deus entregou-me esta arma. Até o Criador percebeu que palavras não bastam em terras tão cheias de perigos e de pecados.*

— *O senhor não podia ter lido o meu correio!* — ousei ainda reagir.

Apoiando o indicador no gatilho fez girar desajeitadamente a pistola enquanto me lembrava sobre a nossa correspondência.

— *Divulgaste segredos desta paróquia, denegriste pessoas que só te querem bem. Chegaste a ponto de sugerir que os portugueses deviam vigiar a minha Bibliana. Devias ter vergonha: aquela mulher devolveu-te as mãos com que agora a queres apunhalar?*

Confesso, Excelência, que nunca me senti tão pesaroso. E o padre não dava pausa:

— *Pede-te ao teu padrão que encontres os rebeldes.*

Chamamos rebeldes a quem luta para que não lhes roubem a terra? Já te interrogaste se não é exatamente para esse fim que nós estamos aqui: para roubarmos a terra desta gente?

— *A terra desta gente já há muito que lhes foi roubada.*

O sacerdote não me parecia ter escutado. Porque manteve o olhar no alto enquanto me agredia com sarcasmo:

— *Bem podes agora denunciar ao teu amigo tenente que há armas nesta igreja.*

Inesperadamente atirou-me a pistola para os braços. *Fica com ela,* aconselhou. *O melhor é andares armado porque aqui todos te querem matar. E se te deixam ficar vivo é porque precisam de ti para que os ajude a matar outros como tu.*

Levantei-me e quando ia tomar um caminho percebi que não queria ir para lado nenhum. Tombei desamparado sobre os joelhos e, sobre aquela areia vermelha, chorei. E chorei como nunca antes havia chorado.

As palavras do padre Rudolfo vieram então em meu derradeiro socorro. Durante todo o tempo de sacerdócio em Moçambique ele testemunhara ocorrências tão ultrajantes que seria preciso inventar um idioma para as descrever. Vira sangue escorrer nas espadas dos europeus. E vira sangue ser limpo das azagaias de tribos matando tribos.

— *De nada servem as vestimentas que usámos* — concluiu com tristeza. — *Deitemos fora a batina e a farda* — exortou Rudolfo.

E convidou a que me voltasse a sentar. Tinha uma recordação para partilhar comigo. E lembrou que há muito tempo, quando ainda celebrava missa, passou por Sana Benene um militar português que se quis confessar. Mas o homem ficou calado e de olhar esquivo; disse apenas *não sei*. E sacudiu a cabeça, como se afastasse um mau pensamento. E depois ergueu-se e dirigiu-se para a porta, evitando toda a troca de olhar com o pároco de Sana Benene. Já à saída, rosto tombado, murmurou: *não sei quantos matei, perdi a conta*. Cabisbaixos, o sacerdote e o penitente permaneceram imóveis, incapazes de se olharem ou de trocarem palavra. Depois de se perder conta a quantos matámos deixa de haver pecado, deixa de haver Deus. O soldado ainda esboçou um sinal da cruz, mas suspendeu o gesto como se tivesse desistido. Assim que cruzou a esquina escutou-se o disparo. Foi a primeira vez que Rudolfo lhe viu os olhos do jovem soldado. E nunca mais o padre teve força para receber a confissão de ninguém.

Era isso que tinha sucedido. E talvez, algures na alma do padre, ainda estivesse sucedendo. O facto é que ele bateu com as mãos sobre os joelhos, cortando o curso daquela conversa.

— *Felizmente Deus compensou-nos com outras dádivas* — declarou Rudolfo. — *Veja o corpo da minha Bibliana, você já olhou bem para Bibliana?*

Cauteloso, evitei responder. Desafiou-me o sacerdote: *peço-lhe, meu amigo, que façamos juntos uma viagem imaginária.* Primeiro eu devia idealizar um ataque a uma aldeia. Nesse inventado cenário, uma mulher, em pânico, tentava fugir à fúria assassina dos atacantes. No auge do desespero, essa mulher não encontrava outro refúgio senão numa palhota a arder. Ao tornar-se uma tocha acesa ela escapava aos inimigos.

O sacerdote falava, é claro, de Bibliana. Por baixo das velhas roupas o corpo dela estava todo queimado, grande parte da sua pele estava morta como escamas de lagarto. Foi a expressão que usou enquanto esfregava os dedos uns nos outros como se as palavras lhe queimassem as mãos.

Ergueu-se, enfim, o sacerdote e das suas vestes transbordou o odor da decadência. Percebendo o meu esgar justificou aquela sujeira dizendo que não tinha água para se lavar. Porque era por dentro que ele apodrecia: era feito de duas metades que não encostavam uma na outra. Na Índia nascera a reconhecer a casta dos intocáveis. A sujidade que carregava na alma tornara-se agora uma contagiosa doença. Ele mesmo se convertera num intocável.

Dizem que estamos cercados de inimigos. Mas não é a presença dos outros o que mais nos ameaça. É a nossa ausência. É disso que o padre Rudolfo mais se lamenta: a inexistência das nossas autoridades. Que ele havia palmilhado, de fio a pavio, o imenso sertão africano e o que tinha visto era um enorme vazio. Por todo esse mato, os únicos que de facto governavam eram os indunas de Gungunhana. Para além disso, eram essas autoridades cafreais as únicas que cobravam os impostos. E eram elas que recebiam os emissários estrangeiros. A essas autoridades indígenas os governantes lusitanos — como o intendente José d'Almeida — dirigiam os pedidos de concessão para exploração mineira. A presença portuguesa era de tal modo inexistente que o intendente dirigia-se a Gungunhana tratando-o por "Sua Majestade". No sentido inverso, o rei africano apelidava os portugueses de "galinhas" e de "*changanes* brancos".

E não lhe roubo mais tempo, Excelência. Este relato já vai longo e exaustivo. Tudo isso lhe narro para lhe dizer quanto esses tão acesos debates me deixam absolutamente indiferente. Não me importa saber quem manda. Porque eu sou governado por outras forças. A única lei a que obedeço chama-se paixão. Chama-se Imani Nsambe.

Não sei se poderei manter esta correspondência: está a esgotar a pequena reserva de tinta que encontrei aqui na sacristia. Em Nkokolani, o único pedido que dirigia aos que nos visitavam era que trouxessem tinteiros novos. Agora a quem posso pedir? Já me ocorreu usar água. Escrever com água?, perguntará Vossa Excelência acreditando que me mantenho, afinal, nos meus delírios febris. A verdade é que a água de Sana Benene é tão suja que a minha caligrafia seria facilmente legível. Tudo se resolveu ontem quando Imani me entregou um frasco cheio de um líquido de indefinida coloração, uma espécie de tintura escarlate. Foi-me pedido segredo, mas não resisto a revelar: estas letras foram grafadas com uma infusão de folhas e cascas a que Imani disse ter adicionado o seu próprio sangue. A bem da verdade, o que está a ler, Excelência, é o sangue de uma mulher preta.

20

As sombras errantes de Santiago da Mata

Após ter chegado ao seu apogeu, o reino dos Vanguni está na eminência de desabar completamente. Não podia acontecer de outro modo. Esta é a história de todas as dinastias fundadas sobre o crime e o terror. E apesar de tudo, eu gosto de Ngungunyane; apesar da sua crueldade, não deixo de me sentir apegado a ele.

Georges Liengme, médico suíço

Acordámos com o deflagrar de tiros. Apressadamente nos concentrámos sob o teto protetor da igreja. O padre tranquilizou-nos:

— *Devem ser soldados portugueses. Andam a matar cabeças de gado.*

No início, os militares lusitanos ainda negociavam comida por roupa. Agora apontavam a espingarda aos donos das manadas e mandavam que escolhessem entre a vida e os bois.

Estranho que os portugueses usassem a expressão *cabeças de gado.* Porque aos escravos também nós chamamos de *tinhloko,* que quer dizer "cabeças". Mais estranho ainda ter-me habituado ao facto de que os Vanguni valorizassem menos um humano que um bovino.

A explicação do padre tranquilizou-nos: se fossem soldados portugueses não haveria ameaça. E já nos dispersávamos quando um alvoroçado jovem chegou com a notícia: uma dessas embarcações portuguesas, um *blocausse*, tinha atacado a canoa em que seguia Mwanatu. Todos os ocupantes tinham sido mortos. O corpo do meu irmão flutuava nas águas do Inharrime.

A notícia, por terrível que fosse, não era surpresa para mim. Voltou a percorrer-me o mesmo calafrio de quando, na viagem pelo rio, cruzei com o *nwamulambu*. Os olhos se enevoaram, mas eu sabia: o meu irmão procurara esse desfecho. Não eram os mortos de Nkokolani que Mwanatu ia sepultar. Ele queria ser abraçado pelos que já tinham partido.

A minha contida atitude contrastou com a exaltada reação dos meus companheiros. O meu pai deambulou pelo pátio como um cego enfrentando os céus. Depois de umas tantas voltas, encostou-se a um tronco e desabou em pranto. O padre Rudolfo despiu a sotaina e atirou-a ao chão. De ceroulas, pisou-a e pontapeou-a. O sargento esqueceu-se da sua condição física e usou do que lhe restava das mãos para que não se soubesse que chorava. A italiana Bianca pediu que nos recolhêssemos e rezássemos. Atraída pelas lamentações, Bibliana abandonou a cozinha e compareceu no terreiro para nos confortar.

Foi então que escutámos um restolhar de passos e depois a ordem dada em bom sotaque portugûês:

— *Não sai daqui ninguém!*

Da mata emergiu então um grupo de soldados portugueses, três brancos e seis negros. Apresentaram-se com a arrogância de proprietários do mundo. À frente abria caminho um capitão que se identificou como Santiago da Mata. Acabavam de desembarcar do *blocausse* e logo ali admitiram a autoria dos disparos sobre a canoa de Mwanatu. Confundiram o barco, tomaram os tripulantes por fugitivos Vátuas. Ante o protesto desesperado de Rudolfo, o capitão argumentou:

— *Esta é uma terra de tigres e hienas. Devo pedir licença para saber se há um gato no meio das feras?*

— *Em África não há tigres, capitão.*

— *Havia na canoa um preto armado, o que queria que fizesse?*

— *Era uma arma falsa* — reagiu aos berros o sacerdote. — *Não viu a farda?*

— *Pensei que fosse falsa, caraças! Porque aqui, meu caro amigo, aqui tudo parece falso. O senhor, por exemplo, aparenta ser um padre verdadeiro?*

Preparava-se para entrar na igreja, mas o sacerdote barrou-lhe ostensivamente a passagem:

— *Há quem não seja digno de entrar nesta casa.*

O capitão levou a mão à pistola. Estava indignado com a ordem, ofendido com o desrespeito. Inspirou fundo e adotou um tom conciliador:

— *Estes gajos são todos iguais. O padre consegue distingui-los?*

— *Eu distingo o humano do desumano. Distingo os humildes dos poderosos, distingo os pobres...*

— *O que é isso?* — interrompeu o capitão. — *Já andamos todos a defender a pretalhada como fazem os cabrões dos suíços?*

— *Distingo os africanos que são dignos do Reino de Deus, distingo estes pobres negros...*

— *Pois não canse os olhos e atente nos soldados brancos que me acompanham. Olhe bem para eles, senhor padre: este desgraçado aqui nunca antes tinha enfiado uns sapatos nos pés; e aquele ali, ainda o mês passado andava a pastar cabras. Nenhum deles pousou o traseiro numa escola.*

As mãos sobre o cinturão, os olhos faiscando sob a sombra do chapéu, o militar enfrentou longamente cada um dos presentes para depois voltar a dirigir-se ao padre:

— *Anda o senhor à procura da pureza dos selvagens? Fique a saber que o Paraíso não é aqui. Esta gente é o diabo. O que anima estes cafres não é tirar-lhe a camisa do corpo. É tirar-lhe a camisa e o corpo.*

Deteve-se em frente ao desalentado sargento que, mais triste que fatigado, ganhava amparo junto da ombreira. Fitou as calças encardidas e a esfrangalhada camisola interior do jovem soldado. Só depois fixou o olhar nos braços de Germano:

— *Os cafres amarraram-te! É assim que fazem. Amarram as mãos dos presos até gangrenarem.*

Amparei as costas do cambaleante sargento enquanto, com um passo em frente, ele se destacava do grupo:

— *Apresento-me, sou o sargento Germano de Melo.*

— *Sargento? E de que raio de exército és tu?*

— *Do nosso, meu capitão.*

— *Não parece. Porque se fosses, já me tinhas saudado como deve ser.*

Com um esgar no rosto, o sargento esboçou uma desajeitada continência. Escorriam no seu rosto espessas gotas que todos tomaram como pingos de suor. E logo o soldado perdeu num instante toda a relevância para Santiago. A contenda com o sacerdote: era isso que ocupava a sua atenção.

— *Considera o senhor padre que sabe distinguir raças e desgraças? Pois vou-lhe explicar como é que se distingue um preto de um branco. E não é pela cor da pele, meu caro padre. É pelos olhos.*

Todos nós estávamos presos nas palavras e nos gestos com que o histriónico capitão se exibia. Com trejeitos de prestidigitador, estalou os dedos junto ao rosto do sargento Germano e declarou:

— *Fixe bem este homem, olhos nos olhos. Se reparar bem, caro padre, verá no fundo dos olhos deste desgraçado o ardor de antigos fumos da cozinha. Por mais branca que seja a sua pele, este gajo é um preto. Andou toda a infância a soprar na boca da lareira.*

Essa era a sua certeza. Era um chefe militar, navegava mais fundo na alma dos homens do que qualquer padre.

E foi subindo de tom até perguntar aos berros:

— *Estão a ouvir um capitão português a falar?* Sacou da pistola e disparou sobre a torre da igreja. Uma nuvem de corvos agitou os céus. O tiro pareceu serenar o capitão. De cabeça erguida e costas empertigadas, voltou a acercar-se do sargento Germano:

— *Como é que disseste que te chamavas?*

— *Germano de Melo, às suas ordens, meu capitão. Fui colocado no posto de Nkokolani. Fiquei ferido num assalto ao quartel.*

— *Não mintas, sargento.*

— *É a mais pura verdade* — disse Germano, exibindo os braços enchumaçados.

— *As feridas são verdadeiras. Mas não há quartel em Nkokolani. Aquilo não passa de uma cantina.*

— *Para mim era um quartel, o único quartel deste mundo. E esse jovem que aqui choramos, o Mwanatu, era a minha sentinela.*

— *Sentinela?* — com desdém sorriu o capitão, revirando os olhos. — *Estou cansado desta farsa, cansado de soldados que não são militares, cansado de quartéis que são cantinas. Estou farto de guerras que os políticos acham que vão vencer nos gabinetes do Terreiro do Paço.* Erguendo os braços em prece, lamentou: *Ai, Mouzinho, Mouzinho, por que demoras tanto?*

Procurou uma sombra junto à parede, apoiou as costas na pedra que o tempo havia descarnado e contemplou-nos como se não existíssemos. Ao contrário dos seus compatriotas, a visão de outros brancos não lhe trazia nenhum conforto. Pelo contrário, esses rostos pálidos surtiam nele uma indisfarçável aversão. Exceto se, apesar da igual raça, calhasse um desses outros ser do sexo feminino, como era o caso da italiana que o encarava numa mistura de receio e fascínio.

— *Já a vi em qualquer lado* — avançou Santiago.

— *Talvez, sr. capitão. Sou Bianca...*

— *A italiana das mãos de ouro? Muito prazer, minha cara senhora.* — E inclinou-se numa grotesca vénia.

— *É preciso que entenda, sr. capitão, o motivo de estarmos aqui todos consternados* — declarou a italiana. — *O moço que seguia no barco era filho deste nosso amigo* — e apontou para Katini, que se ocultava por detrás de todos os outros.

— *Dona Bianca* — retorquiu o militar —, *não imagina como lamento o sucedido. Estamos em guerra, o que posso dizer? Sou cristão, dei enterro aos infelizes que seguiam na canoa...*

— *E onde os sepultou?* — perguntei.

Não reconheci a minha própria voz. Empurrada por uma mão invisível, dei conta de mim enfrentando Santiago da Mata. E repeti a pergunta. Sorrindo, o homem indagou:

— *Ora, ora, quem é esta beleza? Não me diga, dona Bianca, que é uma das suas moças?*

— *Onde sepultou o meu irmão Mwanatu?* — insisti, seca e cega.

— *É pá, a gata tem garra afiada!* — E a voz de Santiago foi ganhando uma maliciosa candura. — *Onde aprendeste a falar assim a minha língua, minha pombinha? Será que me podes ensinar a usar a tua língua?*

Cerrei os olhos, lembrei o conselho da nossa falecida mãe. Não é a ti que se dirigem os insultos, dizia ela. É à tua gente, à tua raça. Finge que és água, faz de conta que és um rio. A água, minha filha, é como a cinza: ninguém a pode magoar. Essa era a lição de Chikazi Makwakwa, a minha tão pouco falecida mãe. Porque eu, aos olhos do mundo, nunca mais estaria isenta de culpa. A cor da pele, a textura do cabelo, a largura do nariz, a espessura dos lábios, tudo isso eu carregaria para sempre como um pecado, tudo isso me impediria de ser quem era: Imani Nsambe.

Espreitei o meu pai na vã esperança de que num invulgar acesso de coragem confrontasse o assassino confesso do seu filho. Mas Katini Nsambe manteve-se como sempre viveu: educadamente submisso, olhos no chão, os pés indistintos da poeira. Talvez os pulsos guardassem uma desapercebida tensão. Nada mais que isso.

Com um estalar de dedos Santiago da Mata chamou os soldados que se perfilaram, em formação militar. *É preciso aqui uma certa ordem!*, declarou. E mandou que na torre da igreja se hasteasse a bandeira de Portugal. O sacerdote ainda esboçou um movimento de contrariedade. Em vão Germano fez menção de ajudar os soldados, mas o capitão abriu os braços num gesto magnânimo:

— *Tu estás dispensado.*

Perfilados, vimos subir a bandeira branca e azul. Desfeita a continência, o capitão levou a mão aos bolsos e agitou um envelope na mão esquerda:

— *Germano de Melo: foi como disseste que te chamavas? Pois trago, há que tempos, esta carta para te entregar!*

O sargento recebeu o envelope juntando os pulsos como se fossem duas tenazes. Espreitou o selo do sobrescrito e cerrou o sobrolho, entre o intrigado e o desiludido. A única correspondência que podia esperar era do tenente Ornelas. Mas a carta vinha de Portugal.

— *Vamos pernoitar aqui* — anunciou Santiago. — *Não lhe ocupamos espaço, padre. Usaremos as nossas tendas. Peço- -lhe apenas que, amanhã cedo, nos dispense uma cabeça de gado. O que não comermos fica para dividir pela sua gente.*

— *Está a pedir, capitão? Ou vai ameaçar-me com uma arma, como faz com os cafres?*

O capitão suspirou fundo enquanto os soldados se afastavam na galhofa, e os seus risos confirmavam a sua posse sobre aquele que fora um lugar nosso.

Foi então que surgiu Bibliana. Tinha esperado pelo momento certo para aparecer. Com dignidade de rainha atravessou a luz intensa do pátio. Envergava as suas habituais botas e uma cartucheira envolvia-lhe a cintura. Os passos eram marciais e, com desafiante postura, deteve-se perante o capitão português, que, surpreso, indagou:

— *É pá! De onde é que desencantaram esta criatura?*

Palmo a palmo, inspecionou a sacerdotisa. Espreitou, desconfiado, a cartucheira. A mulher permaneceu impávida enquanto o militar vazou o conteúdo de um dos cartuchos. O que ali se guardava era pó de tabaco, que ele pisou com um afinco próximo da raiva.

— *E essas botas? Onde as roubaste? Mataste um solda-do, foi?*

— *Ela não fala português* — acorreu o padre a explicar.

Bibliana adivinhou o que se ia passar. E adiantou-se à humilhação da ordem que iria receber. Descalçou--se, sem tirar os olhos de Santiago.

O português olhou com desdém a mulher a desfazer-se das botas. Abanando a cabeça, comentou:

— *Coitada, não sabe que mais importante que o calçado são as peúgas que nunca lhe deram. Sem peúgas, as botas são um martírio.*

Essa era a razão pela qual as botas oferecidas pelos portugueses aos indígenas permaneciam penduradas, sem serviço.

Mas o motivo de a milagreira se descalçar era outro, um bem diferente. E foi o que se viu a seguir.

Enchendo o peito Bibliana lançou as botas pelos ares com tal ímpeto que elas descreveram um arrojado arco sobre a copa da mangueira. Não chegaram a tombar, penduradas que ficaram num ramo. E ali permaneceram num suave balanço até que, de súbito, desataram a revolver-se num intenso espasmo, e o capitão, espantado, viu emergir daquelas botas negras umas sinistras aves de rapina. Foi então que disparou, às cegas, contra as errantes sombras que apenas ele via.

21

Sexta carta do sargento Germano de Melo

Tem cuidado com os que protegem o castelo da chegada dos bárbaros. Sem o saber, eles já se converteram em monstros.

Padre Rudolfo

Sana Benene, 5 de outubro de 1895

Excelentíssimo senhor
Tenente Ayres de Ornelas,

A chegada do capitão Santiago da Mata lembrou-
-me de que havia um mundo lá fora a que pertenço. Não
será, confesso, esse capitão o melhor emissário deste
mundo. Melhor seria que não tivesse aparecido. Mas de
algum modo a sua aparição me fez ver como é vazia e
caricata a nossa arrogância por estas paragens. Talvez os
dias passem mais rápido do que penso. Talvez haja um
outro tempo que progride silenciosamente por baixo do
quotidiano que vivemos.
Por enquanto, meu tenente, a verdade é esta: tenho

uma igreja inteira como quarto de dormir. Durmo eu e dorme a casa de Deus num sossego apenas interrompido pelo adejar de pombas e corujas. Acordo com o restolhar de ratos roendo à pressa os tocos das velas. Tenho pavor que, esgotados esses magros recursos, as ratazanas me venham às feridas. E que acorde sem os olhos, que foi assim que encontrei o cantineiro Sardinha instantes depois de ele ter morrido.

Vou adiando a abertura da carta que Santiago da Mata me entregou esta tarde. Afinal, tudo na minha vida sofre de estranhos adiamentos. Devia ter permanecido apenas uns dias neste lugar que serviria apenas de posto intermediário para chegar a um estabelecimento hospitalar. Já aqui estou há semanas. Por isso olho a carta sem pressa e escolho enganar-me: não terá saído da minha aldeia, não foi expedida por nenhum dos meus parentes. Não tenho outra terra que não seja esta. Não tenho família fora desta gente.

Sei da assiduidade com que Vossa Excelência escreve para a senhora sua mãe. Não imagina como eu o invejo. Porque, hoje, não saberia o que dizer à minha mãe. Escrevo tudo isto e sei que não é verdade. Mas não emendo nem apago.

Autorizado pela nossa atual familiaridade transcrevo aqui, linha por linha, a extraordinária carta que me foi enviada da minha terra natal. Várias vezes Vossa Excelência se tem interrogado sobre as razões que levaram um rapaz de província como eu a apurar uma linguagem tão refinada e uma sensibilidade tão elevada. Pois esta carta fala de duas mulheres que criaram em mim essas qualidades: a minha mãe e a minha professora, a dona Constança, uma erudita senhora que, para escapar a perseguições políticas, a si mesma se desterrou na nossa aldeia.

Sem alterar uma vírgula, esta é a missiva ditada pela minha mãe, dona Laura de Melo.

Germano, meu querido filho,

Sou eu, a tua velha mãe, que te escreve. Depois de tantos meses sem nenhuma notícia tua, trago uma triste novidade: o teu pai acabou de falecer. Morreu do coração como morrem todos os homens, foi o que disse o Toninho da farmácia. Estou a ditar esta carta à vizinha Constança que foi tua professora na escola primária. Ela manda-te cumprimentos mas está zangada por nunca nos teres dado notícias.

Quero-te contar como o teu velho pai nos deixou. Já o contei tantas vezes que parece que, de tanto me repetir, me afasto desse triste dia. Estávamos no final da tarde e o teu pai encontrava-se sentado na soleira da porta. Escureceu e ele ali sentado, sem jantar, sem cear, sem dizer uma palavra. A meio da noite levei-lhe uma manta para que se cobrisse. Nada lhe perguntei, porque assim era entre nós. Foi então que me disse que ali ficaria até que o Sol nascesse. De madrugada, quando desci a soltar os animais, dei com ele hirto e frio. O cunhado Arménio ajudou-me a puxar o corpo para dentro de casa e confidenciou-me que os homens da aldeia sabiam em segredo que iriam chegar soldados vindos de África. Se chegaram, não foi à nossa aldeia, e o teu pai morreu sentado à espera que viesses.

Foi um funeral muito simples, estavam lá as poucas pessoas que nos restam na família e na aldeia. A cerimónia foi tão singela que nem tempo tive de chorar. É um grande pecado, eu sei, mas até hoje estou à espera de uma lágrima, uma única lágrima. Em vez de chorar, o que faço é suspirar.

É que eu, meu querido filho, já estava tão cansada de não ser esposa, cansada de não ser mãe, cansada de não viver.

E sabes por que é que nenhuma lágrima me vem aos olhos? Na verdade, sou eu viúva desde que casei. Tantas vezes esfreguei os braços e as costas com manjerico para cheirar como uma senhora. E o teu pai nunca me sentiu o perfume. Vezes sem conta, assim que fosse noite, soltava os meus cabelos. E o teu pai pedia que voltasse a prender o lenço. Foi sempre no escuro que ele me tocou.

Os ciúmes dele estragavam o nosso lar. Até de ti ele sentia ciúmes. Sobretudo de ti, meu filho. Desde que nasceste esse homem só tinha um propósito na vida. E que era castigar--me. Primeiro, com o silêncio. Depois, com palavras. E por fim com bofetadas e pontapés. Pensei em fugir, desejei morrer.

Mas depois aconteceu-me como a todas as mulheres da nossa terra. Desisti de tudo, desisti de mim. Consolou-me a ideia de que o ciúme dele era a única prenda que me sabia oferecer. Coitado, aconteceu com ele aquilo que o padre Estevão disse num sermão: quem nunca amou não sabe ter ciúmes. E o teu pai até nos ciúmes foi desajeitado. Desde o nosso casamento que ele espalhou pela aldeia que andava com a Julinha dos Cinco Reis. Demorava a regressar ao fim da tarde, só para me arreliar. Mas eu sabia que ele estava sozinho, sentado debaixo dessa grande amoreira que espalha frutos por toda a praça. As calças do teu pai vinham cobertas de nódoas negras e doces. Eu cheirava-lhe a roupa. Aquele foi o único perfume que alguma vez ele usou. Às vezes tenho saudades do cheiro das amoras.

E agora vou-te confessar o que apenas Deus poderia escutar. Houve vezes que esse teu pai, que Deus o tenha, chegou a rezar para que morresses ainda menino. Não porque ele fosse malvado, mas pelas carências de que padecíamos. E se

Deus te levasse assim pequenino não eras tu que morrias. As crianças, quando morrem cedo, não são senão anjinhos. E quando os anjos morrem não há choro, não há tristeza, não há morte. Há apenas uma celestial criatura que Deus nos dá e Deus nos tira. E foi por isso, confesso com o coração nas mãos, que permaneci calada ante esses pedidos do teu pai. Felizmente, Deus nunca o escutou. E a partir de então, como que por um milagre, começaste a pertencer-me mais e mais, sangue do meu sangue, vida da minha vida. E apeguei-me a ti de tal modo que se agravou o despeito que o teu pai sempre sentiu por ti.

A próxima coisa que vou fazer, meu filho, é ir a um cabeleireiro. Não há nenhum aqui na aldeia. Mas irei à vila, que dizem que há lá uma senhora muito jeitosa. Talvez seja vaidade, talvez seja um pecado. Quero apenas ver-me com os meus próprios olhos, porque, até aqui, apenas soube de mim pelos olhos do meu marido. Quando voltares não quero ser apanhada de surpresa como fez o teu pai, que ainda hoje te espera na soleira da porta.

Vais ver, meu filho, que também dei um jeito à casa. Tornei-a mais aconchegadita. Com o pouco dinheiro da herança comprei três cadeiras, para dar assento a presentes e ausentes. Quando chegares terás uma cadeira para ficares sem fazer nada porque dizem que as cadeiras ajudam a esquecer o passado. É o que diz a comadre Constança, que já muito se sentou lá na escola. E diz ela que quem chega da guerra tem muito para esquecer.

E vamos-nos divertindo enquanto ela vai rabiscando a carta. Esta noite, eu e ela sabes o que vamos fazer? Vamos por aí as duas a assobiar pelas ruas. Que assobiar é coisa que é interdita às mulheres. É o que dizem nesta tua terra: mulher que assobia chama as feiticeiras. Pois nós, eu e Constança, vamos chamar as feiticeiras.

Peço a Deus que venhas bem e depressa para junto desta tua mãe, pois agora apenas tu me restas neste vale de lágrimas. E espero que te tenham alimentado, pois nos sonhos me surges sempre magrito. Recebe os mil beijos que não te dei quando cabias nos meus braços. Desta tua mãe que muito te quer.

Transcrevi na íntegra esta carta porque queria partilhar consigo não apenas o conteúdo, mas o quanto, ao mesmo tempo, ansiava e receava essa notícia. Não é a gravidade do sucedido que me comove. É um sentimento de culpa. Não por ter esquecido o passado familiar. Outra culpa me assalta e apenas a si poderei dar conta de um segredo. No meu cacifo da camarata no colégio militar coloquei uma fotografia de alguém que a todos apresentei como sendo meu pai. Só que não era ele. Era um oficial de carreira cuja imagem recortei de um almanaque. A imagem era falsa, mas o meu orgulho era verdadeiro. Aos olhos de todos eu era, como Vossa Excelência, herdeiro de nobre tradição familiar. De tanto mentir e de tanto sentir em mim os olhos daquele desconhecido, acabei por esquecer o verdadeiro rosto do meu pai. Trouxe comigo para África a foto desse anónimo progenitor e ainda hoje a guardo na minha escassa bagagem. Como vê, Excelência, não me falta assim tanto um passado familiar aristocrata. Inventei para mim esse passado. Exibido na parede ou guardado na bagagem essa minha outra vida é, com o devido respeito, tão verdadeira como outra qualquer.

E parece-me ser tudo, por agora. Amanhã Imani

partirá com o pai para localizar o lugar onde supostamente enterraram o irmão Mwanatu. Espero que seja verdade o que lhe disse Santiago da Mata. Espero que o tenham enterrado e que encontrem a sepultura. Ainda fiz menção de a acompanhar, mas nem Imani nem o seu pai quiseram a minha presença. Katini faz agora tudo para evitar que eu e Imani estejamos juntos. Quer provar perante Bianca Vanzini que permanece válida a promessa de lhe entregar a filha.

Comentei com o padre sobre a insistência dos cafres em tratar dos mortos tanto ou mais que dos vivos. Rudolfo explicou o que eu já sabia: a diferença entre o vivo e o falecido é só um diferente grau de presença. Cuida-se do morto para que ele nunca morra. Estar por cima ou por baixo da terra é um pequeno detalhe. O próprio chão africano é tão vivo que não há defunto que não queira continuar enterrado. E eu concordo com ele: nestas paragens a terra não é uma sepultura. É apenas uma outra casa.

Confesso que foi estranho escutar tais crenças vindas da boca de um padre. E lembrei os inflamados discursos daqueles que, em nome da terra, tinham-me enviado para a guerra. Sucessivas gerações, em nome do solo sagrado, foram lançadas para a morte. Não me contive e proclamei textualmente o seguinte: que a mim também me haviam ensinado a amar um cemitério.

— *Ter pátria é outra coisa, sr. padre*, disse eu.

Quis o pároco saber que coisa era essa. Permaneci em silêncio. Não sabia responder. Estava sobretudo ocupado a pensar em Imani. Quando ela voltasse daquela despedida, iríamos juntos para o hospital de Manjacaze. E depois viajaríamos para Lourenço Marques, com as minhas mãos já inteiramente curadas. Agora que o meu pai morreu, terei o destino dos anjos: os braços voltarão a crescer e terei dedos na conta que Deus fez.

Um dia desses responderei à minha mãe. E anunciarei que, em breve, ela dará ocupação a mais uma cadeira, com a chegada da sua nova nora.

22

Um gafanhoto degolado

Esse é o serviço do ódio: não nos reconhecermos a nós mesmos naqueles que desprezamos.

Dito do avô Sangatela

Ao cair da tarde, finda a refeição, o capitão Santiago aproximou-se da grande figueira onde nos havíamos abrigado. E apresentou desculpas pelo modo como antes se comportara. Estava nervoso, há semanas que deambulava pelo sertão numa infrutífera busca dos revoltosos Zixaxa e Mahazul. Ngungunyane escondera-os. Em África, conforme ele dizia, não é preciso mato cerrado para alguém se tornar invisível. As pessoas escondem-se nas pessoas.

— *É por isso* — declarou o capitão — *que há que matar hienas e gatos. E tigres, mesmo que não existam.*

Como um felino, Santiago rondou a nossa mesa. Ninguém falou, ninguém levantou o rosto. Contrariando o nosso sentimento de antipatia, a italiana puxou de uma cadeira e convidou o capitão a partilhar do nosso convívio. Dona Bianca não entendia que o silêncio que ali se fazia não era uma ausência. Era uma oração. Naquele silêncio conversávamos com o nosso falecido Mwanatu. Bianca Vanzini sorriu para o português, apontando a cadeira vaga:

— *Sente-se, capitão. A minha mãe sempre dizia: à mesa ninguém envelhece.*

O capitão serviu-se de bebida e permaneceu calado olhando as revoadas de insetos rodopiando ao redor das lamparinas de petróleo. Lembrei-me da nossa casa em Nkokolani. O escuro era o mesmo e dele emergiam os mesmos bichos alados enlouquecidos pelas mesmas luzes. Desta vez, porém, eram tantos que se escutava o crepitar dos corpos de encontro às chamas.

— *O padre já os comeu?* — inquiriu Santiago. — *Dizem que são bons esses gafanhotos grelhados no fogo. Pensei que, como bom pastor, já tivesse partilhado do alimento da sua gente.*

O padre recebeu a ironia com murmuradas imprecações. O capitão pediu-lhe que não lhe desse importância.

— *Não fique assim* — disse Santiago. — *No fundo, somos todos portugueses e aguardamos, na mesma trincheira, a chegada redentora da nossa cavalaria.*

— *Ninguém aqui espera por um salvador* — retorquiu o sacerdote. — *Sou um homem de fé, mas posso garantir-lhe uma coisa: neste lugar, até Cristo teria desistido.*

— *Raio de conversa para um homem de batina!*

— *No cais, quando chegou, viu as estacas com redes penduradas?* — quis saber Rudolfo Fernandes.

Até há um tempo, nesses paus estiveram espetadas cabeças humanas. Foi isso que o padre relembrou, num compasso arrastado. Durante dias ficaram ali, expostas ao calor e às moscas como se tivessem nascido assim, desligadas do corpo e da vida a que pertenceram.

— *Eram de pretos ou brancos?* — perguntou Santiago.

— *Adivinhe, capitão. Adivinhe.*

— *Não fui eu, caro padre, não me culpe* — fez uma breve pausa e prosseguiu —, *e convenhamos, aqui entre nós, que é bem mais confortável para um morto ter a cabeça assente numa estaca do que lhe deixarem o corpo suspenso numa cruz.*

Piscando intensamente os olhos, o capitão riu-se. E todos vimos o medo que se escondia por trás daquele riso. Nunca mais, assegurou o padre, aquele lugar se libertaria do cheiro putrefacto que o envenenou.

Levantou-se Santiago para se aproximar de uma lamparina. Parecia insensível à nuvem de gafanhotos que rodopiavam em redor do seu rosto.

— *Querem encontrar Zixaxa e Mahazul para os punir? Pois acho que os devíamos premiar. Não fosse a revolta desses cafres e o nosso exército continuaria a dormir na forma.*

— *Sabe o que preferia?* — interrompeu Bianca, num sorriso timidamente conciliador. — *Preferia viver sempre assim, ter todos estes militares por aqui sem que houvesse guerra alguma.*

— *Então a senhora está no lugar certo, no tempo certo!* — proferiu Santiago. — *É que as guerras têm um problema, dona Bianca: para as fazer é preciso um inimigo. E nós, com essa corja lisboeta, temos um inimigo dentro que é maior do que o de fora...*

Todos diziam não querer o conflito. Pois Santiago rezava por uma peleja que engolisse aquela sujeira. O padre Rudolfo contestou:

— *Nenhuma guerra tem boca para tanta sujeira. As*

guerras são tapetes — disse o sacerdote. — *Por debaixo deles se ocultam as imundícies dos poderosos.*

Já nos preparávamos para retirar para os nossos aposentos quando surpreendemos Santiago da Mata a rezar, ajoelhado, a cabeça quase roçando o chão. Quando nos viu ergueu os ombros, envergonhado. E pediu que nos reuníssemos de pé à sua volta. Colocou o chapéu sobre o solo e, levantando uma das abas, encobriu uma porção de gafanhotos. Depois rabiscou na areia um mapa com os pontos cardeais. Um círculo maior assinalava Lourenço Marques; um outro, mais acima, seria Inhambane e, no centro, um círculo menor representava Mandhlakazi. Esgueirando dois dedos entre o chão e a aba do chapéu, retirou um primeiro inseto a quem deu o nome de António Enes. Colocou-o sobre Lourenço Marques enquanto nos perguntava:

— *O que faz este bicho?* — E respondeu, arrancando-lhe a cabeça: — *Não faz nada. Ou melhor, faz relatórios para outros que não fazem nada.*

Com outro gafanhoto debatendo-se entre os dedos proclamou:

— *Este aqui é o chefe da coluna do Norte. É o maricas do coronel Galhardo. O que se passa com este gafanhoto?* — Antes de responder, Santiago arrancou, uma por uma, as patas do inseto. — *É isto que se passa, o marmanjo não se mexe, paralisado de medo.* — Levantou o chapéu, sacudiu a poeira e espantou os remanescentes bichos.

Depois bateu com os tacões das botas como se nos desse ordem para dispersarmos. Sobre as polainas pousou, então, um louva-a-deus. E todos, em simultâneo, acorremos a proteger o bicho. O padre esclareceu:

— *Este não, capitão! Este é um enviado de Deus.*

Santiago da Mata ironizou:

— *Então deve ser o Mouzinho, deve ser ele a comandar a coluna que vem do Sul.*

A menção a Mouzinho de Albuquerque fez brilhar os olhos de Bianca, que solicitou, entusiasmada, que o capitão descrevesse esse garboso cavaleiro, esse príncipe com que ela tanto sonhava. Santiago da Mata não se fez rogado. Não disse, no entanto, quem Mouzinho era. Ficou-se por aquilo que ele não era. Por exemplo, o capitão Mouzinho não era como os demais oficiais que por ali proliferavam de pescoço anafado e a pança empertigada. O seu rosto emaciado e anguloso sobressaía entre a multidão. O seu porte, encimando a sua montada, era o de um anjo de fogo.

— *A senhora iria gostar dele.*

— *Não sabe o quanto já gosto. Mas o senhor, meu capitão, não fica atrás desse príncipe.*

E prosseguiu Santiago na descrição do cavaleiro. Para além de todos esses atributos esse grande português não era um estreante nos assuntos coloniais. Mouzinho já estivera em Moçambique quatro anos antes, como governador distrital. E não foi como os outros que se acomodaram perante a apatia generalizada. Pediu a exoneração, não aguentou a política do "quanto mais devagar melhor". Ele próprio, Santiago da Mata, tinha sido contratado diretamente por ele para uma intervenção armada que, como Mouzinho referira, não podia partir do exército.

— *Um mercenário, foi que o você foi* — interrompeu Rudolfo.

— *Há palavras que devem ser evitadas, caro padre. Digamos que fiz parte de uma força de voluntários que deveria atacar os campos da British South Africa Company, de Cecil Rhodes.*

— *E Ngungunyane?* — ousei perguntar, a contracorrente da conversa.

O capitão contemplou-me, perplexo. Eu era mulher, jovem e negra. Como ousava tomar a palavra naquele encontro? Alterei a pronúncia e soletrei o nome à maneira dos portugueses: Gungunhana.

— *O sr. capitão conhece Gungunhana?* — insisti.

Respondeu que sim, mas que não lhe apetecia falar disso naquele momento. Até porque, acrescentou ele, o grande inimigo não eram os pretos, com o devido respeito pelos que ali se encontravam. O verdadeiro adversário, segundo Mata, estava dentro da fortaleza. E era António Enes, o Comissário Régio de Portugal.

— *Sabem como é que Mouzinho chama ao António Enes? Pois trata-o por "Tsungo Khongolo", que é como os negros de Inhambane designam os brancos que se acham importantes. Esse António Enes é o grande chefe desta cambada de gafanhotos parasitas.*

E discutiu-se pela noite fora. O meu pai foi tombando sobre a mesa, olhando cada vez de perto um copo de vinho sempre por vazar. Bianca parecia dormitar e apenas o sargento seguia a querela entre Santiago e Rudolfo. Eis o que iria acontecer segundo o padre Rudolfo: não seria Mouzinho que iria capturar Ngungunyane. Seriam os negros que o entregariam de bandeja. Esses que hoje o louvavam, amanhã lhe cravariam um punhal pelas costas. E concluiu o sacerdote:

— *A captura do imperador não será obra da coragem, mas da traição.*

O capitão fingiu não escutar. E falou assim para o sargento:

— *Andam a dar-te remédios cafreais. Sabes qual é o melhor remédio? Chama-se metralhadora.*

E era com esse remédio que os portugueses iam varrer os guerreiros de Ngungunyane. Era uma pena o sargento estar assim inválido. E acrescentou o capitão, continuando a dirigir-se a Germano no mesmo tom de desafio:

— *Senão estivesses aleijado ias connosco cheirar pólvora. Não há melhor droga, meu amigo. Cheira-se uma vez e ficamos agarrados.*

23

Sétima carta do sargento Germano de Melo

O que diz da nossa crueldade
não é tanto o que matamos
mas o que nos impedimos de viver

Padre Rudolfo

Sana Benene, 12 de outubro de 1895

Excelentíssimo senhor
Tenente Ayres de Ornelas,

Não sei, meu tenente, o que poderei responder à minha mãe. O que se diz a uma mãe quando se perde um pai? O que há para dizer quando esse pai nunca chegou a existir? Há quem acredite que a distância faz desvanecer os sentimentos. Não é verdade. Longe de casa tudo nasce de novo. E há mágoas que não quero que voltem a nascer.

O que a minha mãe espera que lhe transmita é que regresso cedo e bem. Desconheço, porém, qual possa ser o meu destino. Como lhe disse, não quero voltar sem

Imani. E se a minha terra continuar como a deixei, a única coisa que ainda me faria regressar seria a minha mãe. Quem sabe a posso mandar vir para África e ela aqui se reencontre, como mãe e avó dos filhos que terei com Imani?

Mas não há, Excelência, para mim um céu que não seja nublado e nebuloso. Porque se Portugal se adivinha pouco auspicioso, as mesmas dúvidas sombrias se desenham quando penso em fazer vida em África. O que farei nestes sertões, numa guerra que prosseguirá mesmo depois que pareça ter fim? Desfilam perante mim as figuras do padre Rudolfo que se esqueceu de Deus, do capitão Santiago que se esqueceu do Exército, do conselheiro Almeida que se governa como se ele mesmo fosse Portugal. Vejo tudo isso e pergunto que mais me resta senão tornar-me um deles. Ou se poderei, acima de todas as circunstâncias, ser um pai como nunca tive um para mim.

Imagino que não queira perder o seu precioso tempo com estas inúteis divagações. Não resisto, contudo, a relatar-lhe um devaneio que se repete vezes sem conta. E o sonho é o seguinte: com a nitidez das coisas reais, vejo-me a calcorrear a pé todo o percurso do rio Inharrime, desde a foz até à nascente. Faço aquela viagem com o único propósito de trazer uma prenda para o imperador Gungunhana. É assim que se procede em África: dão-se oferendas aos grandes chefes. Durante consecutivos dias transporto nos meus braços uma enorme medusa cujo corpo de água rebrilha sob o sol escaldante. Apresso-me porque quero entregar o animal ainda vivo, movendo os gelatinosos tentáculos. Sei do horror que esse negro nutre pelas criaturas do mar. Ambiciono que o poderoso

Vátua não resista à surpresa e sucumba ante o medonho bicho. Na fatal delicadeza dessa oferta derrotarei, sem arma nem sangue, o maior inimigo de Portugal. É esse patriótico propósito que me faz marchar durante dias, sentindo que, atrás de mim, avançam vagas revoltosas e o sertão africano vai sendo inundado por um oceano sem fim.

Quando me ajoelho aos pés do imperador dou conta de que a peçonha da medusa me dissolveu as mãos. Tombam no chão os meus dedos e os tentáculos da alforreca. O monarca, com desdém, sorri e manda que eu recolha os meus pedaços e volte para o oceano. Que aproveite enquanto esperam por mim. Respondo que ninguém aguarda por mim. Então o rei de Gaza declara o seguinte: *alguém te espera mesmo que não saibas. Esse mar é muito vasto, entra-se e sai-se dele sem ter que pedir autorização. Não há nessa imensidão nem mando nem dono. É por isso que odeio o oceano e maldigo todas as suas criaturas.* São estas as palavras de Gungunhana, as palavras que invariavelmente encerram o meu sonho.

Desculpe-me, Excelência, essas aturdidas confissões. Mas eu, se já pouca alma tinha, estou agora deixando de ter corpo. Já lhe disse, e repito agora, que, mesmo correndo o risco de ser punido, não me apresentarei em Chicomo. Irei com Imani para Manjacaze e aguardarei pelo veredito do médico suíço. Depois lhe direi do que vier a suceder. Será um milagre que os restos do que já foram as minhas mãos sejam de qualquer utilidade. Para tratar do meu caso o missionário e médico Georges Liengme terá que recorrer mais a Deus do que à ciência.

24

Uma lágrima, duas tristezas

O mundo é um rio. Nasce e morre todo o tempo.
Chikazi Makwakwa

A monotonia engorda o tempo. Bastou a companhia, mesmo que malquista, do capitão Santiago da Mata para que aquele dia passasse mais célere. Escutavam-se as primeiras aves noturnas e já se diziam as boas-noites, quando o capitão decidiu chamar à parte a italiana Bianca Vanzini. Escutei a voz melíflua do militar:

— *E agora, minha doce Bianca, aqui este cavaleiro quer a devida recompensa.*

— *Quer-me a mim? Sou muito cara, capitão.*

— *Um homem como eu precisa de muita substância. Quero-a a si e mais uma outra mulher. Uma para acender a chama, outra para apagar o fogo.*

— *Entendi. Vou falar com Imani.*

— *Essa não. Quero uma preta verdadeira. Entende?*

— *Não entendo.*

— *Quero a outra, a das botas.*

Depois de ter visto Bibliana desfilar com os panos vermelhos, a luva preta e a cartucheira, o capitão não pensava noutra coisa. Um sorriso matreiro abriu-se no rosto de Bianca Vanzini. O interesse do capitão confirmava o que ela já me tinha segredado: homem macho prefere mulher máscula.

— *Não sei se consigo convencer aquela preta. Tivemos choques, acho que Bibliana me odeia.*

— *Pago-lhe a duplicar, dona Bianca.*

— *Sou muito cara, capitão. Sou de ouro, ou já se esqueceu?*

— *Pois lhe digo, aqui entre nós: não tarda que eu descubra onde Gungunhana enterrou uma fortuna em libras. E sei onde esse cantineiro Sardinha escondeu uns tantos dentes de marfim.*

— *Nesse caso apenas me será devolvido o que ele me devia.*

— *Devia ele?*

— *Todos os homens me devem, capitão.*

Encostado ao tronco da mangueira, o capitão Santiago da Mata era o conquistador que, no alto da fortaleza, observa a recolha dos troféus. À distância em que se encontrava não podia senão adivinhar a conversa entre as duas mulheres que elegera para sossegar os seus desejos. O que elas diziam, porém, estava muito longe do que podia imaginar. Nem eu poderia adivinhar o conteúdo daquele diálogo caso não me apoiasse nas costas da árvore onde conversavam.

— *Nunca* — resmungou a sacerdotisa. — *Esse dinheiro é quente, vai-me queimar as mãos.*

— O capitão está a te chamar. Se não fores a bem irás à força, bruxa maldita.

— Suca! Famba khaya ka wena.

A resposta numa língua que não entendia deixou a mulher branca em estado de fúria. E lançou-se sobre a outra. Lutaram, arranharam-se, esgadanharam-se. Tentei separá-las, em vão. O capitão português sorria, pensando que aquela briga era uma erótica encenação em seu louvor. E a querela subiu de tom até que Bianca, exausta, derramou-se no chão e desabou em prantos. Então, num gesto maternal, Bibliana abraçou inesperadamente a italiana. Depois encostou-lhe a cabeça no peito e acariciou-lhe os cabelos.

— Por que me agride, dona Bianca? É a segunda vez que o faz.

Em soluços a mulher branca confessou o que ela própria não havia entendido antes. No momento em que Bibliana dançava no ritual do terreiro assaltou-a uma impressão muito estranha: aquela mulher não poderia ser, como por ali se propalava, uma Nossa Senhora negra. Não poderia ser, como se proclamava, a "Mãe da Palavra". A verdade, porém, é que aquela negra lhe trouxe uma epifania e a italiana sentiu o chão desaparecer.

— De repente compareceu diante de mim o meu único filho, o menino que perdi com um ano de idade.

A morte do filho surgiu-lhe como o fim da sua vida. Quando decidiu voltar para África, Bianca apenas procurava um lugar para se extinguir. Sucedera, afinal, o inverso. A vida voltou a abraçá-la com os braços de uma infinita mãe.

— Não fui capaz de morrer — admitiu a italiana.

— Sente-se culpada? — inquiriu Bibliana.

Incapaz de articular palavra, Bianca Vanzini acenou afirmativamente, o rosto derreado como uma criança órfã.

— *Vamos para o rio* — convidou Bibliana. — *De noite aquele é um outro rio, um rio noturno que é pertença exclusiva das mulheres.*

Como se não tivesse corpo, a branca seguiu-lhe os passos. Olhou por cima do ombro, contemplando o drapejar da bandeira amarrada na cruz da torre. E sentiu que, por baixo daquela igreja, uma outra igreja se implantara. Era a esse subterrâneo templo que ela agora descia, conduzida por uma sacerdotisa herege.

Com estranheza, Santiago da Mata observou as mulheres a afastarem-se de mãos dadas. Estava certo de que se exibiam eroticamente para lhe aguçar os apetites. Na margem do Inharrime as duas dançaram, coladas uma na outra. A branca sacudindo a cabeça ciciou: *estou bêbada, a dançar com uma preta no berma de um rio.* A negra, de repente, parou-lhe o gesto:

— *Estas mãos, minha irmã. Vejo grãos de areia sob a pele, vejo terra sob as unhas.*

— *Poderia ter sido de outra maneira?* — ripostou a italiana, a voz não sendo senão um delicado fio. Pode uma mãe ver o seu pequeno filho ser sepultado por gente estranha? Uma mãe dá à luz, uma mulher abre e fecha a terra. Nessa manhã de inverno Bianca Vanzini afastou os coveiros e escavou com os seus próprios dedos no chão rochoso e frio.

— *Deitei o meu menino a dormir. Como faço todas as noites.*

Em silêncio, a sacerdotisa mergulhou as mãos de Bianca no rio. E viu como Santiago era engolido pelo escuro.

25

Oitava carta do sargento Germano de Melo

Tudo o que de grave tiveres que dizer a um inimigo deves dizê-lo na língua dele. Nenhum juiz pronuncia a sentença num idioma que o réu não possa entender. Ninguém morre a não ser na sua própria língua.

Provérbio de Nkokolani

Sana Benene, 22 de outubro de 1895

Excelentíssimo senhor
Tenente Ayres de Ornelas,

Desta feita trago-lhe notícias de vulto. Por fim, meu tenente, algo mexe nesta terra morta. Vossa Excelência tem toda a razão: algo de muito radical está mudando o destino desta terra portuguesa. E foi no quadro dessa mudança que Xiperenyane passou por aqui ontem de manhã. Fez uma breve paragem a caminho das suas terras em Zavala. O homem é imparável, em permanentes deambulações guerreiras pelo mato. É um combatente extraordinário, um negro de uma lealdade a toda a prova para com a Coroa portuguesa. Só espero que desta vez saibamos corresponder com a devida generosidade. Estranhamente Bibliana confessou-me que em sonhos vira Xiperenyane, escanifrado e esfarrapado, varrendo as ruas de Lourenço Marques. Era esse o desvalido futuro que o esperava. Uma simples premonição de bruxa, dirá Vossa Excelência. Talvez. O tempo o dirá.

Sei que as nossas forças preparam uma batalha de vastas dimensões em Coolela. Parte de mim queria marcar presença nessa que será certamente uma das mais gloriosas páginas da história da África Portuguesa. Outra parte hesita. Talvez haja mais glória nessas cartas que se escrevem à margem dos confrontos militares. Talvez seja mais nobre esse tão improvável encontro de pessoas aparentemente tão distantes. Quem sabe Portugal se faça mais nessa costura de gentes tão dissemelhantes do que nessas sangrentas guerras?

Preocupava-se Vossa Excelência que eu me apresentasse no hospital do suíço Liengme? Receava que eu me furtasse a comparecer, como me obriga a minha condição de soldado, diante do quartel de Chicomo? Pois agora nem para um destino nem para o outro. A tensão militar que por aqui se vive não nos permite sair de Sana Benene. Agora, nem sequer a viagem pelo rio se apresenta segura. Estamos cercados, Excelência. E suspeito que nos encontremos sitiados mais pelo medo do que por uma ameaça real. Quem mais sofre com esse confinamento é Bianca Vanzini. Aqui entre nós, o que mais pesa sobre ela é estar afastada dos seus negócios em Lourenço Marques. Ontem, porém, o sol voltou a brilhar para a italiana quando o nosso Xiperenyane lhe prometeu que, no regresso da próxima batalha em Coolela, a acompanharia de volta a Inhambane. Daquela cidade ela regressaria por mar até Lourenço Marques. Num certo momento ela ainda me abordou e, naqueles seus modos sempre evasivos, perguntou se não teria mais sentido ir para Chicomo em lugar de regressar a Lourenço Marques. *Ao menos, não morro sem ver o Mouzinho*, disse ela. Tive pena dela, e a única coisa que fiz foi menear a cabeça com um sorriso idiota.

Falei de Bianca, mas quem vive um momento de profunda tristeza é Imani Nsambe. A morte do irmão lançou-a num abismo cinzento. Agravam a sua melancolia as minhas caprichosas mudanças de humor e as minhas hesitações sobre o futuro. Esta noite a moça foi atacada por um pesadelo que era recorrente no passado mas que deixara de a visitar desde que saíra de Nkokolani. A verdade é que ela voltou a sonhar que tinha engravidado. Cumpriram-se os nove meses, nada aconteceu. Ao fim de um ano de gravidez a barriga tornou-se-lhe imensa, mais do que as pernas podiam suportar. Os seios escapavam-se-lhe da blusa, jorrando leite como copiosas fontes. Até que, por fim, sucederam as dores de parto. Logo no primeiro espasmo emergiu-lhe do ventre uma catana. As parteiras recuaram aterradas. Regressaram, pé ante pé, para espreitar aquela assombração. Depois da catana, das suas entranhas assomou uma azagaia e, quando as contrações pareciam terminadas, despontou ainda uma pistola. As armas saíram-lhe do corpo, uma por uma, e ainda não se tinha refeito dos espasmos e já a notícia se tinha espalhado pela região. Vieram os guerreiros, quiseram tirar-lhe as armas, mas ela opôs-se com firmeza: *Ninguém toca nos meus filhos!*

E assim sucedeu: onde quer que ela fosse, levava as suas mortíferas crias, com maternais cuidados que muito comoviam as outras mulheres. De modo diverso reagiam os homens: nos meses seguintes, vários deles fizeram espera para a engravidar. Se aquela mulher era capaz de parir armamento, estava ali uma possibilidade de acumularem poder e riquezas. E nunca mais os negros teriam que temer inimigos.

Foi esse o sonho de Imani. Na noite seguinte a pobre rapariga deve ter revivido esse pesadelo, pois despertou aos berros e soluços, suplicando que ninguém tocasse nos seus filhos. Tranquilizei-a com a minha habitual falta de habilidade. Imani ergueu-se e cirandou confusa até que o pai, Katini Nsambe, irrompeu pelo quarto. Fiquei à porta, por precaução. Deu ordem para que Imani se preparasse, pois assim que amanhecesse iriam descer o rio. Levaria com ele um dos soldados pretos que veio com o capitão. Foi isso que disse Katini. A intenção daquela viagem era certificar-se se Mwanatu tinha sido sepultado segundo os preceitos da sua gente. Perdera a confiança em todos, negros e brancos, txopes e Machanganes. Amargo, o pai de Imani queixou-se de que a vida era um rosário de traições. Pediu-lhe a filha que se explicasse a que deslealdades se referia. Respondeu Katini que falariam desse assunto quando estivessem no barco.

Há muito que Imani sabia dos fantasmas que atormentavam o velho Katini Nsambe. Sempre soube, sempre fingiu não saber. E tudo tinha a ver com o modo como fora nomeada desde a infância. Todos na aldeia sabiam o que se ocultava naquela escolha. Imani é o nome que se dá às filhas de um pai desconhecido.

Naquele momento suspeitou que fosse aquele o fantasma que atormentava Katini Nsambe. E tranquilizou-o com doçura: ele era o seu único pai, o único que conhecera. *Já disse,* replicou Katini, ríspido. *Falaremos quando voltarmos do enterro de Mwanatu.*

Pediu-me o velho Katini Nsambe que lhe servisse um copo de *nsope,* que ele precisava abençoar aquela missão. O termo "missão" pareceu-me excessivo. Adivinhou a minha estranheza. E proclamou com orgulho de imperador: *sou o último dos Nsambe. Sou eu que vou fechar o nosso lugar.*

Ofereci-me para ir com os dois ao longo do rio. Katini recusou. Tratava-se de um assunto de família. Imani seria a sua única ajuda, a única companhia. Há uns tempos, disse ele, até iria sozinho. Agora, porém, já começava a ter costas de passarinho: à mínima chuva não levantava voo.

Acompanhei pai e filha até ao cais. Pela penumbra segui o rasto do velho preto. As pegadas eram leves, como se houvesse uma educada delicadeza no seu andar. E pensei na coragem com que, durante todos aqueles anos, aquele homem atravessou o território da humilhação. A filha falou-me do modo como evitava a companhia dos outros homens da aldeia. E como baixava o rosto cada vez que se pronunciava o nome de Imani. Todos o consideravam um cobarde. Mas bravura maior seria difícil encontrar. Katini Nsambe abdicava da sua dignidade e defendia a sua filha fosse ou não fosse ele o progenitor. Não admirava, pois, que os seus pés fossem tão leves.

Passámos pela escadaria da igreja e vimos como, durante a noite, os arruinados degraus se haviam deslocado em direção ao rio. *Choveu esta noite?,* perguntei. Evasivo, o pai de Imani comentou que as pedras apenas regressavam ao lugar de onde nasceram.

Quando chegámos ao cais, já lá se encontravam Bianca e o padre Rudolfo. Vinham despedir-se. Cada um deles trazia algo para oferecer. Bianca enrolou um lenço no pescoço de Imani. E o padre ofertou a Katini um crucifixo de ferro, para que ele o afixasse na sepultura do seu filho Mwanatu.

Afastei-me uns passos. Bibliana veio ter comigo e ficou ao meu lado olhando a correnteza do Inharrime. Foi a curandeira que cortou aquele silêncio:

— *A tua mãe esteve aqui.*

— *Aqui em Sana Benene?*

Não tinham sido apenas forças africanas que me tinham curado. Eu mesmo tinha trazido de longe os meus remédios, disse a profetisa. *Os meus remédios?*, indaguei admirado. Os meus sonhos tinham sido a minha maior cura. Porque, segundo ela, vinham carregados como barcos. E foram muitos os parentes que, mesmo sem eu saber, me haviam visitado.

— *A tua mãe esteve aqui comigo a tratar das tuas feridas.*

E voltamos a juntar-nos todos na berma do ancoradouro, sentados com os pés mergulhados na água. O remoinho em redor dos tornozelos criava um barulhinho meigo, como se fosse o mais antigo acalento. E quase não escutámos uma jangada que se aproximava, empurrada pela corrente. Conduzia-a um homem despido, o cabelo desgrenhado, um olhar de bicho. O padre suspirou e comentou: *só cá faltava este!* O intruso, explicou ele, era um doido, chamado Libete, que se passeava infinitamente pelo rio com a sua pestilenta sacola.

A embarcação ainda não tinha acostado e um nauseabundo cheiro invadiu as redondezas. Em txichangane, o padre dirigiu-se ao homem pedindo que deitasse fora o saco malcheiroso. Recusou o intruso puxando para si uma volumosa sacola de pele. Que eram os seus filhos que trazia naquele embrulho. Sabia que o padre duvidava, mas, se fosse autorizado, espalharia tudo sobre o cais. O sacerdote reagiu alarmado: *Não, por amor de Deus, não faça isso!* Ele que fosse rio abaixo, que o padre lhe daria a sua bênção.

A jangada foi se afastando, arrastada pela corrente. E ainda se escutou o homem gritar:

— *Foi Ngungunyane quem matou! Matou os meus filhos, matou-me a mim.*

Katini Nsambe ergueu-se, e pensámos que se ia dirigir para a canoa dar início à sua viagem. Mas ele deixou-se ficar a vigiar a jangada do Libete que ziguezagueava pela corrente. Por fim, murmurou:

— *Não lhe chame louco, padre. Esse homem sou eu.*

26

Uma líquida sepultura

O recrutamento de soldados em Angola para combater em Moçambique começou em 1878 e terminou em setembro de 1879. O aspeto e disciplina destes soldados de Angola causaram surpresa em Moçambique. Em breve, porém, as suas esplêndidas qualidades começaram a obliterar-se e passado um ano ninguém reconheceria os belos batalhões recrutados em Angola. Ou porque faltasse o regime de palmatoadas a que vinham habituados ou porque as demasiadas folgas do serviço os desabituassem da rigidez da disciplina ou ainda, o que é o mais provável, porque os quadros, coligidos na Província, descurassem os seus deveres, os angolenses, de ordeiros que eram, fizeram-se brigões e perigosos para o sossego da capital.

General J. Teixeira Botelho, *História militar e política dos portugueses em Moçambique.*

Fiquei a ver o sargento a acenar do ancoradouro e o grande lenço branco flutuava entre bandeira e miragem. Acenei para cumprir, também eu, aqueles falsos adeuses. E seguimos rio abaixo, à procura da campa do meu irmão Mwanatu. Guiava-nos um soldado português de raça negra que havia sido destacado por Santiago da Mata. Era escuro, muito mais escuro que os da nossa terra. Era um *mangolê*, um desses soldados provenientes de Angola. No caminho conservou-se calado, mantendo uma cautelosa distância do meu pai.

Quando parámos para um descanso e o meu pai se afastou por entre os matagais, o militar abriu o peito. Falava português como se fosse um branco e apenas a pele e o nome faziam lembrar que era africano. Chamava-se João Ondjala porque nascera num ano de fome. Rimo-nos porque é assim que também na nossa língua txitxopi se diz fome. Expressava-se apressadamente como se o final do mundo espreitasse na curva do rio. Nós que não o culpássemos pela morte do nosso parente. Porque ele era um pobre infeliz, incapaz de ter mão no seu destino. Contou que, há um mês, tinha sido capturado por Ngungunyane. Fizeram-no comparecer perante o imperador e um dos seus filhos, chamado Godido, traduziu a conversa. Godido estudara na Escola de Artes e Ofícios da Ilha de Moçambique e conhecia bem a língua portuguesa. O angolano riu-se recordando como, aterrado, se ajoelhara perante o rei de Gaza.

— *Não me façam mal* — balbuciou Ondjala na ocasião. — *Sou vosso irmão, sou negro como vocês.*

— *Irmão?* — perguntou Ngungunyane. — *Um irmão que nos mata?*

Ondjala invocou a sua condição discriminada no Exército português e relembrou o modo como eles, os mangolês, eram mandados para a linha da frente como carne para canhão

— *Então és desses, dos mangolês?* — perguntou Ngungunyane.

O angolano apontou para o mastro implantado em frente da casa do imperador nguni.

— *Sou como o Nkossi, obedecemos ambos à mesma bandeira.*

Na ocasião, a bandeira azul e branca de Portugal estava murcha, sem alma. Desenfunada, toda a bandeira não passa de um pano triste. Ondjala então pensou: não é o pano, o vento é quem faz a bandeira. Assim era a sua alma: vazia, longe de qualquer vento.

— *Não entendo* — retorquiu o imperador. — *Perguntei-*

-lhe se era angolano. O que tem a bandeira a ver com a minha pergunta?

— Aqui todos veneramos o mesmo soberano: o rei de Portugal.

O imperador ergueu os olhos ao céu, a dissolver a raiva causada pela desfaçatez do prisioneiro.

— *Essa bandeira é um pano, faço-o subir e descer sempre que quero* — resmungou.

— *Também tiro a farda quando quiser* — argumentou o angolano.

Não gostou o rei do que ouviu. Com um graveto limpou a unha comprida do dedo mindinho como era seu tique quando se enervava. Murmurou, entredentes:

— *Alguém que acompanhe esse homem.*

Era o anúncio da condenação. O imperador proferia aquelas palavras e sabia-se do destino do infeliz. Não chegava ao limiar da aldeia. Azagaias varavam o desgraçado e ali ficava, sem enterro, sem memória. Mas Deus estava a seu favor. Porque Godido, que chefiava o pelotão de execução, permitiu que ele fugisse. Desamarrou-o e disse aos outros: *deixemo-lo, será devorado pelas feras.*

Escapara naquela ocasião. Mas o *mangolê* sabia ser cativo de uma outra condenação, mais longa, mais mortal: *Quando acabar a guerra, os portugueses voltarão para a terra deles. Nós, os de Angola, ficaremos aqui, presos para sempre.*

Enquanto Ondjala desfiava as suas atribuladas aventuras, o meu pai andava coletando cascas e pedaços de madeira. Juntou a essas improvisadas teclas umas cabaças de nsala. De uns poucos nadas inventava uma marimba. Com o crucifixo foi percutindo sobre as madeiras, e uma desconexa melodia nos fez calar.

— *Gosto dele* — disse o soldado. — *É um músico, não vive neste mundo.*

Bruscamente, Katini interrompeu a música e nos apressou para que prosseguíssemos viagem. E voltámos para a canoa. Meu velho carregava um semblante estranho e permaneceu calado até que fez uso do remo em contracorrente, fazendo parar a embarcação no meio do rio. Com a ponta do remo tocou no ombro do soldado e perguntou:

— *Quem disparou?*

— *Como?*

— *Quem matou o meu filho?*

— *Não sei, todos disparámos contra a canoa.*

— *Todos?*

Então o pai levantou-se de súbito fazendo a canoa balançar perigosamente. Assim visto de baixo, ganhava o tamanho de um gigante. Ergueu bem alto o remo e usou-o para golpear ferozmente o angolano na cabeça, nos braços, no corpo todo. Depois empurrou o corpo do militar para fora da embarcação e manteve-lhe a cabeça submersa por um tempo. Quando o angolano não mais ofereceu resistência, o meu pai sacou do crucifixo de ferro e procedeu como se faz com os peixes: cravou-lhe o ferro na garganta. Os braços e as pernas do militar espraiaram-se como asas sobre a água e uma mancha de sangue cercou a nossa canoa. Katini ficou parado a ver o corpo planando sem peso.

— *Pai, vamos!* — pedi em prantos.

Eu mesma deitei mão ao ensanguentado remo. Na pressa em me afastar, fui incapaz de dar rumo ao barco. Por onde quer que me virasse enfrentava o corpo de João Ondjala pairando como se buscasse a sua própria sombra no fundo do rio. Com inusitada resolução, Katini Nsambe ordenou:

— *Voltemos para a igreja!*

— *Mas pai? E Mwanatu?*

— *Não há campa nenhuma. O meu filho foi deitado nas águas, foi isso que lhe fizeram. O rio é a sua única sepultura.*

De pé na proa do barco, hirto como uma milenária estátua, ergueu a cruz de Cristo e mil cintilações faiscaram na sua mão.

— *Com este crucifixo vou matar os outros.*

— *Que outros, pai?*

Não respondeu. Apenas acrescentou:

— *Quando chegarmos à igreja diremos que o soldado tombou no rio e foi devorado pelos crocodilos.*

Com uma nobreza que nunca antes exibira, o meu pai enfrentou paisagem como se fosse um corsário que se tivesse apropriado do próprio rio por onde navegava. Voltou a erguer o crucifixo de encontro aos céus e proclamou:

— *Uns veem a cruz, eu vejo um punhal. Esta é a lâmina que Deus depositou nas minhas mãos.*

— *A vingança é a justiça dos fracos.*

— *Pois eu, minha filha, sou o mais fraco dos fracos. Não haverá vingança maior que a minha.*

As escassas e exíguas luzes de Sana Benene já bruxuleavam quando amarrámos o barco no ancoradouro. Nos tempos de guerra, as fogueiras ficam acesas de dia e de noite. Assim se procede para que os guerreiros, onde quer que estejam, permaneçam sempre iluminados.

Preparava-me para subir a ladeira, o meu pai segurou-me no braço.

— *Espere, preciso de falar consigo.*

Voltei a sentar-me na canoa. Olhei as mãos ensanguentadas de Katini ainda empunhando o fatídico crucifixo.

— *Mudei de planos* — declarou ele. — *Vou-te entregar ao Nkossi, vais ser esposa do rei. Vais ser a mulher principal de Ngungunyane.*

— *Por amor de Deus não faça isso, meu pai.*

— *A vida enganou-me, os portugueses traíram-me. Agora é a minha vez de trair. Serás esposa dele.*

Aquelas palavras eram punhais de dois gumes. A um só tempo, rasgavam o meu amor por Germano e entregavam-me à criatura que mais detestava. Chorei como se falasse, como se cada lágrima fosse uma palavra, cada soluço uma frase:

— *Faço como a mãe: mato-me.*

A minha intenção era suscitar compaixão. Sucedeu o oposto. Inundado por uma incontível raiva, o meu pai rilhou os dentes para sentenciar:

— *Nunca mais se compare com a mãe! A sua mãe estava cheia de vida, por isso foi abraçada por uma árvore. Você não pode matar-se. E sabe por quê? Porque não tem vida nenhuma.*

E tombou sobre mim como se me agredisse. Mas permaneceu imóvel. Quando voltei a abrir os olhos chegou-me a desfocada imagem do pai debruçado sobre mim, os braços sacudindo-me os ombros:

— *Deixe de chorar, vai chamar os maus espíritos.*

— *Não faça isso comigo, meu pai. Vai trair os nossos que foram assassinados por Ngungunyane?*

— *Estou a lutar pelos que têm ainda que viver. Os outros...*

— *Não há diferença, pai. Não há os outros...*

O ódio crescia em mim e não havia choro que o pudesse conter. Bati com o remo na água, como se a mim mesma me flagelasse. Sovar o rio era um modo de agredir o velho Katini Nsambe.

— *Pense numa coisa, minha filha...*

— *Não sou sua filha!*

— *Pouco importa. Eu sou seu pai.*

— *Além disso fiz uma jura. Sobre a campa da nossa mãe jurei matar esse satanhoco do Ngungunyane.*

— *Você não entendeu, Imani. Essa é a intenção: você casa com ele primeiro. Depois, mata-o. Quem mais senão uma rainha pode ter na mão a vida de um rei?*

O que Katini Nsambe dizia era, naquele momento, demasiado para o meu entendimento.

— *Deixe-me ir, pai. Preciso de me despedir de Germano.*

— *Já te despediste.*

— *Quero estar com ele. É a nossa última vez.*

— *Esse teu sargento partiu esta manhã para Chicomo. Vai arrumar as tuas coisas. Amanhã irás comigo para Mandhlakazi.*

27

Nona carta do sargento
Germano de Melo

Não basta que andemos descalças. É preciso que os nossos pés pisem o chão até perderem a pele. Até que o sangue da terra circule nas nossas veias.

Dito de Bibliana

Algures entre Sana Benene e Chicomo, 28 de outubro de 1895

Excelentíssimo senhor
Tenente Ayres de Ornelas,

Estou morto, Excelência. Levaram-me o passado, arrancaram-me os sonhos. Pela madrugada, o capitão Santiago da Mata tirou-me à força do meu quarto em Sana Benene. Uma única palavra pronunciou: *vamos!* Enquanto me vestia à pressa o capitão perguntou-me: *por que razão pensas que visitei este maldito lugar?* Levantou os braços como se o mundo inteiro tivesse que o escutar: *Mandaram-me buscar-te.* E não foi preciso que ele o dissesse: era por seu mando que eu era conduzido à força para o quartel de Chicomo.

Triste modo de Vossa Excelência me lembrar que, mais que tudo, sou soldado e sou português. Adeus, hospital suíço, adeus, Imani, adeus, meus sonhos de vida em Moçambique. Escrevo estas linhas com o mesmo desalento dos sepultados vivos que, sem esperança, fazem estremecer a tampa do caixão. É essa a minha prostração. Nunca mais terei amores, nem amigos, nem vizinhos.

Não imagina, Excelência — ou talvez imagine melhor do que ninguém —, em que circunstâncias rabisco estas linhas: sentado numa carroça, o mundo balouçando em meu redor. Aproveito esta missiva para lhe relatar as aventuras pelas quais tenho passado desde que esta madrugada comecei a ser transportado num carro de bois. Viajo na companhia de Santiago da Mata e dos seus sete soldados que a passo lento vão escoltando a carroça. Sobre o atrelado, para além de mim, não há senão armas, umas caixas de biscoitos e duas bilhas de água. Vou sentado na posição do demónio, de costas viradas para um carreiro que, à nossa frente, se abre sem ter fim. Dirigimo-nos para o quartel de Chicomo, onde receberei tratamento médico.

Embalado pela ondulação da carreta dou por mim a pensar que, uma vez mais, estou a ensaiar o meu próprio desfile fúnebre. Primeiro, aconteceu no bojo de uma canoa. Agora, numa poeirenta carroça. Quando o meu funeral realmente acontecer irei vestido com esta farda que sempre odiei e que agora, mais do que ao corpo, me cobre a alma. Tome nota deste pedido, Excelência: enterrem-me como se a minha pele se tivesse convertido neste malcheiroso uniforme. Foi com essa antecipada mortalha que embarquei nesta viagem. Ou ainda mais grave, é isso que sou: um pedaço de pano com que, na vida e na morte, me embrulharam. Primeiro um uniforme, depois uma mortalha. Sou um soldado, a mim mesmo não pertenço. No meu funeral outros soldados, desconhecedores de que também deixaram de ter alma, dispararão salvas de pólvora seca. Ignorarão que com esses tiros estarão a matar o próprio céu.

Durante todo o caminho vou sendo agredido por constantes impropérios de Santiago. Longe de me incomodar, aqueles insultos distraem-me de outras mágoas maiores. E depois é como a minha mãe dizia: quem muito insulta não pode ser um homem mau. Pelo rodopio de injúrias Santiago deve ser uma excelente pessoa. *Por tua culpa*, afrontava-me ele, *por tua culpa, meu maricas, não participei na batalha de Coolela. Só para te vir buscar porque aqui o nosso príncipe não podia andar sozinho pelo mato. Diz-me uma coisa, meu sargentinho: com esses teus bracitos como é que limpas o cu? É a boazona da pretinha que te lava as partes baixas? Não quererás que um destes soldados pretos te limpe as nalgas? Eles são bons nisso, podes ter a certeza. Fazem-no com tal afinco que nunca mais cagas na vida.*

Os soldados no início continham o riso. Aos poucos deixaram de escutar. O capitão debatia se apenas consigo mesmo naquele infinito rosário de injúrias:

— *Com as mãos nesse estado lá se vão as punhetas. Imagino como, nestes meses no mato, te deves ter entretido a descascar o pessegueiro. Pois acabaram-se as brincadeiras com os cinco anõezinhos. Agora vais ter que pintar à pistola essas cafres matreiras. Espero que já tenhas estreado com essa pretinha que te acompanhava na igreja. Ou queres que seja eu a tirar-lhe as medidas, meu finório da trampa?*

Por fim, calou-se. Um abatimento vergou-lhe os ombros enquanto marchava silencioso. No rosto moreno, porém, os olhos continuavam acesos, vasculhando a paisagem. Seria um homem terrivelmente solitário aquele que nos guiava pelo sertão.

Quando escureceu, ordenou que parássemos e que acampássemos longe de qualquer trilho. Enquanto estendia a lona que nos serviria de cama, o homem dirigiu-se-me pela primeira vez num tom ameno para me dizer que eu estava com sorte, pois o dr. Rodrigues Braga estava de passagem por Chicomo.

No dia seguinte, depois de uma penosa subida por encostas cobertas de arbustos espinhosos, demos com um cafre a quem pedimos comida e água para os nossos bois. Conduziu-nos em silêncio para a sua palhota e ali nos ofereceu umas espigas de milho assado, que devorámos. Avisou-nos então que, bem perto dali, se haviam juntado dezenas de soldados Vátuas. Foram chegando em grupos para se concentrarem numa lagoa. Ali se preparava uma cerimónia tradicional para benzer os combatentes.

Um grupo desses guerreiros tinha-o visitado nessa madrugada. O mais velho deles foi ao curral e escolheu um touro. Com um varapau bateu no focinho do boi para que o animal se enfurecesse. Uns tantos jovens saltaram-lhe sobre o dorso e fizeram-no tombar. Enquanto o seguravam pelos chifres, o chefe do grupo, com um machado, abriu-lhe o pescoço.

— *Vejam, está aqui o sangue* — e o camponês apontou uma mancha escura já coberta de moscas.

Em poucos minutos os soldados despedaçaram a carcaça e levaram os pedaços de carne às costas. O cafre apontou para um vale por onde haviam desaparecido os intrusos levando com eles o touro retalhado.

— *Venham comigo* — convidou o homem. — *Eles estão aqui perto. Se tivermos cuidado não sentirão a nossa presença.*

— *São muitos?*

— *Uns cinquenta.*

— *E a que batalhão, a que impi pertencem? Não me digas que são os Ziynhone Muchopes, os Pássaros Brancos?*

— *Não, esses são mais velhos. Pareceram-me os Mapepe, os Manhosos.*

— *Vamos emboscá-los!* — sentenciou Santiago.

— *Está doido, capitão.*

Noutra circunstância a minha insolência teria sido severamente castigada. Naquele momento Santiago fulminou-me com os olhos antes de me passar uma espingarda.

— *Vais ser soldado, meu cabrão. Com os dedos que te restam ou com o caralho mais velho vais disparar esse fuzil.*

Outra arma foi entregue ao desgraçado camponês que, atónito, manteve os braços imóveis, incapaz de suportar aquele peso.

— *E tu também, meu escarumba, se não os matares a eles, matamos-te nós a ti.*

Em absoluto silêncio caminhámos até uma clareira no meio da floresta. O cafre estava certo: uma meia centena de homens dispunha-se em círculo em redor de um feiticeiro, que aqui chamam de *nganga*, e de um comandante militar. O fumo emergia de uma enorme panela onde haviam cozinhado a carne do touro. Ocultos por detrás de um matagal fomos espreitando a extraordinária cerimónia. Apoiados apenas com um joelho sobre o solo, os soldados cantavam e batiam com os escudos e as azagaias no chão, marcando um compasso viril. Até que, a um certo ponto, o chefe militar se ergueu e exibiu um dedo humano. Um golpe frio me paralisou. Aquele apêndice podia ser uma dessas falanges que me faltava. Reparando na minha reação de pânico, o cafre que nos acompanhava murmurou: *aquele era um troféu antigo que arrancaram de um chefe militar txope.* Eram esses os mágicos preceitos.

Terminada a exibição, o chefe militar raspou com um facão a ressequida falange e deixou tombar a poalha sobre a carne. Aquele condimento era o chamado *remédio de guerra*, a poção que faria desaparecer os *remorsos da consciência.* Ao comerem a carne assim temperada, os soldados ficavam *sem diafragma*. Porque é no peito que mora a consciência. Assim nos segredou o camponês.

Santiago estava longe de escutar aquelas palavras. Estudava a paisagem para arquitetar um ataque surpresa. Usando apenas gestos, deu ordens para que nos espalhássemos para criar a ilusão de que éramos muitos. Ficámos dispostos num círculo, ocultos pela vegetação. A um comando seu iniciou-se o assalto. Surpresos, os Vátuas desataram a correr desordenadamente, abandonando as azagaias e os poucos fuzis de que dispunham. Uns três ficaram tombados ao redor da grande panela, agonizando junto à poção que os devia impermeabilizar contra as balas inimigas.

Parecia que os Vátuas se tinham dissolvido no mato quando, de súbito, uma nuvem de balas varreu a nossa posição. Um dos soldados nossos, um praça negro, tombou junto a uma rocha. Ainda o vi enterrar os dedos na areia como se resistisse a ser arrastado por uma força obscura. No estertor revirou para mim os olhos e havia neles a escuridão dos poços sem fundo. Reconheci-o. Era um que se mantivera todo o caminho calado porque a única língua europeia que falava era o inglês. E isso era para Santiago uma inadmissível ofensa.

A meu lado Santiago ficou mortificado: a emboscada mudara de sentido e os caçadores viravam presa. Enlouquecido, o capitão juntou os seus soldados e, aos berros e pontapés, espicaçou-os para que avançassem sobre o inimigo. Não parou de os chamar de cobardes até os ver progredir de peito aberto sobre os invisíveis Vátuas. Permaneci eu e o capitão na retaguarda. De repente vi-o dobrar-se sobre si mesmo como se tivesse sido baleado no baixo-ventre. Aprontava-me para o socorrer quando percebi que a mancha húmida nas suas calças não era sangue. Era urina.

De repente, de um e de outro lado suspendeu-se o tiroteio e reinou um silêncio absoluto. Santiago da Mata ordenou que voltássemos à palhota onde havíamos deixado os nossos haveres. Ali chegados, a primeira coisa que o capitão fez foi derramar sobre o corpo todo o conteúdo de uma bilha de água. Os soldados estranharam aquele desperdício.

Com receio de que os cafres nos armassem um vingativo ardil, deitámos mão ao que era mais precioso, amarrámos os bois no meio do matagal e cortámos umas ramagens para ocultar a carroça. Era imperioso marcharmos leves e céleres para Chicomo. Percebendo as nossas intenções, o camponês declarou quase em pranto:

— *Agora não me resta senão ir convosco.*

Santiago ordenou-lhe que amarrasse os seus bois e trouxesse as suas coisas. Não se tratava de retribuir um favor. A sua presença como guia seria essencial.

— *As minhas coisas?* — perguntou, com um sorriso triste.

E partimos, deixando que o infeliz camponês, com os seus pés descalços, escolhesse caminhos no meio da indecifrável paisagem. Por instrução de Santiago passámos por um posto abandonado onde se havia combinado encontrar o soldado angolano que guiara Imani e Katini na sua incursão pelo rio Inharrime. Mas o posto estava vazio, sem vestígio de que por ali tivesse passado fosse quem fosse. Santiago não pareceu surpreso com a ausência:

— *Filho da puta do preto! Vai-se lá confiar nessa malta...*

O camponês reproduziu então o que escutara de um viajante que, naquela manhã, se havia cruzado com ele. Disse esse visitante que o corpo de um negro havia aparecido na margem do rio, meio devorado pelos crocodilos. E que esse negro envergava a farda do Exército português. A reação de Santiago da Mata foi imediata e vigorosa:

— *Voltamos atrás, vamos buscá-lo.*

— *Voltar para trás, meu capitão?* — questionou um dos soldados brancos. — *Não é de lá que estamos a fugir?*

— *O Toninho tem razão, meu capitão* — protestou o outro branco. — *Vamo-nos meter na boca do lobo?*

— *Aqui não há lobos. Nem lobos nem tigres. Voltamos atrás e damos ao nosso companheiro o devido enterro.*

Perante a convicção do capitão, juntei-me aos protestos. Emendar caminho seria o fim para todos nós. No rio estaríamos bem, mas chegar lá representava um risco fatal.

— *Não abandono os meus homens* — teimou o capitão.
— *Vivos ou mortos, brancos ou pretos, não os abandono.*

E rodopiou sobre si mesmo. Pediu-me a pena, rabiscou umas rápidas e toscas linhas, dobrou a folha e entregou a um dos soldados pretos:

— *Leva esta mensagem ao quartel. Diz que vamos chegar atrasados.*

E foi a esse mensageiro de Santiago que pedi que fosse portador destas mal-amanhadas anotações. Quem sabe sejam essas as últimas palavras que deixei escritas. Santiago me veio salvar. O mesmo Santiago me conduz para a perdição.

P.S.: Aproveitei a passagem de um outro mensageiro para fazer chegar uma mensagem a Imani. Ali mesmo, às pressas, rabisquei umas linhas carregadas de saudade e do intenso desejo de a rever. Eu já tinha pensado nas mais poéticas maneiras de lhe lembrar o meu amor. Mas ali, perante o branco da folha, apenas me surgiam à mente frases absolutamente ridículas. Depois, no momento em que, com o maior dos cuidados, entregava a carta ao mensageiro, surgiu Santiago, que me exigiu que lhe entregasse os papéis. Como eu esperava, o capitão chamou os soldados e, em voz alta, divulgou o conteúdo da missiva e escarneceu dos meus sentimentos. O mais grave foi que eu mesmo, com inimaginável cobardia, acabei por me juntar aos risos dos que de mim troçavam. O mensageiro fitou-me bem fundo nos olhos, sacudiu a cabeça e partiu de mãos vazias.

28

O divino desencontro

As mulheres choram, os homens mentem.

Provérbio de Nkokolani

Naquela noite dormi como os peixes: num sonho sem sono, corpo desperto num leito vivo. Não me saía da cabeça a imagem do angolano estrebuchando nas águas, o crucifixo escorrendo sangue nas mãos do meu pai, os seus dedos trementes como se estivessem cegos. E doía--me a ausência de Germano como se não houvesse leito e eu estivesse deitada sobre pedras. E pesava-me o peito de tanto chorar. Esse pranto não terminou mesmo depois de ter adormecido. Dormi chorando, como apenas aos defuntos é permitido.

Manhã cedo repetiu-se o ritual da infância: fui despertando com o embalo de uma vassoura no quintal. Era o padre que varria. *Onde está Bibliana?*, perguntei. Não respondeu. À frente da vassoura a areia convertia-se em água. Nas mãos do padre, a vassoura era um remo conduzindo as águas de volta ao rio. Como sempre,

Rudolfo Fernandes vassourava para sonhar. E sonhava certamente com um lugar para além de toda a viagem. Mas os cães esgravatando o chão traziam de volta a triste realidade. E de novo sufocávamos na persistente poeira de um mundo pobre e sem destino.

Afastei os cachorros que, junto à porta, se ocupavam apenas em respirar. *A sombra do cão é a própria língua*, dizia o avô. Num dia assim quente daria tudo para saber arquejar como um cão. Ou, ainda melhor, queria que o chão se liquefizesse. E quase assim acontecia: em toda a aldeia as areias fumegavam criando a ilusão de caminharmos sobre uma infinita lagoa.

— *Padre, preciso de falar consigo.*

Foi o que murmurei ao lhe tomar a vassoura das mãos e me afastar pelo atalho que dava para a igreja. O padre veio atrás de mim, enxotando os cães. Caminhou a meu lado, as mãos ocultas nas mangas da batina.

— *Sei o que se passa, minha filha. Mas não há o que possa fazer. Não é comigo que tens que falar. É sozinha com Deus.*

Apressei o passo, não queria que reparasse que eu chorava. Passei por um grupo de homens que jogavam *ntxuva* e que suspenderam a partida para me ver passar. Os olhos acusadores fixavam-se nos meus sapatos. Acreditavam que não os entendia e comentaram em voz alta: *malditos Vatxopi, estragam as mulheres com mimos.*

Na igreja me ajoelhei como se nunca mais me pudesse voltar a erguer. As mãos juntas formaram uma taça e nela ecoaram as minhas palavras:

— *Venho, meu Deus, oferecer em sacrifício os meus próprios pés. Ei-los em estado imaculado, sem sangue, sem ferida. Como se neles nunca tivesse existido vida, como se fossem simples coisas, desvalidos objetos.*

O padre, nervoso, pediu-me que me retirasse.

— *Venha, minha filha* — disse ele. — *Vamos lá para fora.*

— *Não posso rezar?*

— *Isso não é rezar. Ninguém fala assim com Deus.*

E tentou forçar a que me erguesse, puxando-me por um braço. Resisti. Foi então que se rompeu o terço que o sacerdote trazia amarrado à cintura. As cinquenta e nove contas do rosário tombaram ruidosamente no soalho e, em caprichosas cabriolas, espalharam-se em todas as direções. Nas traves do teto as pombas agitaram-se. Espreitavam, curiosas, aquele insólito rebuliço.

— *Onde está Bibliana?* — perguntei.

— *Foi para o Norte, foi para as cerimónias do falecido irmão. Vai ficar por lá uns dias.*

Pedi ao padre que me deixasse sozinha. Eu queria ter a igreja inteira só para mim, queria ser abraçada por aquele silêncio. Ao sair, o missionário tropeçou nas contas do rosário. E escutei-o injuriando anjos e demônios.

Depois deixei-me amaciar naquela quietude como se no interior da igreja nunca o tempo houvesse entrado. No banco de madeira me enrosquei e adormeci. E senti que Deus se fazia escutar. No início, as palavras divinas vinham embrulhadas no arrulhar dos pombos. Mas depois foram ganhando contorno e tornou-se claro que não era senão para mim que o Criador se dirigia. Eu estava louca, mas essa loucura me abria caminho para a voz de Deus:

— *Triste foi a tua escolha: um par de sapatos em vez dos pés desnudos. Por razão dessa preferência, permanecerás para sempre incompleta. Em troca, os sapatos farão parte do teu corpo. Essa escolha fizeste e ela terá um preço: pois nunca mais serão teus os teus próprios passos. Com solas de couro irás por caminhos que te levarão para longe de ti mesma. Serás distinta das demais mulheres negras. E quando dançares, as pernas deixarão de ser tuas. E sempre que apertares os atacadores, será a tua alma que estarás estreitando.*

O padre aguardava por mim à entrada da igreja. Disse que me ouviu chorar, falar e rezar dentro da igreja. Não valia a pena aquele meu sofrimento, prosseguiu o padre: o meu pai não voltaria atrás com a sua decisão. Eu seria oferecida ao rei de Gaza. Katini Nsambe tinha-se cansado de ser um homem bom num mundo que apenas dá razão aos malvados. Quando quis ser pérfido não lhe restava senão a primária arte da vingança. O homem dócil, o músico afável, a tolerante figura paterna: tudo isso fazia parte do passado.

Suspirei fundo. A saudade não nasce do passado. Nasce de um tempo presente mas vazio. Nenhuma memória podia vir em meu socorro.

— *Dizem que a igreja de Matimani, essa da minha infância, desabou, engolida pelas ondas. Tenho saudade do barulho do mar. Não sente saudade, padre?*

— *Queres saber a verdade? Sempre odiei esse tempo junto à praia.*

Custava-lhe até lembrar. Todas as noites, junto ao litoral, o mar lhe entrava todo na cabeça. Não houve sono em que o sacerdote não morresse, submerso num oceano que inundava a escuridão do quarto. Com medo de que os olhos lhe saltassem das órbitas, Rudolfo dormia com as mãos cobrindo as pálpebras. Acordava com um fio de lágrimas escorrendo pelo rosto e o sal queimando-lhe a pele.

— *O mar dizia-me que havia um regresso. Era isso que me doía. Porque nessa altura eu já não sabia desejar a viagem. Estava como tu estás agora, minha querida: sem saber dormir, sem saber viver.*

29

Décima carta do sargento Germano de Melo

Gungunhana é o homem mais cosmopolita que conheço: fala diversas línguas, negoceia com várias nações, veste-se com panos da Ásia, adorna-se com bijutaria do Médio Oriente, rodeia-se de conselheiros negros e brancos, tem mulheres africanas e amantes europeias, de dia bebe aguardentes locais e à noite embriaga-se com vinho do Porto.

A sua memória viverá nos sonhos dos que não têm escrita. E viverá nos livros dos que perderam os sonhos.

Padre Rudolfo Fernandes

A caminho de Chicomo, 29 de outubro de 1895

Excelentíssimo senhor
Tenente Ayres de Ornelas,

Posso falar-lhe, Excelência, das saudades que tenho de Imani? Teria o meu tenente paciência para servir de ombro à minha infinita tristeza? Perguntará Vossa Excelência se escrevo a essa mulher. A resposta é não. Quando chega o momento de colocar o meu sentimento no papel há algo que se quebra dentro de mim, uma espécie de consumação de um final antecipado.

Não se preocupe, pois, Excelência: não mais usarei os nossos estafetas para entregar cartas. Esses mensageiros estão exclusivamente ao nosso serviço. E passou apenas um dia desde que um mensageiro partiu com duas missivas. Uma delas, uma mensagem lacónica de Santiago. E uma segunda, que era a minha, desnecessariamente longa, que Vossa Excelência certamente não teve paciência de ler para além do primeiro parágrafo. Mas se a leu até ao final saberá que retrocedemos na nossa viagem para prestar as últimas homenagens a um dos nossos soldados. E lá enterrámos, na margem do Inharrime, o infeliz *angola*, ou melhor, o pouco que dele restava. Os crocodilos tinham-lhe poupado o tronco e a cabeça. Não tive coragem de fitar aquele terrífico espetáculo. Santiago também se afastou daquela macabra visão. Mas deu ordem a um dos soldados pretos para que examinasse o cadáver antes de o sepultar. E foi o que o homem fez com rigoroso detalhe. Num certo momento deteve-se em duas perfurações no lado direito do pescoço do infeliz:

— *Quem o matou não foram os bichos.*

Após o ritual fúnebre lavámo-nos a nós mesmos e às nossas imundas roupas. Ficamos todos meio nus, com a indumentária a secar ao sol. Um dos soldados brancos permaneceu de vigia numa rocha alta. Mais próximo do rio, os outros militares acenderam uma pequena fogueira para preparar o café. Eu e o capitão deixámo-nos ficar no repouso de generosas sombras. Com um graveto, Santiago da Mata entreteve-se a abrir sulcos na areia.

— *O que escreve, meu capitão?*

— *Não escrevo, desenho. Estou a desenhar um país. Vou--te ensinar: começa-se sempre por uma bandeira. Vês? Este retângulo aqui, todo cheio de riscos, é a puta da bandeira.*

— *Bela bandeira, meu capitão…*

— *Não sou teu capitão. Amanhã chegamos a Chicomo e deixo-te à porta do quartel. E nunca mais me vês.*

— *Não entra comigo?*

— *Não sei. Logo se verá.*

Explicou-se: aqueles soldados que o acompanhavam não faziam parte do exército regular. Recordei o padre Rudolfo usando o termo de mercenários. Contestou, sacudindo a cabeça.

— *Nós somos, como dizer?, uma unidade independente, fazemos serviços que os outros não podem fazer.*

Conto tudo isto, Excelência, imaginando que seja do seu conhecimento. Para mim, contudo, tudo aquilo constituía uma surpresa absoluta.

E de novo o capitão voltou a rabiscar na areia. *Falta aqui um quartel*, declarou reavaliando a obra. E acrescentou: *tu que nunca foste militar e que passaste umas longas férias numa cantina talvez possas desenhar esse quartel…*

Na pausa que se seguiu ouvia-se o vento despenteando as folhas. Santiago, porém, escutava outras coisas. *Aqui somos como os bichos*, disse Santiago; *falas e silêncios acontecem por turnos.* Fez um sinal para o vigia que, na outra margem, respondeu cruzando tranquilamente os braços. Lembrei o nosso encontro em Sana Benene e o momento em que Bianca perguntara se Mata conhecia Mouzinho. Recordei, naquele momento, a curiosidade de Imani na conversa mantida em Sana Benene.

— *Lembra-se que Imani quis saber se o capitão já tinha estado com Gungunhana? Agora, sou eu que lhe pergunto: conhece o rei de Gaza?*

Santiago da Mata tinha visitado a corte do rei de Gaza, em Manjacaze. E contou-me os detalhes desse encontro. Na altura ele escoltava o conselheiro José d'Almeida numa dessas infindáveis missões diplomáticas em que Vossa Excelência também participou. Ao entrar nos domínios do Gungunhana sentiu a mesma surpresa que todos os europeus que ali se deslocavam. Em vez de um imponente palácio, não havia senão um conjunto de simples palhotas. No lugar de uma corte faustosa, deparou com um pátio de simplicidade espartana: as rainhas sentadas no chão, as crianças descalças e semi-despidas. Impressionou-o, sim, o rei de Gaza. Segundo Santiago, o rei fala pouco, expressando-se apenas por monossílabos, e, apesar de ser um ávido bebedor, sempre se apresentou sóbrio nas negociações. Gungunhana tem a qualidade de fazer de conta que não percebe o que se lhe diz. Finge não entender outro idioma que não seja o zulu, a língua da corte e do império. Nos encontros com os indunas, em lugar de um autocrata que monopoliza a palavra, o imperador deixa os conselheiros falarem sem nunca serem interrompidos.

— *Em África e em Portugal é a mesma coisa: a função dos conselheiros oscila entre adular e matar o rei.* — E acrescentou Santiago: — *Dar voz a esses representantes do povo é o melhor modo de manter calada uma nação.*

E agora, com todo o respeito lhe transmito, Excelência, o que foram as conclusões que Santiago retirara de tudo o que vira e escutara. Acreditava ele que era mais rei aquele régulo preto com seus modos simples do que o nosso monarca com o seu cortejo de medieval suntuosidade. Era mais militar aquele homem sem farda do que os nossos generais que se pavoneiam nas paradas. Recitou tudo aquilo de olhos fechados e, depois, suspirou cansado:

— *Que se fodam os reis todos deste mundo, pretos e brancos.*

— *Sou republicano, meu capitão.*

— *É tudo a mesma merda. Achas que os republicanos não se vão refastelar nos palácios dos monarcas quando os tiverem derrubado?*

Entenderá agora, Excelência, que este não é um simples relato de uma modesta incursão por terras africanas. Porque, num certo momento, um dos soldados negros nos chamou a atenção: na pedra alta onde vigiava o horizonte, a sentinela havia adormecido. Rimo-nos, divertidos com aquele deslize do soldado branco, a quem chamavam de Toninho. Apenas Santiago suspeitou que outra razão havia para aquela dormência. E ele tinha razão. Toninho estava morto. Um fio de sangue escorria-lhe do pescoço. Para o capitão não havia dúvida: os mesmos dois orifícios abertos no corpo do angolano, a mesma morte, o mesmo matador. E deu ordem para que vasculhássemos as cercanias. Quem sabe talvez o assassino ainda andasse por ali? Mas foi em vão.

Fomos para enterrar um, sepultámos dois. Não houve reza nem palavras para encomendar a alma dos falecidos. Fechámos as sepulturas, sobre elas deixámos duas improvisadas cruzes. E apenas se escutou o rio e o choro de um dos soldados.

Santiago manteve-se alheio a todos esses tristes procedimentos. Apagou a fogueira e mandou que retomássemos o caminho para o quartel de Chicomo. Com as botas alisou a areia, extinguindo o efémero país que tinha inventado naquele pedaço de chão.

— *Se quiseres encontrar um verdadeiro soldado* — disse-me o capitão —, *procura-o fora do exército e longe das carreiras militares. Porque eu, meu caro soldado... já me esqueci do teu nome...*

— Sou Germano.

— *Pois, caro Germano, eu confesso: se um dia me juntasse formalmente ao Exército, seria apenas pelo prazer de desertar.*

Não se ofenda, Excelência, mas eu reproduzo aqui tudo o que saiu do peito desse alucinado capitão. Faço-o para que conheça os seus subordinados e saiba da lealdade com que pode contar. De novo em marcha Santiago maldisse os que olham a vida militar como uma carreira que se percorre na esperança de uma adiantada reforma. Falou disso e, durante o restante caminho, não disse mais nada. Senti, de repente, vontade de mostrar ao capitão a carta da minha velha mãe. Mais do que na algibeira, trazia-a comigo no pensamento. Queria que o capitão entendesse as razões de afeto que me prendiam a um estranho destino: ao ficar órfão tornei-me, pela primeira vez, um filho. Felizmente não cedi à imprudência de partilhar essas elucubrações lamechas. Só consigo, meu tenente, estou à vontade para partilhar assuntos desta natureza.

E sabe o que aconteceu ao longo daquela marcha? Estranhamente, acabei por me compenetrar de que a autora daquela carta não era a minha mãe. Porque essa outra abandonou a casa ainda eu era uma criança. Abandonou a casa sem nunca ter chegado a sair dela. Na verdade, fui adotado. Mas fui adotado pela minha própria mãe. Percebe, Excelência? A mulher que me fez nascer chamava-se Mãe. Passou, depois, a chamar-

-se Esposa. Foi esta última que cuidou de mim. Com um amor vigiado, com sobras de carinho, com palavras ciciadas. Fui um filho pela metade, como posso ser um homem inteiro? E talvez seja melhor assim, existir apenas por metade. A saudade que tenho da minha amada é assim menos dolorosa.

30

Sexta carta do tenente Ayres de Ornelas

Sente-se ao chegar próximo de Gungunhana uma sim-patia inexplicável. Olhar e falar doces, encontra-se nele um conjunto de atrativos que nos predispõem logo a seu favor. É preciso entender que por baixo daquela suavi-dade de maneiras tem uma vontade de ferro, que não se dobra por cousa alguma.

Residente Marques Geraldes, Relatório de 1888.

Chicomo, 1º de novembro de 1895

Caro sargento
Germano de Melo,

Recebi a sua carta trazida pelo mensageiro de Santiago. Ironia do destino: quando você aqui chegar já eu estarei em Inhambane. Fui destacado junto de outros oficiais para coordenar a ofensiva final contra o chamado Leão de Gaza.

Curiosos esses nossos desencontros que misteriosa e eternamente se vão prolongando, como nos casos de namoros platónicos. Santiago da Mata é um personagem de muito rude trato. Peço que tenha paciência com ele. Também eu tive que rever muito das minhas perceções sobre os outros. Muito do que chamamos sentimentos são afinal preconceitos. Foi assim que me reconciliei com Mouzinho de Albuquerque. Precisamos de ponderação tanto como precisamos de gente temerária.

Não se preocupe com a sua desobediência às minhas ordens. Ao recusar as funções de que o incumbi, fez-me perceber melhor as minhas próprias funções. Ao persistir no envio das suas pessoais e coloridas cartas, o meu caro sargento prestou um brilhante serviço ao nosso Exército. Conheço agora as gentes de Moçambique como poucos oficiais conhecem. Recusou-se o meu amigo a fazer espionagem? Pois fique sabendo que melhor espião Portugal dificilmente terá em terras de África. Pelos seus pitorescos retratos fui percebendo como estamos longe de entender o território que ansiamos conquistar. O que pensa essa gente de si mesma? Como se designa a si e as suas nações e aos seus dirigentes? Por exemplo, ninguém senão nós chamamos Vátuas aos Vanguni. Ninguém mais usa o termo "Estado de Gaza". Como lhe chamam os próprios cafres? E como designam eles àquele que chamamos de rei? O nome que dão ao Gungunhana é Nkossi. Com a mesma palavra designam Deus. E têm razão em assim o chamar. Porque ele procede com autoridade divina: castiga e recompensa como um grande Pai. A nossa guerra não tem apenas uma dimensão militar. É uma guerra religiosa.

Serve esta missiva, enfim, para lhe dar razão na sua insistente afirmação: se queremos derrotar os africanos, teremos que os conhecer melhor, teremos que penetrar no seu mundo e viver entre esses outros povos. Há décadas que eles fazem o mesmo connosco. Espreitam o nosso modo de viver, surpreendem o nosso modo de pensar, aprendem a nossa língua. E não precisam de cartas para disseminar pelos outros esse manancial de informação. Como um tambor silencioso se espalharam pelo sertão africano as notícias do nosso poder, mas sobretudo das nossas fraquezas.

Devo dizer-lhe a terminar que recebi pelo mesmo mensageiro a informação de que a sua amada Imani e o respetivo pai tinham deixado Sana Benene. Saíram ambos para o hospital do suíço Liengme, sabe-se lá com que propósitos. Esteja atento, nosso sargento: como futuro esposo não pode falhar na vigilância de uma noiva jovem, bela e, ainda por cima, negra. Dou graças a Deus por não ter deixado em Portugal um coração feminino que por mim esperasse. Apenas de uma mãe se pode contar com uma lealdade acima de todas as agruras. No resto, para noivas e esposas, quanto mais longa for a separação, mais falsa será a espera.

31

Um hospital num mundo doente

Não olham os missionários suíços a meios para conseguirem a simpatia dos pretos, não os contrariam em cousa alguma e dão-lhes liberdades poucos educadoras e nada próprias, como, por exemplo, a de lhes apertarem as mãos. E tão habituados estão os pretos das imediações d'esta missão a estes fraternais cumprimentos que, ao visitá-la, veio direito a mim, de mão estendida, um preto criado da mesma missão! Pode muito bem ser que seja este o melhor processo de educar o indígena mas, quanto a mim, não o posso tolerar, nem mesmo admitir. Tratá-los bem, educá-los, ministrar-lhes bons ensinamentos e fazer deles homens aptos e hábeis, que possam um dia ser úteis a si próprios e à sociedade, sim senhor; agora descer a ponto de estender a mão a um preto boçal, isto é que não.

AHM-ACM, secção E, caixa 169, março 1911, doc. 506, do *Administrador da Chai-Chai ao governador do distrito de Lourenço Marques*, de 28 de novembro de 1911.

Sentada à porta de sua casa, Bertha Ryff adormecera mantendo um álbum de fotografias aberto no regaço. Aguardava pela chegada do marido, Georges Liengme. Ao escutar os nossos passos, despertou e enfrentou-nos, tranquila, como se tivéssemos sido anunciados.

Quando nos fizemos mais próximos, o meu pai limitou-se a um sibilante e prolongado "*dá licenssss*". Tomei a iniciativa de elucidar o propósito da nossa visita. De imediato percebi que a única língua em que poderíamos comunicar seria o txishangana. Não deixava de ser estranho comunicar com uma europeia numa língua africana. Pela primeira vez, senti orgulho na prevalência de um idioma africano.

A mulher parecia feita de cera, tão franzina e frágil que me vi sussurrando como se receasse que ela se desfizesse ao simples toque da minha voz. Foi distante mas prestável. Que sim, admitiu sem hesitação, podíamos pernoitar numa das arrecadações do hospital enquanto não chegasse o marido. Uma única condição se impunha: que aquele, disse apontando para o meu velhote, seria o único homem que partilharia o quarto comigo.

— *Este é o meu pai* — esclareci.

A sra. Ryff sorriu, espreitando de soslaio o meu progenitor que se apresentava imóvel, as mãos segurando junto ao peito o velho chapéu de palha.

— *Elizabete vai tomar conta de vocês* — rematou a suíça. — *Sentem-se que ela já vai ter convosco.*

Delicadamente nos afastámos para ocupar um velho tronco que, no pátio, servia de assento. E vimos como tudo ali se encontrava limpo e ordenado, em contraste com a desordem de Sana Benene.

De uma das palhotas chegavam vozes e risos: era Elizabete Xifadumela, que ensinava jovens negras nas artes de corte e costura. Há dois meses, quando as aulas começaram, o vestíbulo estava coberto de meninas ciosas por aprender um novo ofício. O número foi rapidamente reduzindo: os pais não viam com bons olhos esse desvio das lides domésticas. Receavam que as meninas se esquecessem do seu tradicional papel como futuras esposas e mães.

A um certo momento, a mulher do médico chamou-nos exibindo uma máquina fotográfica. Pensei que queria uma recordação nossa e o mesmo acreditou o meu pai, porque se apressou a ajeitar o cabelo. Bertha queria apenas conversar sobre o passatempo do marido. Sentia-se aliviada por Georges se ter esquecido de levar consigo a sua inseparável Kodak. Nunca disse ao marido, mas incomodavam-na as imagens das negras quase nuas. E folheou o álbum para ilustrar aquele ingénuo despudor. Uma coisa era saber que Georges se cruzava diariamente com essas mulheres. Outra era suspeitar que o marido se demorava na contemplação daqueles lascivos corpos. Por essa razão, Bertha selecionava criteriosamente as películas a serem impressas localmente e as que seriam impressas na Suíça. Na sede da Igreja Presbiteriana de Vaud, as fotografias sofreriam uma segunda censura. De volta a Mandhlakazi as imagens vinham peneiradas e transformadas em conformidade com os preceitos evangélicos. Por exemplo, todas as cadeiras onde se apoiavam os régulos tinham sido apagadas. Bertha sabia por quê: as cadeiras eram sinais de pecaminosa modernidade. Esses objetos provenientes da Europa deturpavam a ideia de um povo "puro", que resistia aos tempos no seu "estado natural". Os pastores suíços tinham sido escolhidos para salvar um povo selvagem e original. A esse povo competia-lhes a função divina de os nomear: e assim os designaram Vatsonga. E cabia-lhes a sagrada responsabilidade de guardar esse rebanho da perniciosa influência dos novos tempos.

— *Não deve tardar, o meu marido. Vão conhecê-lo, é um santo!*

De súbito, um alvoroçado grupo de meninas passou correndo e desapareceu por entre as casas do lugarejo. A aula tinha terminado, e Elizabete Xifadumela veio-nos saudar. Seguindo as ordens de Bertha, a professora de costura guiou-nos até à palhota onde seríamos alojados. No caminho fui contemplando a mulher que nos guiava e pensei: se Georges Liengme tivesse enviado para a Europa fotografias daquela mulher então é que os dirigentes da Missão Presbiteriana se transtornariam. Elizabete era mulata, altiva, sabedora da sua beleza. Vestia-se de modo moderno, usava peúgas e sandálias de fivela. E marchava como nenhuma mulher ali fazia: sem pedir licença para pisar o chão. Aquela mestiça era um erro na pacata ordem dos africanos. Para garantia dos puritanos, a justiça divina havia punido aquela ilegal formosura: Elizabete herdara a doença do seu pai, a sífilis. As manchas escuras nas mãos e nos pés eram como as tatuagens gravadas na pele dos condenados.

Durante todo o percurso Elizabete caminhou a meu lado. Comparava os meus sapatos com as suas sandálias. A certo momento, perguntou se eu também era mulata. Respondi que não, que era negra e era dos Vatxopi. Ela sorriu, incrédula: *isso pensas tu. És mais mulata do que eu, minha filha. Não sabes o preço a pagar por essa tua condição.*

Eu era, como ela, uma criatura de fronteira. Os que se achavam de uma raça pura odiavam-nos. Não pelo que éramos. Mas por não correspondermos ao que esperavam. Alheio ao que falávamos, o meu pai seguia extasiado a bela Elizabete. Nunca Katini Nsambe tinha visto uma mulher como aquela, com a pele e o nome todos baralhados.

— *Descalça-te à entrada* — ordenou-me a anfitriã.

À soleira da porta ela ficou parada, estudando-me o corpo e os gestos.

— *Sabes o que devias fazer?* — perguntou Elizabete.

— *Devias usar um lenço.*

Esconder o cabelo, ocultar a minha origem: era isso que ela recomendava. Uma mulher tem sempre outra raça. Ela ganha poder nos mistérios que esconde. *Torna-te misteriosa*, rematou a mulata. E acrescentou:

— *Depois pedes ao doutor para te tirar uma fotografia. Ele vai gostar. E muito.*

A mulata retirou-se e continuámos a ouvir o seu riso enquanto se afastava. A palhota era espaçosa e arejada. No chão, a um canto, um cesto de costura chamou a minha atenção. Vasculhei entre novelos, botões e agulhas. Demorei os dedos por uma boneca de pano, simulando uma menina preta. Acariciei a pequena e fofa figura como se recuasse ao que me faltou para ser menina. O armário de madeira estava cheio de roupa de inverno, tombando dos cabides sem alma. Enfrentando o ar reprovador do meu pai, coloquei sobre os ombros um casaco de peles. Até que encontrei um papel enrolado e amarrado por um atilho. Era uma carta de Bertha para o marido. O meu pai interrompeu aquela incursão repreendendo-me por estar a mexer nas coisas dos brancos. Foi assim que ele disse: *nas coisas dos brancos.*

Talvez a mulata Elizabete tivesse razão. Eu devia sair mais de mim e deixar de me vestir como se houvesse uma única estação do ano. Não precisava de outro espelho que não fossem os olhos de Germano. Até à chegada do português eu sabia do meu corpo como uma mulher cega sabe da sua beleza. Agora, um fulgor nascia naquele homem sempre que os seus olhos pousavam em mim. Germano era, afinal, como todos os homens: nenhum deles tem terra natal. Todos nascem eternamente das mulheres.

Da janela vimos chegar o médico suíço com a sua comitiva. Correspondia ao que dele nos haviam descrito: de baixa estatura, testa ampla e larga, olhos claros e brilhantes.

Georges Liengme não beijou a esposa, que se mantinha sentada à entrada do quintal. O casal sabia: as manifestações de afeto não deviam ser exibidas em público. Para além disso, o missionário vinha esgotado de uma viagem de vários dias pelo extenso sertão que separava Mandhlakazi de Lourenço Marques. Bertha Ryff escondeu às pressas o álbum e guardou as fotografias soltas nos largos bolsos do avental. Depois sorriu candidamente perante a silhueta em contraluz do fatigado marido. Mais longe distinguiam-se a mula e um jovem guia que completavam a comitiva.

Georges Liengme regressava de uma espinhosa missão: fora convocado pelo Comissário Régio, António Enes. Os portugueses esperavam que o suíço convencesse Ngungunyane a entregar Zixaxa e Mahazul, os dois chefes da revolta contra Lourenço Marques. Bertha conhecia o marido e a tenacidade dos seus princípios: as possibilidades de êxito daquela reunião eram remotas. E foi isso que o marido logo confirmou:

— *Odeiam-nos, Bertha* — suspirou o médico enquanto aliviava a tensão dos suspensórios sobre os ombros. — *Assim que puderem expulsam-nos. Precisam de encontrar um culpado. Um culpado branco.*

— *Não nos podem expulsar. Não temos todos, protestantes e católicos, os mesmos direitos de trabalhar em África? Não foram assinados os tratados europeus?*

— *Os tratados não nos defendem. Portugal vai argu-*

mentar que não nos limitamos a evangelizar. Acusam-nos de distribuir armas aos negros e de os encorajarmos à revolta.

Durante o encontro, todavia, António Enes revelara--se um homem ético e cordial. Alto e excessivamente magro, faces encovadas, olheiras profundas, o Comissário Régio, para espanto do suíço, elogiou a sua relutância em acatar as exigências de Portugal. Enes expressou-se nos seguintes termos:

— *Não posso impedir que encoraje uma traição. Mas espero que não atraiçoe Portugal.*

O missionário que regressasse a Manjacaze, já que o rei de Gaza certamente o escutaria. E assim se evitaria a guerra. No final da conversa, o tom de Enes roçou a ameaça: a confirmar-se um confronto militar, os portugueses não fariam distinção entre vilões africanos e traidores suíços. E foi isso que se passou em Lourenço Marques.

— *É assim tão grave, Georges?* — perguntou a frágil esposa.

— *Comece a arrumar as coisas. Você e as crianças devem sair daqui o mais rápido possível.*

— *Não mostre essa cara quando entrar, os nossos filhos precisam de reencontrar um pai sorridente e confiante.*

Bertha não entendera: a apreensão do médico não era provocada apenas pela intimação do Comissário Régio. No caminho, cruzara-se com centenas de soldados portugueses e angolenses que se aproximavam da capital do Estado de Gaza.

— *Estão aqui mesmo, estão a cercar Mandhlakazi. A guerra já começou, Bertha.*

A mulher benzeu-se. Depois, vendo-nos espreitar à porta da palhota — onde escutávamos o diálogo do casal —, a suíça informou o marido sobre a nossa presença. O médico encolheu os ombros: nós que esperássemos. Teria primeiro que se recompor da viagem. Além disso, não havia dia que não chegassem doentes, às dezenas, acompanhados sempre pelas numerosas famílias. A doença em África não é assunto de uma pessoa singular. Há que cuidar também dos parentes, que são sempre muitos e igualmente próximos.

— *Vai descansar, marido? Ngungunyane está aqui.*

— *Aqui, na Missão?*

— *Está à sua espera, no hospital. Chegou a noite passada acompanhado adivinhe por quem? Pela sra. Fels. Felizmente, ela foi hoje para o Transvaal ter com o marido. Mas já sabe o que penso sobre esse caso, Georges, não podemos aceitar essas indecorosas cenas na nossa missão.*

— *O rei tem centenas de mulheres, qual é a diferença?*

— *Esse caso é diferente e você bem sabe.*

— *E o que quer Ngungunyane?*

— *Diz que se sente mal.*

— *E tem razão em sentir-se assim.*

Não era o imperador que estava doente. Era o império que chegara ao fim. As tropas dele desertavam em massa. Fugiam os soldados da fome, emigravam para as minas, regressavam aos lugares onde tinham sido raptados.

— *O imperador está sozinho. E nós estamos ainda mais desamparados.*

Quando o médico se afastava em direção ao hospital, a esposa ainda o interpelou:

— *Não quer que lhe tire as botas, marido?*

32

Sétima carta do tenente Ayres de Ornelas

*A guerra, na África selvagem, tem a dolorosa necessidade
de ser inexorável na destruição, para não parecer frouxa
e medrosa. Os negros não compreendem clemência e
generosidade. Fazer o maior dano possível ao inimigo é
o único dever do combatente.*

António Enes, *A guerra de África em 1895.*

Inhambane, 3 de novembro de 1895

Caro sargento
Germano de Melo,

A nossa retumbante vitória militar em Magul devolveu-me o brio de ser soldado e a glória de ser português. Com esse feito calámos as aleivosas insinuações do Comissário António Enes, que tanto maltratou um dos heróis da nossa campanha africana: o nosso coronel Eduardo Galhardo. Insistentes telegramas repetiram, nas semanas anteriores, a mesma mensagem: invocando os "*deveres de patriotismo*", o Comissário "*pedia*" ao coronel que fosse a Manjacaze. Diverti-me com a qualidade refinada da resposta de Galhardo. Dizia ele que não era necessário que António Enes invocasse ditames patrióticos para que ele cumprisse as suas obrigações. E dizia mais ainda que na sua relação com as chefias não estava habituado a que lhe fizessem "pedidos". O Comissário que lhe desse ordens e ele as cumpriria sem qualquer hesitação. Esse arrojo de dignidade foi terapêutico para mim. Quem nunca saiu do conforto dos gabinetes não poderá nunca avaliar a hercúlea missão que é transportar um arsenal de guerra ao longo de centenas de quilómetros, atravessando rios, lagos e pântanos do sertão africano.

A pior das derrotas é a que sofremos porque não tivemos coragem de empreender uma única batalha. Daí a sensação inebriante que me trouxe o combate de Magul. Essa euforia perdurou até que, dias depois, deparei com colunas de fumo multiplicando-se pelas vastas planícies do Bilene. Queimavam-se as aldeias. Vi centenas de cafres carregando, com um semblante desaustinado, os escassos haveres pelo sertão. E confesso que essa visão me entristeceu. Mas assim é a lógica da guerra. Não basta termos vencido o Exército dos Vátuas. Na contabilidade do medo, o sangue dos soldados tem pouca valia. A terrível verdade é esta: é preciso que morram civis para que a derrota pese sobre uma nação.

Nesses conturbados dias sucedeu algo que nunca irei esquecer. Conto-lhe agora. Saberá o meu sargento do incêndio que destruiu em grande parte o nosso aquartelamento de Chicomo. Aconteceu numa noite escura como o breu, as tropas já deitadas, o alerta foi dado quando as chamas já haviam devorado grande parte das casas. No meio de gritos e correrias, um anónimo soldado, moreno e atarracado, correu para o barracão do hospital e salvou todos os enfermos. A seguir, o mesmo jovem esgueirou-se entre as labaredas para chegar ao armazém das munições e arrastou para longe as caixas de explosivos mais ameaçadas. Depois, foi ao curral e cortou as cordas que prendiam os cavalos. Os animais espalharam-se pelo escuro, aos coices e aos pinotes, atropelando tudo na sua desvairada correria. Mas regressaram horas depois, sãos e salvos.

Quando tudo serenou, no meio da escuridão e dos escombros, procurei por esse soldado para o felicitar. Não o encontrei. No dia seguinte, já envolvido na habitual rotina, esqueci-me desse dever de gratidão. E nos restantes dias o assunto varreu-se-me completamente da cabeça.

Certa vez, nos exercícios matinais, de novo o encontrei. Ali estava o herói da incendiada noite. Agora, à luz do dia, a desilusão não poderia ser maior. Bastava olhar de relance para se perceber: não era exatamente um soldado, nunca havia disparado uma bala e a espingarda pesava-lhe tanto que os ombros se desemparelhavam. Não sabia espreitar pela mira, parecia que sucedia o inverso: que era o inimigo que o espiava, alvejando-o na alma. O corpo todo se desconjuntou quando, a meu lado, deu o primeiro tiro. Pensei em lhe dar uma palavra de estímulo, uma mensagem que juntasse conforto à gratidão. Uma vez mais, adiei o contacto com esse jovem soldado.

Até que, em plena batalha de Magul, cirandava eu enlouquecido, dando ordens aos soldados para que não parassem de disparar. Toldado pelo fumo e atordoado pelas explosões, acabei por tropeçar no nosso médico Rodrigues Braga, que, de joelhos, prestava socorro a um soldado ferido. A intenção primeira era manter desperto esse homem atingido por uma bala no pescoço. O médico sacudia o infeliz com insistência e suplicava: *fala comigo, não te deixes adormecer.* Contemplei, surpreso, o moribundo. Era o herói do combate ao incêndio. Aquele que, com risco da sua própria vida, tinha salvo tantos dos seus colegas, esvaía-se agora em sangue nos braços do dr. Braga. Nenhum heroísmo o poderia resgatar, nenhum milagre o podia trazer de volta.

Durante um tempo, o médico ainda sacolejou o corpo já sem vida. Fui eu que, à força, lhe retirei o jovem dos braços e depois fiz tombar suavemente o infeliz sobre o seu último chão. De olhar vazio, o médico ainda continuou murmurando: *não o deixe adormecer, não o deixe adormecer.* E os braços do Braga ainda sacudiam o vazio, como fazem as mães quando choram os filhos que partiram.

Ocorreu-me então que era isso que devíamos fazer: sacolejar o passado para que o tempo se mantivesse vivo. Talvez seja por isso que tão frequentemente escrevo à minha pobre mãe. Cada palavra é um empurrão contra o nada, um solavanco que escolho para não adormecer na aridez da estrada.

E pensei em si, caro sargento, quando esse anónimo moço me tombou dos braços. Estou certo de que você nunca participou numa batalha. Todos lhe dirão que faz falta. Não acredite, meu caro amigo. Mas não há lição que compense o que perdemos de humanidade. Falta pouco para que me promovam ao cargo cimeiro que tanto mereço. Então, cumprirei a minha promessa e o meu jovem poderá regressar, são e salvo, à sua velha casa.

Toda essa missão me pesa e não é pela sua dimensão militar. É por aquilo que sobra dessa dimensão e eu não entendo. O mundo poderia ser bem mais simples, arrumado como nos ensinaram no colégio militar: europeus de um lado; africanos do outro.

Estamos longe desse cenário simples. Começando logo por quem somos, nós, portugueses. Há no nosso seio correntes mais hostis entre si que as que separam anjos e demónios. Essas desavenças não são exclusivas, lusitanos. Porque, por estas bandas, andam os europeus em guerra uns com os outros. Por razões políticas, por razões religiosas. Católicos e cristãos brigam como se não tivessem um único Deus. Há mais rivalidade entre ingleses e portugueses do que entre brancos e pretos. Se não há unidade entre os brancos também não existe uma entidade a que se possa chamar os "pretos". Tão dispersos se encontram numa tal diversidade de tribos que nunca lhes saberemos dar os devidos nomes. Os Changanas e Mabuingelas que por aqui dominam odeiam-nos a nós, portugueses, mas odeiam ainda mais as gentes do Gungunhana. E há os Chopes e os Ndaus, que resistem ferozmente à dominação do imperador negro. E, contudo, grande parte dos soldados a soldo desse imperador provém dessas etnias suas inimigas.

Numa palavra, aqueles que são hoje nossos aliados serão, amanhã, nossos opositores. Como podemos empreender uma guerra se desconhecemos a fronteira que nos separa dos inimigos?

33

Maleitas imperiais

Era uma vez cinco irmãos que dormiam num escasso leito. Não havia noite em que não disputassem a única e insuficiente manta. Fazia frio e eles não paravam de puxar o cobertor de um lado para o outro. Não havia solução a contento de todos: o frio era demasiado, as pessoas eram muitas e a manta era curta. Até que escutaram, à porta da casa, o rugido de um leão. Num instante se apertaram uns contra os outros e a manta bastou e sobrou, cobrindo os cinco irmãos. E é assim que acontece: o medo faz o pouco ser muito. E faz o tudo ser nada.

Relato de Ngungunyane

O médico Georges Liengme passou por nós e, sem nos saudar, ordenou que o seguíssemos até à casa de pau-a-pique em que tinham alojado o imperador. Acocorados sobre os tornozelos, dois guerreiros Vanguni faziam guarda à porta da improvisada enfermaria. Entre as duas sentinelas via-se uma cadeira vaga, com os braços e as costas ornamentados e o assento forrado com pele de zebra. Era o trono que os guerreiros transportavam para garantir que o rei nunca tivesse que se sentar no chão. Estava a cadeira ali ao relento, ao dispor das moscas que cobriam grande parte do assento.

Georges Liengme demorou uns segundos contemplando o meu rosto como se me reconhecesse de um passado longínquo. E ordenou que ali esperássemos. O meu pai aproveitou o momento para se explicar:

— *Não o quero incomodar, dokotela. Pretendo apenas*

uma palavra com o Nkossi Ngungunyane. É por causa desta minha filha...

O médico entrou na enfermaria ainda o meu pai não havia terminado a frase. A medo, espreitei por uma nesga de luz que invadia a palhota. Num corpo deitado sobre uma liteira adivinhei a figura do Ngungunyane. No recinto ecoava uma pesada e entrecortada respiração: o imperador dormia a poucos metros de mim. E rezei para que fosse aquele o seu leito de morte.

O missionário aproximou-se limpando as mãos numa toalha branca e anunciou de modo tonitruante:

— *Nkossi, meu rei, cheguei de Lourenço Marques e não lhe trago boas notícias.*

O imperador permaneceu calado e imóvel, como se não tivesse dado conta da chegada daquele que ele considerava como seu médico particular. O suíço pousou a mão sobre a testa do paciente que se apresentava ornada pelo *chilodjo*, a coroa real. Para melhor lhe avaliar a febre, fez subir esse diadema feito de um pano envolto numa cera escura. A coroa criava um rio de suor que escorria pelas faces do soberano até as fendas nos lóbulos das orelhas, que brilhavam como lagos escuros. Insistentes moscas pousavam sobre o minúsculo osso de boi que trazia espetado no *chilodjo* e que, desrespeitando os conselhos do médico, o imperador usava para coçar os cabelos e os ouvidos.

Segurando de encontro ao peito uma caixa de tabaco moído, o rei de Gaza soergueu-se com dificuldade, enquanto o suíço insistia com as sombrias novidades:

— *Os portugueses estão a cercar Mandhlakazi. E são milhares, Nkossi.*

— *Preciso das suas massagens* — desconversou Ngungunyane. — *Mando num império, mas as minhas rótulas não me obedecem.*

O médico suspirou. Conhecia bem aquele paciente. Por isso muniu-se de paciência e sentou-se no pouco espaço que restava na liteira.

— *Já lhe tinha dito antes, Nkossi: o senhor precisa de altear a entrada da sua porta.*

— *Nem pensar. Prefiro não ter joelhos a perder o pescoço.*

O suíço sorriu. O teto de colmo das casas dos Vanguni descia até quase tocar o chão. Não havia outro modo de entrar a não ser arrastando os joelhos pelo chão. Era uma medida de segurança. Um intruso mal-intencionado seria surpreendido numa posição completamente vulnerável.

O imperador passou as mãos pelas pernas e depois ajeitou cuidadosamente a coroa sobre a cabeleira. Só então proclamou:

— *Esqueça o que viu lá fora. Preocupe-se antes com as minhas queixas. Por mais que os portugueses andem à busca de quartéis e fortificações, nada encontrarão nunca. O meu quartel é a minha terra, o meu exército é o meu povo.*

Num só gesto, sacudiu as moscas e enxugou o suor que agora lhe escorria pela volumosa barriga.

— *Já lhe contei a história dos cinco irmãos?*

— *Várias vezes. Desta vez não há lenda que possa socorrer o seu sossego. Veja o que se passou em Magul.*

— *Em Magul não eram as minhas tropas. Sabe o que me dizem os meus informadores?*

— *Quantas vezes disse que não confia nos seus informadores?* — inquiriu o missionário. E acrescentou, com gravidade: — *Desta vez é diferente.*

O que estava a acontecer era inédito: três colunas

militares portuguesas, compostas pelas mais bem armadas unidades de cavalaria e infantaria, convergiam sobre Mandhlakazi. Para além das centenas de soldados brancos acabados de chegar de Portugal, as colunas integravam seis mil guerreiros negros, separados por diferentes contingentes de variadas origens. E Liengme transmitiu os detalhes: Panga e Homoíne entregaram dois mil cipaios. Os régulos de Massinga e Zavala contribuíram igualmente para o assalto final à corte de Ngungunyane.

— *Viu-os todos nesta sua viagem, dokotela? Pois garanto uma coisa: metade dessa gente já voltou para trás* — declarou, displicente, o imperador. — *A fome já os fez desertar.*

— *E os seus homens não desertam?* — perguntou o suíço.

— *Os meus homens* — ripostou o rei de Gaza — *foram impermeabilizados pelos poderosos feiticeiros do rio Save.*

O missionário passou os dedos pelo cabelo precocemente grisalho: não tinha argumento contra tamanha presunção.

— *O senhor está muito doente, meu rei. E não é dos joelhos.*

— *Esqueça a guerra, dokotela. Estou aqui como uma simples pessoa. E hoje estou a sentir-me.*

O médico sabia que esse era o modo como nós, os negros, nos queixamos. Dizemos estar a sentir o corpo.

Dona Fels, essa senhora branca do Transvaal, acabara de sair do hospital e já havia friccionado os joelhos reais. Foi isso que relatou o monarca. E talvez outras partes do corpo, apeteceu a Liengme comentar. Mas refreou-se. Com relutância, arregaçou as mangas e, com excessivo pudor, espalhou um bálsamo pelos volumosos membros do paciente. Os seus modos apressados e furtivos não passaram desapercebidos.

— *Sente-se humilhado, dokotela? Sente vergonha por estar a cuidar de mim como se fosse uma das minhas mulheres? Deve envaidecer-se por tratar de um homem tão poderoso.*

— *Estou orgulhoso por tê-lo como paciente.*

— *Não confio em ninguém, nem mesmo nas minhas sentinelas. Um dia trazem-me a cadeira, no dia seguinte tiram-me o chão.*

Aquela confissão de fragilidade comoveu o europeu. E havia outras doenças, referiu o soberano. Doenças sem nome que chegam como sombras.

— *Há sonhos que me fazem voar para muito longe.*

Não era uma metáfora. Liengme sabia que, na língua do imperador, voar e sonhar se diziam com a mesma palavra.

— *Prenda-me as pernas, amarre-me pela cintura, mas não me deixe voar assim. O senhor tem os seus poderes: descubra quem me encomendou este sofrimento.*

— *Não há encomenda. Isso chama-se insónia.*

— *Chama-se Mafemane. É o meu irmão. Fui eu que o matei. É isso que dizem.*

— *Dizem?*

A lembrança do assassinato chegava-lhe através de infinitas versões. Por isso se encontrava ali, confessando os seus temores a um estrangeiro. Não queria usar os seus feiticeiros. Perdera a confiança neles.

O médico sorriu ao escutar o pedido. Há muito que não lhe solicitavam algo que o satisfizesse tanto em termos profissionais. A hipnose era a sua especialidade, o motivo pelo qual abraçara a medicina. E ali estava a oportunidade de exercer essa habilidade que muitos dos seus compatriotas desconfiavam ser mais próxima da feitiçaria do que da ciência.

— *Feche os olhos, Nkossi.*

Por um momento, porém, o médico hesitou: como hipnotizar alguém que não só fala uma outra língua como para quem voar e sonhar são um mesmo verbo?

— *O que é que você pensa que está a acontecer consigo?*

— *Esse é o problema, dokotela. É que só penso quando sonho. E não sei quem sou quando sonho.*

— *E o que sonha, meu rei?*

— *Entre todos os sonhos, há um que manda em mim. Sou dono dos que dormem e acabo escravo desse sonho.*

— *Conte-me esse pesadelo que tanto o persegue.*

O médico usava agora de um tom mortiço, tão ciciado que me obrigou a inclinar-me para além do umbral da porta. Os sentinelas dormiam profundamente. Depois de um moroso silêncio, escutei a fala embrulhada de Ngungunyane:

— *Não o matei, quem o matou foram os mais velhos e os indunas. Eu apenas acatei a ordem, e esse foi o maior erro: um irmão não morre. Mafumane saiu da vida dele para entrar na minha.*

— *E que sonho é esse que tanto o perturba?* — insistiu o médico de olhos fechados. — *Conte-me, Umundungazi, conte-me esse seu sonho.*

— *O problema começa aí: esse sonho não é meu. Eu durmo e o meu irmão sonha dentro de mim.*

Umundungazi fechou os olhos e falou com as palmas das mãos apoiadas na liteira. O médico escutou sempre de pálpebras cerradas. A voz do imperador, já destronada das anteriores certezas, era agora um sussurro na penumbra do quarto.

No sonho de Ngungunyane, o irmão está vivo. Ou melhor, debate-se na líquida fronteira entre a vida e a morte. Durante os derradeiros minutos, os braços de Ngungunyane são garras que o forçam à submersão na extensa lagoa. Mafumane parece resignado a aceitar o fim. Aos poucos, os convulsos estertores convertem-se num suave ondear de braços e pernas. A morte do herdeiro do trono deve estar próxima, não tarda que se imobilize como um tronco flutuando nas águas onde os dois irmãos, durante horas, se enfrentaram.

Contudo, não é exatamente a morte que acontece. Ngungunyane vai sentindo os cabelos crespos do irmão dissolverem-se por entre os dedos enquanto a cabeça do malogrado vai crescendo, envolta num musgo escorregadio. As pernas e os braços de Mafumane minguam a olhos vistos, e uma criatura disforme evolui lentamente sob as águas quentes. Primeiro, parece-lhe uma sereia. Até que não existe dúvida: o irmão converteu-se num peixe. Está vivo e conserva-se junto dele, peixe que já é, irmão que ainda não deixou de ser.

E agora, em todas as lagoas, em todos os rios, habita essa assombrada criatura que guarda o segredo da sua culpa.

Findo o relato, o rei de Gaza, transpirado e ofegante, acabou perdendo o rumo às palavras. E já delirava quando murmurou:

— *Em todo o meu império os mortos tornaram-se tão leves que se evaporam por entre os grãos de areia para depois se erguerem pelos céus como fogos-fátuos.*

Num quase inaudível sussurro, Ngungunyane implorou:

— *O senhor, que é um rei branco...*

— *Não sou nenhum rei, Nkossi.*

— *Quem está ao meu lado torna-se rei. E por isso lhe peço, dokotela, dê ordem para que os mortos sejam agrilhoados dentro das suas sepulturas.*

Antes de se retirar, o médico deve ter sentido obrigação de consolar o paciente. Porque apoiou a mão na berma da cama e, com paterna complacência, foi dizendo num tom ameno:

— *Falo-lhe agora na condição de missionário: você traiu, mas nunca foi por sua única e exclusiva decisão. Mandaram mais os outros. Contudo, agora você corajosamente aceitou proteger Zixaxa e mantém-se firme nessa decisão contra tudo e contra todos. Deus está atento: essa prova de lealdade curará as suas culpas.*

— *Esse é o seu engano, dokotela* — ripostou Ngungunyane. — *Eu não dou proteção ao Zixaxa. Tê-lo aqui connosco é um modo de eu ser o seu carcereiro. Os portugueses pensam que lhe dou um abrigo. Mas é uma cadeia.*

O suíço sacudiu a cabeça, incapaz de entender. E o imperador prosseguiu:

— *Não posso deixar um concorrente à solta lá nas terras do Sul.*

Os portugueses viam naquele fugitivo a imagem da sua humilhação. Para Ngungunyane aquele homem representava uma outra coisa: a ameaça de um futuro adversário.

— *Sob a minha proteção, o Zixaxa está condenado: quando o entregarmos aos portugueses, ele já não será ninguém.*

* * *

Ao abandonar a enfermaria o médico suíço esbarrou em mim. E estreitou os olhos com felinos trejeitos enquanto me avaliava dos pés à cabeça. Depois atravessámos juntos um pátio cercado de precárias casotas. Detivemo-nos à entrada da palhota onde já nos haviam provisoriamente alojado e o suíço foi sucinto nas suas instruções:

— *Amanhã vou a Chicomo. Quero que esperem aqui pelo meu regresso. Bertha tratará da vossa estadia.*

Parecia apressado ao afastar-se, mas reconsiderou para voltar a examinar-me de perto. Uma coisa era evidente: aquela curiosidade não era movida por propósitos médicos. Falou com o meu pai, dando-lhe sumárias instruções. Iria buscar uma máquina fotográfica e, quando voltasse, já eu devia ter tirado os sapatos e a blusa. *Quero um retrato de uma típica africana, envergando apenas uma capulana presa à cintura,* declarou o suíço.

Receando o que poderia ser a minha reação, o velho Katini segredou-me ao ouvido:

— *São ordens, minha filha. Nós estamos aqui para pedir.*

— *Nós? O pai é o único que aqui veio pedir.*

De uma coisa, no entanto, eu estava certa: mais do que o meu pai, o grande mendigo era o imperador.

34

Décima primeira carta do sargento Germano de Melo

Imperador eterno me sonhei. Mas terei o destino dos escravos: enterrar-me-ão num lugar estranho, apodrecerá o meu corpo no chão dos que me venceram. Os meus ossos irão morar para além do mar. E de mim ninguém mais terá lembrança. O esquecimento é o único modo de morrer para sempre. E será ainda pior: os que de mim mais se lembrarem serão os que nunca me quiseram bem.

Ngungunyane

Chicomo, 4 de novembro de 1895

Excelentíssimo senhor
Tenente Ayres de Ornelas,

Fechado na enfermaria do quartel de Chicomo poucas notícias terei para lhe transmitir. Rodeado de dezenas de enfermos, encontro-me mais isolado aqui do que no posto de Nkokolani. Para quebrar a monotonia sou repetidamente chamado pelo dr. Rodrigues Braga para me reavaliar as mãos. Já o fez dezenas de vezes.

E hoje mais uma vez compareci perante a sua mesa de trabalho. Como sempre sucede antes do exame, o médico estendeu o olhar para além dos limites do quartel, cansado do sombrio cenário que o cercava. Como se quisesse contemplar a paisagem sem nunca chegar a vê-la, afastou as lunetas para longe do rosto. Os olhos míopes, indefesos, davam-lhe um ar frágil, incompatível com a sólida aparência que a guerra pede aos guerreiros.

— *Que dia da semana é hoje?* — perguntou-me, entediado.

Sabia que não haveria resposta. Há muito que eu perdera a noção do tempo. Braga voltou a ajeitar os óculos sobre o nariz e repuxou para cima as extremidades do bigode. *É domingo, meu jovem.*

De novo, se concentrou nas minhas mãos há muito esquecidas sobre a mesa, como se fossem meros objetos num mostruário de velharias. Como sempre o homem examinou-me os dedos, tateou-me as peles, testou as articulações.

— *Continua a cicatrizar sem nenhuma complicação. Quem tratou de ti?* — repetiu, no final, a pergunta já mil vezes formulada.

Mais uma vez, Excelência, dei por mim hesitando. Que podia eu dizer? Que tinha sido uma negra curandeira que me socorreu com mezinhas, rezas e unguentos? *Foi uma... foi uma mulher,* balbuciei. O médico retorquiu, com um malicioso sorriso: *Uma mulher? Esses são os melhores tratamentos.*

Vossa Excelência conhece bem os modos, a um tempo bruscos e delicados, desse nosso clínico. E foi assim, com rude displicência, que ele deixou tombar os meus pulsos como se devolvesse uma parte esquecida de mim. Uma vez mais fixou os olhos no horizonte. Imitei-o nessa longínqua contemplação e indaguei:

— *Acha que posso voltar a usar uma arma, doutor?*

O médico sacudiu a cabeça, parecendo desapontado. Aqui entre nós, meu tenente, ainda agora estranho aquela curiosidade. No momento do primeiro curativo, em Sana Benene, quis saber algo bem diverso: se ainda seria capaz de voltar a fazer o sinal da cruz. Que bélico entusiasmo me movia agora?

— *Só espero que Mouzinho não te escute* — afirmou o médico. — *Recruta-te já para a expedição punitiva que, contra tudo e contra todos, o capitão está a organizar.*

A triste verdade é esta, Excelência: mesmo com os dedos afetados eu estava bem mais saudável que a maioria dos soldados do quartel que se encontravam acamados. Alguns há muito deveriam ter sido evacuados para Lourenço Marques. Ou mesmo para a metrópole. A maior parte não resistiria à viagem. Certa vez o dr. Braga partilhou comigo a dúvida que o consumia:

— *Aprendi a lidar com doentes. O que faço com os moribundos?*

No dia seguinte o médico agiu como se tivesse encontrado a resposta: requisitou uma das carroças que trazia víveres para Chicomo e regressava vazia para Inhambane. Nela colocou os doentes mais graves e a cada um entregou duas garrafas, uma de água, outra de aguardente. Uma para a sede, outra para o esquecimento. Sabia que apenas por milagre os desgraçados chegariam com vida ao destino. Assim cumpriu o seu dever de médico: não havendo cura, morreriam na ilusão de que regressavam a casa.

— *Não queres ajudar-me na enfermaria?*

E emendou a pergunta. Era meu superior, dava ordens. E logo ali definiu a minha responsabilidade. Eu me encarregaria do abastecimento e da gestão dos medicamentos. Mostrou-me uma pilha de papéis acumulada na secretária. Eram requisições de material: ligaduras, quinino, purgantes, pílulas balsâmicas, sinapismos, ácido fénico para as infeções. Todo esse material havia meses que estava retido em Inhambane.

— *Sou um soldado* — respondi. — *Fiz Escola Militar, seria um desperdício não estar na frente de batalha...*

Braga respirou fundo como se sentisse sufocado. Num ímpeto, ergueu-se e estendeu o braço:

— *Vem comigo, vou-te mostrar uma frente de batalha.*

E levou-me a visitar os feridos. Pediu a cada um que exibisse as escoriações e revivesse as circunstâncias da batalha. *Muitos estão loucos*, disse o médico como se me confortasse. E acrescentou:

— *A loucura é, por vezes, o único meio de vencer o medo.*

Em poucos minutos os meus olhos ficaram toldados. Um dos soldados, o que parecia estar em melhores condições, sentou-se na cama e abriu muito os olhos enquanto repetia: *os anjos, os anjos...*

— *Veio assim da batalha de Magul* — disse o médico.

O atordoado soldado desatou a dissertar sobre estrondos e fumos, imitando o ruído das espingardas e dos canhões. E falava sobre portugueses e Vátuas todos convertidos em fumo. E imitava os fuzis alvejando nuvens e fumaças, com tal intensidade que o céu para sempre se rasgou. *Você é o meu anjo?*, indagou o delirante soldado, cravando-me os dedos no braço.

— *Não sou eu que preciso de ti* — afirmou o médico no fim da visita. — *És tu que precisas de mim.*

Foi assim que me instalei numa palhota à entrada da enfermaria. Tratava-se, pensei, de uma ocupação provisória. Agora, sinto a eternidade pesar sobre mim sempre que o dr. Rodrigues Braga anuncia mais um domingo.

Deixo para o final o relato de uma ocorrência de que Vossa Excelência avaliará a relevância. Recebemos esta manhã a visita do médico e missionário Georges Liengme. Ironia do destino: impediu-me Vossa Excelência de ir ter com o suíço. E agora é ele que se apresenta no meu caminho. O dr. Rodrigues Braga conhece as superiores recomendações de guardar distância desse missionário. Contudo, e talvez porque também seja médico, recebeu o visitante com educada elegância.

Em defesa do nosso médico devo dizer que logo à entrada ao visitante foi lembrada a posição oficial de Portugal relativamente à Missão Suíça e aos seus missionários. Aquela receção constituía, e isso o Braga deixou claro, uma exceção à regra. Georges Liengme declarou, falsamente conformado:

— *Odeiam-me os portugueses apenas por ter tomado partido pelos negros.*

— *Você não tomou partido pelos negros* — contra-argumentou o médico português. — *Você tomou partido pelo Gungunhana. E fique sabendo, caro doutor, os portugueses estão a proteger muito mais negros que os suíços e todos os outros europeus juntos.*

— *Não seria melhor deixar* — questionou Liengme — *que isso seja dito pelos próprios que você diz defender?*

Depois, o suíço sorriu para esconder o cansaço. Tinha saído havia três dias de Manjacaze montado numa mula ajaezada, e trazendo consigo uma carroça puxada por dois asnos. Vinha a Chicomo entregar correspondência para o coronel Eduardo Galhardo. Já não confiava em emissários. Nos momentos de crise a fidelidade é apenas uma ausência de oportunidade.

E almoçaram juntos. Findo o almoço, o nosso Braga

convidou o suíço a visitar a enfermaria. Em cada liteira, Liengme pausadamente se deteve, querendo saber a história de cada paciente e rezando pelas suas melhoras. Onde mais se demorou foi junto de um ferido que sofria de alucinações. Estava o infeliz convicto de que uma azagaia dos cafres lhe havia atravessado o corpo. E contorcia-se, gemendo, todo dobrado numa cólica sem fim. O suíço falou num mavioso murmúrio, a palma da mão pousada sobre a testa do desvairado soldado.

— *O que está a fazer, colega?* — interessou-se o português.

— *Não faço nada. O que queria fazer era hipnose. É a minha especialidade.*

— *Daqui a pouco, meu caro Liengme, nenhum de nós se recordará em que especialidade se formou.*

E como fosse já tarde insistiu Braga que o visitante suíço pernoitasse connosco. E assim sucedeu. Naquela noite dormiu dentro da nossa fortaleza aquele que cuidava dos que nos iriam matar.

35

O abutre e as andorinhas

Ter inimigos é ficar escravo deles. A paz não nasce por se vencer um adversário. A verdadeira paz consiste em nunca chegar a ter inimigos.

Provérbio de Nkokolani

Meu pai parecia muito engelhado e antigo, perfilado perante o imperador, que ocupava o leito da enfermaria como se fosse um trono. As pernas do velho Katini tremiam tanto que as moscas nele não encontravam pouso. As sentinelas observavam atentos o meu velho sentar-se no chão como manda o protocolo: os visitantes devem ser olhados de um plano superior. O rosto quase tocando os joelhos, enroscado como um molho de capim, esperou permissão para usar da palavra.

— *Quem és tu?* — perguntou Ngungunyane sem lhe dirigir o olhar.

Katini Nsambe demorou a falar, mexendo os lábios sem articular palavra, como se fosse, ao mesmo tempo, gago e mudo. A mandíbula recuou no rosto, o olhar vagueou no infinito a procurar as exatas palavras. Em vez de falar, porém, Katini desatou num pranto inconsolável. O choro degenerou num soluçar descontrolado.

Ngungunyane fixou, sem qualquer perplexidade, os olhos no teto. Temi que nele se esgotasse uma última réstia de paciência. Mas não era paciência. Era despeito. Meu pai não existia e, por isso, ao imperador não pesou o tempo que aquele choro se arrastou.

Quando o silêncio enfim se repôs, o grande chefe dos Vanguni cerrou as pálpebras para dizer:

— *Os da tua raça, os Vatxopi, choram como se estivessem sempre a nascer.*

Assim procedíamos nós, os da condenada etnia dos Vatxopi, para mostrar que não tínhamos defesa. Foi isso que disse o imperador. O arco e a flecha que nos trouxeram fama de guerreiros eram, afinal, brinquedos de infância. Assim se explicava a exibição do meu pai: indefeso e solitário, reclamava um colo protetor. *São todos mulheres*, concluí como se cuspisse.

Do mesmo modo como o lenhador mede a árvore que vai abater, o imperador fitou o meu velho de alto a baixo enquanto, com o pequeno osso, limpava as unhas. Por fim o meu pai pareceu conseguir articular palavras e balbuciou:

— *O meu nome...*

— *Ninguém quer saber dos vossos nomes. Diz-me antes: quantos filhos tens, muchope?*

Katini Nsambe rilhou os dentes de tal modo que não se percebeu se tinha chegado a falar. Visível apenas o seu encolher de ombros. O imperador sorriu, complacente:

— *Estás-me a dizer que não sabes. Pois aqui eu sou o único que tem o direito de não saber.*

Não sabia onde terminavam as suas terras. Não sabia

quantas mulheres tinha. E havia tanta morte na sua vida que precisou de fazer filhos até lhes perder a conta. E voltou a ocupar-se da sua higiene pessoal.

Como o meu velho continuasse mudo e imóvel, saí da penumbra para anunciar:

— *O meu pai vem oferecer-me como sua esposa.*

O imperador não se dignou erguer os olhos. Dirigiu-se ao meu velho, agora com um tom áspero:

— *Quem disse que preciso de uma mulher? Quem és tu para pensar no que eu preciso?*

Dei um passo em frente e a ânsia de me tornar visível distorceu-me a voz a ponto de a mim mesma não me reconhecer:

— *Conheço a língua dos brancos, Nkossi. Fui criada entre eles.*

O imperador hesitou. Impressionou-o não o que eu disse, mas os meus modos irreverentes. Deu um estalo com a língua nos dentes e repuxou demoradamente os lábios para diante.

— *Tenho os meus tradutores. Não quero mais nenhum, são um risco que dispenso.*

E perorou sobre as suas desconfianças. *Os narizes dos brancos são bicos de abutres,* disse. Aos tradutores nasce-lhes o mesmo bico adunco. O que eles não sabiam e ficam a saber é perigoso. Mais perigoso ainda é o que passam a saber e não traduzem.

— *Em mim deve acreditar, Nkossi.*

— *E por quê?*

— *Porque sou mensageira* — afirmei.

— *De quem? Dos portugueses?*

— *De uma mulher.*

— *Que mulher?*

— *De Vuiaze.*

O nome fulminou o imperador, o corpo todo lhe estremeceu e o ossículo escapou-lhe dos dedos. Fixou--me como se procurasse um rosto por detrás de uma máscara.

Já se convertera em lenda a história do amor interdito entre Ngungunyane e Vuiaze, a mulher mais bela de todo o reino de Gaza. O seu rosto luminoso, o seu corpo roliço, a sua pele clara, tudo isso atraía os homens. Ainda adolescente o candidato ao trono enamorou-se perdidamente e a sua paixão foi, desde logo, correspondida. A corte sussurrou apreensiva: um amor tão ardente poderia distrair o futuro governante. Um imperador infeliz é um risco para o império. Mas um imperador perdido de felicidade é uma ameaça ainda maior. Espalharam-se de imediato os rumores: Vuiaze era uma mulher fácil, cedendo a todo e qualquer cortejo. O rei Muzila afastou--a de Ngungunyane para evitar que se desposassem. Mas não teve poderes para contrariar aquele incendiado romance. Dessa paixão nasceria Godido, o filho preferido de Gungunhana. Um dia, Vuiaze apareceu morta. Misteriosamente, horas depois o corpo desapareceu. E nunca mais o encontraram.

Caprichosa foi a vingança do imperador: nas cerimónias de juramento militar todos subordinados eram obrigados a saudar a desaparecida.

— *Vuiaze!* — bradavam em uníssono.

E pedia-me o imperador que voltasse a pronunciar o nome dessa mulher. Aceitei. *Vuiaze*, murmurei de olhos fechados.

— *Que idade tens?* — perguntou.

— *Não tenho idade nenhuma* — respondi.

Entendeu a minha resposta como um modo elegante de confirmar a minha virgindade. E sorriu como apenas sorriem os vencedores.

Chamou a seguir os ajudantes de campo para lhes perguntar se sobrara alguma garrafa de vinho do Porto.

— *Confio mais no álcool que me é oferecido pelo meu inimigo do que nas bebidas que me servem os familiares.*

Os portugueses estavam avisados: mandavam-lhe encomendas pequenas, caixas com apenas quatro garrafas. De outro modo ele era obrigado a distribuir pelos parentes e indunas. E voltou a dedicar-me atenção.

— *Quem vai decidir sobre o nosso noivado são os indunas, meus conselheiros. Estou cansado, cansado de mim, cansado dessa gente.*

Incomodavam-no mais os conselheiros que os seus débeis joelhos. Foi assim que se queixou o rei. Apetecia-lhe fazer com os conselheiros o que já tinha feito com as andorinhas. As velozes aves não lhe obedeciam, mandou exterminá-las. Todos os viajantes lhe diziam: não sobrara uma única andorinha em todo o país.

E seguiram-se as instruções práticas: no dia seguinte eu levaria o mesmo vestido mas deixaria no hospital os sapatos.

— *Não posso aparecer com uma mulher calçada. Estás a perceber?*

Os conselheiros iriam fazer-me perguntas terríveis, as damas da corte diriam que eu iria cumprir apenas o serviço das pequenas esposas, que é o de recolher e enterrar as fezes e a urina do rei.

— *A minha filha faz tudo o que for preciso* — declarou o meu pai, com súbito alento.

O imperador acenou a mandar que se fizesse silêncio.

Malditos Vatxopi, serão as minhas próximas andorinhas, sentenciou o imperador. No rosto de Katini Nsambe podia-se ler a dor da humilhação. Petrificada, vi o meu pai retirar da sacola o crucifixo de ferro com que tinha assassinado o angolano. Empunhando a cruz, avançou resolutamente em direção a Ngungunyane. Agitei os braços, quis gritar para que ele parasse. Mas já o meu enfurecido progenitor se lançava para a frente, a improvisada arma em riste. Aterrorizada, fechei os olhos para os entreabrir ao escutar um doce murmúrio:

— *Estamos quase a festejar o Natal, o Kissimusse. Oferece-lho este Cristo, meu rei.*

O soberano de Gaza demorou a tomar a oferta das mãos do meu submisso pai. Depois fixou o olhar na esquelética figura de Jesus.

— *Pobre homem. Na hora da morte, ninguém lhe acudiu?*

— *Não podiam.*

— *O filho de Deus agonizou desamparado?*

— *Todos morremos sozinhos* — respondeu Katini.

Retirámo-nos da improvisada enfermaria, eu e o pai, deixando o rei de Gaza dormindo. Não menos sonolentas estavam as sentinelas derramadas uma de encontro à outra. Do interior da palhota chegou-nos o ressonar imperial. O pai confessou que, durante a audiência com o rei, lhe faltou a coragem para cumprir os seus intentos.

— *Queria matá-lo, meu pai?*

Não fora a vontade, mas a coragem que lhe falhara. A bravura que lhe sobrava diante dos outros assassinos do filho fugira-lhe agora diante do imperador.

— *Quer que seja eu a matar o Ngungunyane?*

— *Já acertei tudo com ele.*

— *Com ele, quem?*

— *Com o rei. Amanhã você vai estar sujeita à aprovação da Corte.*

— *Está a castigar-me a mim ou ao Ngungunyane?*

— *Não a mando para ser esposa. Vai lá para ser viúva.*

— *E o senhor?*

— *Não sei. Para já volto para Sana Benene. E depois irei para Nkokolani.*

— *Nkokolani já não existe, pai. Quem vai tratar de si?*

Os lugares são eternos parentes. Não deixamos que agonizem sozinhos. Foi o que disse o meu pai e rematou, com um trejeito de troça nos lábios:

— *É mentira o que eu disse ao rei. Ninguém morre sozinho.*

36

Décima segunda carta do sargento Germano de Melo

Tem medo dos que sempre tiveram medo. Acautela-te com os que se acham pequenos. Quando esses estiverem no poder, castigar-nos-ão com o mesmo medo que já sentiram e vingar-se-ão com a sua falsa grandeza.

Katini Nsambe

Chicomo, 5 de novembro de 1895

Excelentíssimo senhor
Tenente Ayres de Ornelas,

Não sei, Excelência, se naquela noite o nosso hóspe-
de suíço chegou a dormir. A noite inteira vagueou entre
os enfermos, levando-lhes remédios, água e palavras de
conforto.

Acordei antes de amanhecer e ali estava o suíço
rezando de joelhos. Servi-lhe um café quente e o homem foi falando de si, da sua vida e sobretudo das suas
extraordinárias experiências no continente africano.

As paixões de Georges Liengme (ou simplesmente
Georges, como ele insistiu que lhe chamasse) eram

muitas e contraditórias: relojoeiro, missionário, médico, hipnotizador, fotógrafo, marido, pai de duas adoráveis crianças. O relojoeiro observava a Vida buscando nela a precisão dos mecanismos. O missionário procurava o que nenhuma fotografia consegue captar. O médico sabia quanto o corpo é feito de alma. E, enfim, o hipnotizador conhecia segredos que moram nas profundezas do sono.

Permita-me, Excelência, que registe aqui o meu espanto: o que esse europeu conhece de África! Qual José Silveira, qual Sanches de Miranda! Nenhum dos nossos oficiais rivaliza com esse suíço na familiaridade com a terra e a gente africanas. Argumentarão que é por causa das línguas africanas que ele tão bem domina. Mas a questão começa muito antes: por que esta antiquíssima preguiça que sofremos nós, portugueses, de aprender essas outras línguas? Por que será que nos apetecem apenas os idiomas dos povos que achamos superiores? Escutei as histórias de Georges Liengme e não eram relatos de caçadores de leões. Eram histórias de gente, de encontros de pessoas que venciam antigas barreiras e preconceitos. E confirmavam uma amarga verdade: fora ou dentro do quartel, nós, portugueses, vivemos rodeados de muralhas, receosos de tudo o que não somos capazes de reconhecer.

De repente, o dr. Rodrigues Braga acercou-se nervoso e apressado. O seu estado de espírito era completamente diferente do dia anterior. E comunicou de chofre: era urgente que o missionário se pusesse a caminho. Recebera instruções superiores para que Liengme desaparecesse dali. Apenas então o suíço ainda confessou que vinha na esperança de poder levar consigo algum material que sobejasse nos nossos armazéns.

— *Sobejar? Esse verbo já não se conjuga em português, meu amigo. E com franqueza lhe digo que, mesmo que houvesse material, não lho podia dar...*

Georges Liengme já se afastava pelo mato quando Braga o avisou de que tomava a direção errada.

— *Aqui todas as direções são erradas* — ironizou o suíço.

O médico explicou que não retornava diretamente para casa. Tomava um outro atalho para visitar um paciente que tinha operado havia uma semana. Tratava-se de um cunhado do rei de Gaza que sofria de cataratas e que vivia numa aldeia próxima de Chicomo.

Convidou-nos então para que lhe fizéssemos companhia. E encorajou o colega com um argumento profissional: avaliariam, em conjunto, a condição clínica do parente de Gungunhana.

— *Venham comigo. Ninguém vai saber.*

Rodrigues Braga recusou. Pedi autorização para acompanhar o estrangeiro. Precisava espairecer e far-me-ia bem um tempo longe do quartel. Rodrigues Braga acedeu. Mas que fosse uma saída breve. E lá fomos pelo mato, conduzidos pelo guia que o missionário trouxera de Manjacaze, quando escutámos passos. Em vez de seguir pelos caminhos já traçados, o jovem levou-nos por constantes desvios pelo mato.

— *Fui eu que lhe pedi para evitar os caminhos habituais* — explicou o suíço. — *Os negros* — acrescentou — *acham que os estrangeiros devem sempre parar para visitar os seus chefes. Contornando as aldeias, poupam-se horas de viagem.*

Num certo momento, escutámos passos atrás de nós. Era Rodrigues Braga. Caminhava apressado e furtivo como se estivesse sendo perseguido. E sorriu como um adolescente em flagrante desobediência:

— *Ninguém pode saber que estou aqui!*

Quando, por fim, chegámos ao destino, uma multidão de crianças nos rodeou, dando pulos e cabriolas e soltando contagiantes gargalhadas, mas mantendo uma cautelosa distância. Um homem idoso e esquálido saiu de casa, exibindo uma ligadura que lhe cobria metade do rosto. Feitas as apresentações, Braga ajudou o colega a fazer os curativos.

— *Os meus olhos estavam mortos* — disse o velho negro. — *Este branco tirou-me do escuro.*

A gratidão daquele cafre era tão intensa que não pude deixar de me perguntar: para além dos poucos que serviam no Exército, que outros médicos portugueses socorriam as populações africanas? Como se pode comprovar, Vossa Excelência tem toda a razão: não tenho aptidão para o serviço militar. Demasiadas indagações, demasiado coração, demasiadas transgressões.

À saída da aldeia, nova surpresa nos esperava: uma vintena de cafres se haviam alinhado numa única fila.

— *Nós também queremos ser vistos* — disseram os cafres.

— *O que fazemos?* — perguntou Braga.

— *Fazemos o que faz um médico: trabalhamos, meu colega português!*

Por mais de uma hora testemunhei Rodrigues Braga auscultando, apalpando, tocando, receitando. E tudo aquilo ele fazia com um sorriso que nunca antes lhe conhecera.

No final, os cafres e o suíço riram-se todos à despedida com efusivas gargalhadas e apertos de mãos. O médico

Braga olhou com estranheza aquela inédita familiaridade entre um europeu e africanos. E regressámos em silêncio para Chicomo.

Chegados ao quartel, Rodrigues Braga agradeceu, comovido, a Georges Liengme:

— *Já tinha saudade de atender doentes. Agora só vejo feridos.*

Os médicos já se tinham despedido quando Liengme deu por falta da carteira. Tê-la-ia deixado na enfermaria e eu corri a resgatá-la. Ao recolher a bolsa, dela tombou uma fotografia. O coração não me coube no peito enquanto os raros dedos tatearam o retrato: era Imani que ali posava, seios descobertos, uma simples capulana amarrada à cintura. Havia um brilho estranho por detrás do seu corpo como se ela estivesse suspensa em luz. A dúvida mordeu-me por dentro: aceitara a moça exibir-se assim por vontade própria? Tentara o suíço seduzir a rapariga?

A chegada dos médicos interrompeu aquela onda de interrogações. Ao surpreender-me com a fotografia, o suíço inquiriu com orgulho quase paterno:

— *Linda, não é?*

Os três nos colocámos, ombro a ombro, a jeito de partilhar a fotografia que dançava nas minhas trémulas mãos.

— *E quem é esta beleza?* — quis saber um Braga invulgarmente entusiasmado.

— *É uma rapariga txope que apareceu no nosso acampamento. O pai vai entregá-la ao rei de Gaza.*

— *Que desperdício!* — suspirou o português.

— *Fui eu que tirei essa foto* — proclamou Liengme, com vaidade de caçador.

— *E ela estava sozinha?* — ousei perguntar.

— *Estava com o pai, mas ele recusou posar. Receava que no retrato surgissem a esposa e os outros filhos.*

— *E qual seria o problema se aparecessem?* — perguntou Braga

— *É que estão todos mortos.*

Juntei coragem e pedi ao suíço que me deixasse ficar com aquele retrato.

— *É melhor não* — argumentou o suíço. — *O que vais fazer com a foto só te vai trazer magreza e pecado.*

Inesperadamente, Rodrigues Braga tomou o meu partido. E com tal fervor o fez que, depois de alguma hesitação, o estrangeiro me estendeu o ousado retrato. Finalmente, o médico suíço retirou-se, escanchado sobre a velha albarda com tal delicadeza que parecia que a mula não era um animal de carga, mas um companheiro de viagem.

Fervia dentro de mim uma mistura de raiva e ciúme quando regressei ao meu quarto. Convirá Vossa Excelência que há melhores maneiras de me trazer à lembrança quem tanto se ama. Passei por um grupo de caprinos que mastigavam folhas de papel, pedaços de relatórios, quem sabe se cartas trocadas entre soldados, quem sabe se clandestinos recados de amor? Derramados sobre a terra, os cabritos ruminavam o próprio Tempo. Era o que me apetecia fazer. Deitar-me no chão. Como apenas se deitam os bichos.

Na penumbra do aposento voltei a olhar a fotografia e, de repente, quem ali posava já não era Imani. Era uma silhueta de luz, cujos contornos iam e vinham como se tivessem uma pulsação própria. Talvez, quem sabe, seja impossível fotografar quem amamos.

37

A noiva adiada

As casadas inventam histórias; as virgens escondem segredos; as viúvas fingem que não se lembram.

Provérbio de Nkokolani

— *Trouxeram-me uma mulher! Acham que me faltam mulheres?*

Na corte de Mandhlakazi, chamada de *Indaba*, os conselheiros riram-se. Sem muita vontade mas com grande exibição para que o rei notasse quanto agrado lhes causava. Nenhum dos indunas tinha faltado. Mais do que a guerra, instigava-os o assunto dos namoros reais. Por isso se juntaram dezenas de anciões, nobres e chefes militares. Quem ali se sentava, em lugar de destaque, era Impibekezane, a mãe do rei. E foi ela que ordenou que me exibisse com passo lento. Enquanto descalça rodopiava pelo recinto, senti os olhares dos homens como lâminas retalhando-me as roupas.

O Nkossi acariciou a barriga como se passeasse as mãos pela extensão do seu império. Enquanto me olhava os pés lembrou, como se fosse uma graça, as palavras do seu antecessor: *As mulheres chegam mais depressa porque atraem os lugares do seu destino.* Foi acolhido com palmas e risadas.

Sabia Ngungunyane que a maior parte dos risos era forçada, cada gargalhada uma vénia de falsa sujeição. E Ngungunyane discursou, numa crescente tensão:

— *De que vale ter milhões de súbditos, se eles não são fiéis? De que vale possuir centenas de mulheres, se nenhuma delas é realmente nossa? De que vale ser coroado imperador se os que hoje te saúdam venerarão com maior devoção aqueles que te vão derrubar?*

Os nobres da corte encolheram-se, contrafeitos. Acreditavam que o assunto fosse apenas a seleção de uma nova virgem. O imperador foi subindo o tom, empolgando-se:

— *Não há pedra que levante que não tenha por baixo um escorpião. Não há sombra que não oculte uma outra sombra. Não há espera que não seja uma armadilha. Como queria dormir, dormir todo eu, as pálpebras cerrando-me dos pés à cabeça. Como queria acreditar que ainda restasse uma noite limpa, sem facas nem emboscadas.*

Um coro de protestos percorreu a corte. Os tios mais velhos entreolharam-se duvidosos. Estaria sóbrio o sobrinho?

— *Perdi a conta a quantas vezes casei e estou mais sozinho que nunca* — prosseguiu o rei num crescente entusiasmo. — *Preciso de uma nova esposa. E esta rapariga aqui* — e fez sinal para que me aproximasse até me tocar com a ponta dos dedos —, *esta rapariga não está quente.*

— *Como sabe, meu Nkossi? Como sabe que ela ainda é virgem?*

— *Sei dela o que ninguém mais sabe.* — E fazendo um

sinal para que me afastasse até ao centro do recinto, fez ouvir o seu enrouquecido mando: — *Diz a esta gente como te chamas.*

— *Vuiaze. Chamo-me Vuiaze.*

Sepulcral silêncio pesou na Indaba. Os conselheiros fixaram os olhos no chão. E pairou uma suspeita de que ali se urdia uma conspiração. Havia muito que os mais velhos, de origem Zulu e Nguni, se queixavam de que Ngungunyane estava perdendo o sentido de discernimento e justiça. Um exemplo dessa imprudência era o modo como favorecia representantes das tribos conquistadas, incluindo os odiados Vatxopi e os Valengue. O próprio Exército de Gaza era agora composto por uma maioria das chamadas "raças fracas". E agora uma noiva impura, de uma nação adversa que lembrava o interdito nome de Vuiaze.

O conselheiro e familiar Queto — que tanto ascendente tinha sobre o rei — solicitou ponderação. E alegou que eu, Imani Nsambe, não era apenas mais uma esposa.

— *Esta rapariga sabe a língua dos portugueses, a dos Vatxopi, a dos Mabuingela e a nossa língua. E tem a porta aberta para penetrar no território dos nossos inimigos.*

E logo, com vigor, um outro conselheiro contra-argumentou:

— *A pergunta, meus irmãos, é como ela aprendeu tudo isso? E como podemos confiar numa mulher que sabe tanta coisa?*

— *Nós conhecemos a história dessa moça, foi educada por um padre* — defendeu Queto. — *Um irmão dela lutou ao nosso lado, contra os da sua raça. Proponho que a jovem fique connosco à experiência, controlada por Impibekezane e longe dos apetites do nosso rei.*

— *Não sei, não sei* — voltou o oponente a questionar. — *Como podemos estar certos de que não foram os portugueses que a enviaram para nos espiar?*

O risco em aceitar-me, todos sabiam, era outro. E estava no nome que acabara de anunciar como sendo o meu. Nada mais grave do que, em plena crise militar, repetir-se o que já havia sucedido com Vuiaze: o imperador apaixonar-se perdidamente e afastar-se dos assuntos da nação dos Vanguni.

Mandaram então que me retirasse do recinto para discutirem mais à vontade. Lá fora fazia cacimba e a noite estava fria. A luz proveniente da grande assembleia reverberava no orvalho. Sentei-me no capim e fiquei olhando os meus pés descalços. Por onde andaria o meu sargento?

Passado um tempo, Impibekezane veio ter comigo e sentou-se a meu lado. A luz das lamparinas acesas no alpendre iluminavam-nos de forma intermitente.

— *Tenho pena do meu filho* — comentou. — *Todos lhe obedecem, ninguém lhe é leal. Umundungazi enlouqueceu e os que estão à sua volta aplaudem a loucura.*

— *E o que decidiram sobre mim?*

— *Aceitaram-te. Mas não como esposa.*

— *Não entendo.*

— *És uma noiva adiada. Para ti é melhor, ficas livre da inveja das outras esposas. Mesmo que tenhas que fazer outros serviços…*

— *Que serviços?*

— *Querem-te usar como informadora.*

Conheciam a minha relação com o sargento. Sabiam

pelos mensageiros da correspondência entre Germano e o tenente. Melhor do que eu, ninguém se poderia infiltrar tão profundamente no coração do Exército português. E a rainha-mãe prosseguiu:

— *Querem que eu tome conta de ti e te mantenha afastada do meu filho. Amanhã saímos daqui e permaneceremos uns dias junto do hospital do suíço.*

Um alarido de vozes emergiu da Indaba: os conselheiros estavam exaltados. Discutiam assuntos militares, falavam da guerra que estava às portas de Mandhlakazi. Escutavam-se imprecações, ameaças de morte, juras de sangue. O meu caso tinha sido um fugaz momento de diversão.

— *Estas não são noites para se ser pessoa* — comentou a mãe de Ngungunyane escutando as hienas ao longe. Notando que me encolhia perante as vozes dos sinistros bichos, a rainha afirmou: — *Fica tranquila, há mais hienas entre os conselheiros ali reunidos do que em todo este mato.*

Puxou a esteira mais próxima e adotou um tom mais íntimo. Queria-me aconselhar sobre as noites que eu viesse a partilhar com o filho. Ainda pensei que iria fazer recomendações sobre a minha conduta sexual. Não era. Tratava-se de um estranho alerta: haveria muitas noites que dormiríamos com outros no mesmo leito conjugal. Outros? E ela riu-se. O rei sofria de terríveis e recorrentes pesadelos. Nessas atribuladas noites, os irmãos assassinados lhe apareciam.

— *Não houve sangue. Esses irmãos morreram envenenados. Por isso te aconselho, minha filha: tem mais cuidado a contratar um cozinheiro do que a escolher um marido.*

Não escolhemos, somos escolhidas. Era o que me apetecia dizer, mas desisti ao escutar os cânticos que chegavam da indaba. A reunião estava no final, não tardaria que os dignitários se retirassem. Nessa altura nenhuma mulher poderia ser encontrada fora de casa. A rainha não parecia preocupada e segurou-me afetuosamente pelo braço:

— *Mentiste aos conselheiros sobre o teu nome. Agora quero que mintas quando chamares por mim.*

— *Faço o que me mandar.*

— *Esquece o meu nome. Chama-me Yosio.*

Antes de ficar viúva era assim que se chamava: Yosio. Quando morreu Muzila, mudaram-lhe o nome. As minhas palavras, sopradas nessa confidência, transportá-la-iam para esse outro tempo.

— *Nessa altura não tinha apenas um marido. Tinha os meus filhos. E tinha, sobretudo, o meu Ngungunyane.*

— *Já não o tem?*

— *Ninguém tem um filho* — afirmou ela.

Mas não eram apenas os pesadelos que tornavam Ngungunyane uma criatura irreconhecível. Havia outros momentos mais arrebatados, e ninguém, nem sequer ela, tinha coragem para o afastar desses delírios. E houve mesmo ocasiões em que o imperador se deslocou realmente até ao mar. O que fazia nessas deambulações? Ngungunyane sentava-se na duna, a uma cautelosa distância da rebentação das ondas. Para os Vanguni o oceano é um perigoso território sem nome. Ordenava o rei aos arqueiros que se perfilassem na areia molhada e se preparassem para o arremesso. Depois ele mesmo dava o exemplo: retesava o arco e, com um vigoroso grito, desfechava a primeira flecha sobre o oceano. A seta sulcava os ares como uma tresloucada ave sem plumas e, ao tombar, produzia um som cavo rasgando as águas. De imediato, um clamor guerreiro abraçava os céus e centenas de arqueiros lançavam uma chuva de flechas que escureciam o céu e salpicavam de espuma o oceano. Seguia-se um silêncio espesso até que Ngungunyane bradava:

— *Vejam o sangue! Já sangra, ele já sangra.*

Escolhia o termo "ele" para não dizer o nome. O mar era interdito mesmo na forma de palavra. Salgava para sempre os lábios de quem o nomeasse. Em surdina, o imperador de Gaza murmurava:

— *Não tarda que morra!*

E sentava-se à espera de que o oceano morresse.

Salvara-se o oceano. Sobrevivera Ngungunyane. Mas morreram envenenados muitos dos seus filhos.

— *Quantas vezes fiquei sem dormir à espera de que me trouxessem a notícia* — confessou Impibekezane.

Disse-lhe que não entendia. Explicou-me que participara na decisão de os envenenar.

— *Deixe-me falar* — defendeu-se ela ante o meu olhar de absoluta condenação. — *Não me julgue antes de me escutar.*

Aqueles seus filhos iriam morrer de toda a maneira. Acabariam por perder a vida numa lenta e prolongada carnificina. Seriam baleados, esfaqueados, esquartejados. Mas era sempre do seu sangue de mãe que a terra bebia. Tinha vivido essa amarga experiência nas guerras de sucessão entre o marido, Muzila, e o cunhado Mawewe. Foram anos de ódio e matanças. Queria tudo, menos que se repetisse aquela barbaridade sem fim e sem critério. O que lhe cabia como culpa era pouco. Preferia que essa culpa fosse maior. A escolha, porém, tinha sido feita antes dela, muito para além dela: matariam sempre os do seu próprio sangue. Restava-lhe a terrível prerrogativa de eleger quem iria sobreviver.

— *Por isso não me olhes assim* — concluiu, com rispidez. — *Pergunta aos teus amigos europeus como fizeram os reis deles, pergunta quanto veneno correu nos banquetes dos seus palácios.*

Quem lhe contara tinha sido Sanches de Miranda, o Mafambatcheca. A história dos brancos, dizia ele, não era mais limpa do que a dos africanos.

— *Amanhã mesmo vamos a Sana Benene* — decretou a rainha. — *Vais lá, minha filha. Despedes-te da tua gente. E vais buscar os teus sapatos.*

Nessa noite o meu adormecer foi custoso. Colocaram-me numa palhota onde dormia uma meia dúzia das chamadas pequenas esposas. Quando me viram entrar, juntaram-se num canto. Mesmo no escuro eu via os seus olhos cheios de veneno. A insónia perseguiu-me até que amanhecesse. Aos primeiros raios da manhã já tinha tomado a decisão de arrancar pela raiz o meu próprio passado. Eu enfrentava a mesma cruel decisão que tanto martirizara a rainha Impibekezane. Tinha que escolher dentro de mim quem iria sobreviver.

38

Oitava carta do tenente Ayres de Ornelas

A memória longínqua de uma pátria
eterna mas perdida e não sabemos
se é passado ou futuro onde a perdemos
Sophia de Mello Breyner Andersen

Manjacaze, 9 de novembro de 1895

Caro sargento
Germano de Melo,

Há uns dias que venho rabiscando esta carta. Comecei a escrevê-la de onde tantas vezes lhe havia já escrito: a triste e lúgubre Manjacaze. O lugar era o mesmo. Todo o resto mudou. Estou de volta às minhas funções militares, estou de retorno a mim mesmo. Dou graças aos céus por termos definitivamente rompido as conversações que, neste mesmo local, mantivemos com o rei dos Vátuas. As negociações eram um logro, um eterno adiar de sentenças. O homem queria guerra? Pois iria ter guerra, e numa medida que nunca imaginou. Os combates de

Marracuene e Magul foram apenas um prelúdio de uma odisseia que ficará nas páginas da nossa história.

Os meus méritos acabaram naturalmente por se impor e fui, conforme já lhe disse, incluído na condução da ofensiva militar que terá lugar em Coolela. É pena que o meu caro sargento se encontre tão longe, no quartel de Chicomo. Porque experimentaria o mesmo orgulho que sinto ao assistir ao desfile do nosso poderio bélico. Primeiro, surgiu um batalhão com novecentos praças acabados de desembarcar da Europa. Seguiram-se vários outros batalhões de infantaria e artilharia. Traziam consigo dez bocas de fogo e duas metralhadoras. As munições de infantaria elevavam-se a dois milhões de cartuchos. Parada militar daquela envergadura jamais se viu em toda a nossa África. Milhares de cafres que nos eram fiéis (como saber quem nos é fiel nestes confins?) assistiam àquele espetáculo único, cujo apogeu foi a chegada do Esquadrão de Cavalaria comandado pelo famoso Mouzinho de Albuquerque. É verdade que os cavalos são poucos, mal treinados e escanzelados. Mas a aparição dos nossos cavaleiros deixou entre o gentio um rasto de indiscritível exaltação. Com pueril entusiasmo os cafres corriam ao lado dos cavalos e mesmo os que já eram adultos ganharam olhos e risos de crianças.

Todo aquele manancial bélico foi há umas duas semanas conduzido até à lagoa de Balele, onde erguemos um aquartelamento provisório. Vai ser uma carnificina! Foi o que pensei quando ao chegar passei em revista todo aquele material bélico que ali se acumulara. Mas não bastam armas para iniciar uma batalha. A nós faltava-nos o inimigo. O coronel Galhardo seguia à risca a instrução de Caldas Xavier: o segredo estava em tomarmos a iniciativa apenas até a ponto de os adversários passarem da defesa ao ataque. Nas palavras de Mouzinho de Albuquerque, Caldas Xavier, ao conceber essa tática, inspirou-se na artes da mulher sedutora: vai borboleteando em redor do pretendente esperando que, no último momento, o homem tome a dianteira. Sempre mordaz, sempre impaciente, este nosso Mouzinho de Albuquerque!

A verdade é que durante dias o inimigo não compareceu. E de novo a sapiência do coronel Galhardo prevaleceu: seria imprudente sairmos daquele local e marchar sob a intensa chuva que diariamente nos fustigava. Mais do que uma imprudência, seria um grave erro estratégico avançar entre matagais alagados e pejados de inimigos.

Galhardo tinha razão. Mas a decisão era amarga de cumprir. Uma vez mais as nossas tropas estavam paralisadas, vítimas do peso da nossa máquina de guerra. À medida que os dias passavam fui deixando de me entusiasmar com a magnificência da nossa artilharia. Nós detínhamos a espada e o canhão. Melhor seria se tivéssemos a leveza da azagaia.

Para levantar os ânimos, o coronel Galhardo ordenou que duas colunas avançassem sobre o território inimigo. Apenas na aparência contrariávamos as diretivas de Caldas Xavier. Porque os nossos pelotões não investiram sobre alvos militares. O que fizemos foi atacar e destruir povoações. A intenção não era matar civis, mas apoderarmo-nos de animais e alimentos. E nesse exercício íamos exercitando a alma e espevitando a moral. Até que, numa manhã ensolarada, decidimos movimentar as nossas forças na direção da lagoa de

Coolela. Seria melhor enfrentar o pesadelo do avanço da nossa pesada máquina militar do que vê-la apodrecer no charco onde acampáramos. Nessa manhã cheia de sol, a bandeira lusitana flutuou sobre a luminosa charneca e os clarins tocaram, desafiando as divindades africanas.

Após um dia de marcha acampámos no topo de uma duna com vista para a lagoa de Maguanhana. Adotámos a habitual formação em quadrado, que foi protegida a toda a volta com uma vedação de arame farpado. Fui designado para proceder ao reconhecimento da região. Adivinhe quem foi escolhido para me acompanhar? Nem mais nem menos que o seu amigo, o capitão Santiago da Mata. Sob um calor sufocante fomos progredindo a cavalo. Não tinham passado uns quinze minutos quando avistámos a aldeia de Impibekezane, terra natal da mãe de Gungunhana. Consciente de que me encontrava numa zona demasiado exposta, ordenei que regressássemos de imediato para o aquartelamento. O capitão recusou perentoriamente. E confrontou-me com arrogância: para ele aquela exploração era insuficiente.

— *O que é isto, tenente, andamos a ver montras no Rossio?*

Foram as suas exatas palavras. Nunca ninguém antes me destratou daquele modo. E fi-lo sentir ao capitão. Quando regressámos à base, Santiago desculpou-se, envergonhado por ter sido tão grosseiro.

Na madrugada seguinte, deixámos no acampamento apenas a impedimenta, a bagagem que poderia atrasar a celeridade da marcha. Dois prisioneiros que fizemos no caminho comprovaram que o régulo estava no seu quartel (que os Vátuas chamam de Kraal) com um grande contingente militar. Acertávamos os últimos detalhes da nossa estratégia, depois de termos reocupado os nossos lugares no corpo das tropas preparadas para o combate, quando uma dezena de auxiliares surgiu correndo, aos gritos de que se avizinhavam os soldados inimigos:

— *Hi fikile Nyimpi ya Gungunhana!* — berravam. — *Estão aqui as tropas de Gungunhana.*

De repente, como que por golpe mágico, surgiram as "mangas" dos Vátuas, aos milhares, correndo com passo curto e rápido e lançando sincrónicos clamores de fúria. Era uma multidão tão numerosa que os reflexos de luz nas azagaias deixaram-nos momentaneamente cegos. Aquelas formidáveis hostes aglomeraram-se numa espécie de meia-lua que se estendia por mais de um quilómetro. De repente, deixámos de ver os nossos auxiliares. Estavam grudados no chão, aterrorizados com a exibição de força dos Vátuas. E até os soldados do Xiperenyane haviam sido engolidos pelo espesso capinzal. E ficámos apenas nós, europeus e angolanos, confinados na nossa exígua formação em quadrado. Aquele quadrilátero humano era uma teia de aranha prestes a enfrentar um tufão.

E foi então que aquela demoníaca turba de energúmenos avançou sobre nós como uma ameaçadora onda gigante. Apesar de a maioria dos cafres estar munida de lanças e escudos, uma boa parte deles empunhava espingardas que, felizmente para nós, manuseavam de forma caótica. Choveram tiros e flechas sobre a nossa posição, e parecia que uma nuvem tinha escurecido de vez os céus de África. Instantes depois soaram as nossas bocas de fogo e os atacantes recuaram. Essa retirada durou escassos minutos. Ou terão sido horas? Como se conta o tempo quando a morte é o único relógio? Sei que, num ímpeto revigorado, voltaram a avançar sobre nós os terríveis esquadrões que a si mesmos se apelidam de Búfalos e de Jacarés. Atravessaram as zonas alagadas que nos cercavam, os pés tão carregados de lama que pareciam marchar tão calçados como nós. Aquela visão confirmou os meus temores: aqueles não eram guerreiros. Eram uma emanação da própria terra.

O tiroteio era tanto e a fumarada era tal que nenhum atirador poderia escolher um alvo com acerto. Disparavam contra sombras e o que enxergavam não eram mais que outras sombras rodopiando na neblina para depois se afundar no chão. E assim, por um momento, os nossos soldados talvez se tenham pensado a si mesmos como esvoaçantes névoas, fumo no meio dos fumos. E aquilo que chamamos de coragem não tenha sido senão esse temporário delírio.

A batalha demorou pouco mais de meia hora. Tal como sucedera em Magul, foram as metralhadoras que ditaram o desfecho do confronto. Com a mesma exaltação que sinto quando escuto o meu próprio coração, ainda hoje me lembro da eficácia desse terrível instrumento da guerra moderna que é a metralhadora, que, à cadência de quinhentos tiros por minuto, ceifa rente as tropas inimigas. As hostes do inimigo — que somavam uns doze mil guerreiros — retiraram em debandada. Não festejamos de imediato. Após um momento de incredulidade, soaram vivas e voaram chapéus. Aquela vitória tinha sido tão improvável que acreditávamos ter resolvido a guerra inteira. E celebrámos com tal vigor que, no início, não sentimos o peso do que havíamos perdido: uma dezena de soldados brancos tinha morrido. E os feridos seriam uns trinta.

No centro do nosso quadrado ainda se encontrava Mouzinho de Albuquerque. Ali estava ele, hirto como uma estátua. Permanecia como sempre estivera em todo o combate: parado, de pé, sem procurar abrigo, as balas silvando-lhe rente ao corpo. A seus pés jazia o seu cavalo desfeito em sangue.

No momento de abrir as covas, confesso, tive um momento de fraqueza. E recolhi-me para baixo de uma das carroças para não ver nem ser visto. E eis quem descubro escondido sob o mesmo abrigo: o capitão Mata. O próprio.

E ali ficámos os dois, esquivos e desobedientes como dois cúmplices adolescentes. Chegavam-nos os sons da improvisada cerimónia fúnebre dos nossos companheiros. Como a coluna não tivesse um capelão, foi o coronel Galhardo que encomendou uma prece.

— *Não vai para lá?* — perguntei a Santiago. E ele respondeu: — *Estou bem aqui. Para mim nem glórias, nem lamentos.*

E dali espreitámos o capitão Mouzinho de Albuquerque, com o seu chapéu suspenso junto à espada, a aproximar-se das sepulturas e proclamar, no final da oração: *devia ser eu um desses que tombou.*

E assim que pronunciou aquelas palavras, um exaltado Santiago surpreendeu-me ao declarar entre dentes:

— *Tudo mentira, nunca participou de uma batalha.* — E prosseguiu de chofre: — *Esteve ali, todo o tempo parado, a ver-nos a nós a lutar!*

Pedi-lhe que respeitasse os superiores hierárquicos. Mas o homem estava possesso. Achava que tinha sido culpa de Mouzinho termos perdido tantos companheiros naquela batalha. E lembrou as agoirentas palavras do capitão na noite anterior.

— *Não se recorda, meu tenente?* — perguntou Santiago. — *Não se recorda de ele ter dito que o melhor seria que deixássemos algum oficial ferido para que assim acreditassem em Lourenço Marques que o combate tinha sido sério?*

E não me recordava de ele próprio, Santiago da Mata, ter ousado perguntar: *E se for o senhor a tombar?* E qual tinha sido a resposta de Mouzinho? Não me recordava? Pois respondera Mouzinho o seguinte: *Não desejo tanto, basta-me ter o meu cavalo morto a meus pés.* E não era exatamente isso que se passara? Não estavam agora enterrando também os cavalos mortos para não atraírem os bichos carnívoros? E maldisse Santiago ter andado todos esses anos enganado pelo lustro daquela figura.

— *Veja, tenente: estão a cercar as campas com arame para que as hienas não as assaltem. De nada isso vale. São como certas pessoas as hienas: nada as faz parar.*

Detive-me na descrição desse episódio porque, naquele mesmo momento, me perguntei quanto podemos estar seguros da fidelidade de um camarada de armas. Mas não restava tempo para mais lamentos.

Como sempre havia toda a urgência de nos retirarmos daquele descampado, e o coronel Eduardo Galhardo rapidamente deu instruções para marcharmos de volta a Chicomo.

— *Regressar? Devemos é avançar já sobre Manjacaze* — protestou o capitão Mouzinho.

Confrontado assim de forma aberta, ao coronel não restou senão explicar-se: não valia a pena manchar aquele brilhante triunfo com o menor pequeno percalço que fosse. Sabíamos quem tinha comandado as forças de Gungunhana: o seu próprio filho, Godido, e o seu tio Queto. O nosso feito em Coolela não tinha sido apenas uma vitória militar. Era um vexame para o rei de Gaza.

— *Tudo isso não basta, meu coronel. Não se ganham guerras com vexames.*

— *Esta é a minha palavra final: voltemos ao nosso quartel. Não quero riscos.*

Mouzinho ciciou entredentes. Talvez Galhardo ainda tivesse escutado o seu comentário final: *não sei como se pode comandar sem aceitar riscos.*

39

Um telhado ruindo sobre o mundo

Quando aprenderes a gostar do medo: então serás uma boa esposa.

Rainha Impibekezane

Chegámos a Sana Benene ao cair da tarde e dirigi-mo-nos para a igreja. Lá encontrámos o padre Rudolfo rezando diante do altar. O padre Rudolfo sentiu uma nuvem de poeira tombando-lhe sobre os ombros. Espreitou as traves no alto da igreja e viu luminosos flocos bailando pelo ar como se uma silenciosa explosão tivesse ocorrido nas alturas. Há muito que, sem que ele tivesse reparado, as térmites haviam corroído a madeira. Confiante na aparência da cobertura, Rudolfo acreditava estar sob proteção da eternidade. A todos os que visitavam a igreja, o pároco exibia com vaidade a robustez do telhado, em contraste com a decrepitude das paredes e do mobiliário. É o teto que torna sagrado um templo.

Naquela ocasião, porém, o telhado começou a ruir. As tábuas estavam tão ocas que tombaram sem aviso, sem ruído, sem peso. As traves esfarelavam no ar e, quando atingiam o solo, já não tinham substância. Foi assim que o padre Rudolfo sobreviveu. As pombas fugiram voando para o exterior. Mas as corujas, enlouquecidas, cegas pela luz que subitamente emergiu pelos largos buracos no topo do edifício adejavam em torno do padre, que se precipitou para o pátio exterior, fechando apressadamente as portas na vã esperança de que as corujas não abandonassem o edifício. Perdidos os velhos poleiros, as aves iriam procurar novos lugares onde pousar. Demasiado tarde. As aves de rapina já rondavam outros telhados em busca de novos abrigos.

— *Vai morrer gente* — suspirou Rudolfo.

Mas não havia mais gente em Sana Benene. Refazendo-se do susto, Rudolfo ficou sentado a olhar a decapitada igreja. Depois ergueu-se e foi ao rio munido de um balde. Há duas semanas tinha chovido intensamente. E o leito do Inharrime quase galgara as margens. Por precaução, o padre evitou passar pelo embarcadouro. As madeiras podiam estar podres como as do telhado. Ajoelhado na rocha e ocupado em coletar água, Rudolfo Fernandes não se apercebeu de que eu, a rainha e uma pequena comitiva nos aproximávamos usando o mesmo caminho que ele acabara de trilhar.

Estranhamente, o padre desatou a chorar assim que me identificou. E foi em lágrimas que me acompanhou até ao casario. Imaginei o pior. A rainha fez-me sinal de que me esperaria na orla do rio. Nesse entretempo o seu guarda-costas compraria peixe fresco a um improvável pescador que por ali passasse.

— *Onde está Bibliana?* — perguntei a medo assim que chegámos à igreja

— *Bibliana foi. Foram todos. Já não há gente em Sana*

Benene — e apontou o que restava da cobertura da igreja. — *Está tudo desmoronando, Imani.*

— *Bibliana foi para onde?*

— *Foi para o Norte. Foi para a foz do rio Save, lá onde enterraram o irmão. E não vale a pena esperares. Ela não volta.* — Depois perguntou: — *E o que tanto lhe querias?*

— *Quero ser negra, padre.*

— *Estás maluca?*

Levantei a mão a sugerir, com educação mas com firmeza, que era a minha vez de falar. Queria ser iniciada nas minhas tradições. Queria renascer no meu idioma, nas minhas crenças. Queria ser protegida pelos meus antepassados, falar com os meus defuntos, com a minha mãe e com os meus irmãos. Estava cansada de ser diferente e ser olhada com um misto de inveja e desprezo. Estava saturada que me dissessem que falava português "sem sotaque". O que mais me fatigava, porém, era não ter ninguém com quem rir nem chorar.

— *Então e o sargento?* — quis saber Rudolfo.

— *Não sei, padre. Tenho medo de um amor que me pede tanto. E além disso não sei onde ele está, não sei se o volto a ver.*

O sacerdote derramou-se na esteira. Imaginei a sua infinita tristeza: também ele poderia nunca mais voltar a encontrar-se com Bibliana. Quando o tentei consolar, reagiu com surpresa:

— *Tristeza? Estou é aliviado, minha filha.*

Não entendi, não era possível entender. Todo aquele dedicado amor, toda aquela abdicação de si mesmo, tudo isso tinha subitamente desparecido? Foi isso que lhe perguntei. Rudolfo apontou para a igreja e disse:

— *Não foi o tempo que destruiu o telhado. Foi a guerra.*

— *Atacaram a igreja?*

— *Foi uma outra guerra. Foram as térmites. Os malditos bichos têm os seus soldados. E sabes por que são tão eficazes esses soldados? Por que são cegos. Reza para que o teu namorado não seja nunca um verdadeiro soldado.*

— *Há muito que não sei de Germano, meu padre. Disseram-me que está no quartel de Chicomo.*

— *Queres escrever-lhe uma mensagem? Arranjo um portador ainda amanhã.*

Não sabia o que responder. *Eu vinha para ver Bibliana*, confessei. O padre retorquiu:

— *Mesmo que aqui estivesse, ela não seria capaz de te ver, minha filha.*

A profetisa tinha adoecido de uma particular cegueira: ela via pelos olhos dos deuses. E com tal convicção que o sacerdote lhe ganhou medo. Nos últimos dias chegaram a Sana Benene centenas de feridos e refugiados de guerra. E foi de tal modo que a profetisa tomara para si mesma a missão de consertar o mundo. Negros e brancos, homens e mulheres, escravos e poderosos, todos eram culpados. E ela era a justiceira escolhida pelo Deus dos brancos e pelos deuses africanos. Assim clamava Bibliana ante um aterrorizado sacerdote, incapaz de imaginar um exército comandado por aquela com quem, durante anos, havia partilhado o leito.

Animada por essa missão, a profetisa abandonara Sana Benene. As águas do Inharrime tinham-se tornado pequenas para lavar tanto pecado. Era preciso um rio bem maior. Nas margens desse outro rio tinham sido sepultados o marido e o cunhado. Pela orla do mítico Save erravam adivinhos e profetas cujos poderes eram conhecidos além fronteiras. Aquele era o destino de Bibliana. Aquele rio seria a sua igreja.

— *Afinal, descobriste que queres ser africana?* — voltou a perguntar Rudolfo, agora sem esconder um tom de ironia. — *E fico curioso, minha filha: o que é isso de ser africana?*

Encolhi os ombros. Talvez eu apenas estivesse triste, talvez estivesse insegura. Calhava bem ter à mão uma certeza simples, um indelével sinal de nascença, um telhado mais eterno que o firmamento.

E passou uma sombra no sorriso do padre. Também ele tantas vezes sonhara ser europeu e branco. Agora, por exemplo, era o que mais ambicionava: cortar aquelas melenas, rapar a barba e lavar a batina para depois se apresentar ao quartel de Chicomo. Quem sabe o aceitassem como capelão? E celebraria missas campais, rezaria pelos enfermos, absolveria pecados, administraria extremas-unções. E seria por inteiro o que nunca o deixaram ser: um padre português.

— *E agora chega de conversa* — disse ele. — *E, antes que me esqueça, tenho algo para lhe entregar.*

Do fundo bolso da batina, retirou uma folha de papel dobrada.

— *O teu pai deixou isto para ti* — anunciou.

— *O meu pai esteve aqui? Conte-me: como estava ele, para onde foi?*

Lembrou então o padre Rudolfo que, na semana anterior, o meu pai fora encontrado sem consciência, caído sobre o ancoradouro. Há um tempo que Katini Nsambe andava desaparecido e todos receavam que tivesse sido devorado pelas feras. Mas ali estava ele exangue, esquálido e malcheiroso. Vinha da sua aldeia,

Nkokolani. Quem o tinha levado e trazido tinha sido o louco do Libete na sua velha jangada. Já na igreja e depois de se ter lavado, Katini abriu uma sacola de onde tombaram duas dúzias de pequenas tábuas cortadas do mesmo tamanho. Eram teclas de uma marimba que ele agora se propunha construir.

— *Arranquei esta madeira da mesma árvore onde a minha mulher se abraçou* — disse ele.

Seria a sua última marimba, a mais perfeita que alguma vez fizera. Ele próprio subiu à figueira, capturara uns tantos morcegos, rasgara-lhe as asas e delas fizera a membrana para as caixas de ressonância. Dia e noite o homem caprichou na confeção das teclas, das cabaças, das baquetas.

— *Esta mbila não é para ser tocada por pessoas* — decretou ele.

— *E quem a vai tocar, então?*

— *A música sozinha é que se vai tocar.*

Terminou a construção do instrumento no mesmo dia em que Bibliana anunciou a sua partida para o grande rio do norte. Não era uma coincidência. Os dois assim haviam acertado. E partiram juntos mas afastados como marido e mulher. No destino repartiriam serviços como fazem os velhos casais. Bibliana falaria com os espíritos; Katini tocaria para os deuses. Os dois, juntos, curariam o mundo.

Eram aquelas as novidades de Katini Nsambe. O padre percorrera aquela breve memória, mantendo estendido na minha direção o papel que o meu pai lhe deixara.

Nessa folha que roubara ao caderno de Germano, lá estava, esforçada e imperfeita, a caligrafia do meu velho. Tive que decifrar palavra por palavra a sua misteriosa mensagem: *Comecei eu, termina você. Há ainda dois por crucificar.*

O sacerdote não fez perguntas. Entregou-me um cantil de água para a viagem.

— *E o que vai fazer, padre Rudolfo?* — perguntei.

Sorriu e disse:

— *Para já corto o cabelo e faço a barba. E depois logo se vê.*

Naquele momento, Impibekezane juntou-se a nós. E pediu a Rudolfo que nos deixasse dormir por ali naquela noite. E, quando perguntei a razão daquele adiamento do regresso, ela apontou o céu que começaria a escurecer se não fosse um mar de fogo que devorava todo o horizonte.

40

Décima terceira carta do sargento Germano de Melo

Não é apenas por cansaço que me encontro neste abati-mento, sem cor e sem peso. O que comigo sucede é um suicídio. Um suicídio sem pessoa nem morte.

Trecho da carta de Bertha Ryff ao marido,
Georges Liengme

Chicomo, 10 de novembro de 1895

Excelentíssimo senhor
Tenente Ayres de Ornelas,

Passei o dia limpando a enfermaria da fuligem que teimava em tudo cobrir de uma toalha negra. Para os enfermos acamados aquelas persistentes cinzas eram um sinal nefasto. E o sufocante calor que se fazia sentir era a prova de que o inferno se havia instalado em Chicomo. Mas eu sabia que naquela fuligem se escrevia uma boa--nova: as nossas tropas tinham vencido em Coolela. Depois das vitórias lançavam fogo às povoações vizinhas. É assim que fazemos, é assim que os outros fazem. Foi Vossa Excelência que me explicou: não se trata de um festejo: é um modo de grafar a assinatura do vencedor bem para além do campo de batalha. Os que vivem longe dos rios só sabem da sua existência quando as águas galgam as margens.

Por esta altura em que lhe escrevo, as nossas tropas estarão de regresso. Será um retorno cansativo e lento escolhendo terrenos altos, a salvo dos fogos que se haviam disseminado sem controle. Desconheço se Vossa Excelência retorna diretamente para Lourenço Marques ou se virá na coluna que irá escalar este quartel. Espero que se verifique esta última hipótese e que finalmente nos encontremos em carne e osso.

Pensei no médico suíço que dois dias antes tinha saído do quartel. Sabendo das paragens que planeava fazer pelo caminho, o mais certo era estar agora cercado por aquele mar de chamas. Apenas lhe restava um caminho: o da orla dos rios que, naquela região, criavam uma rede intrincada de afluentes. Georges Liengme teria que repetir a proeza de Cristo caminhando sobre as águas de tantos rios e riachos que lhes perderia a conta.

Toda a manhã esperei com ansiedade pela chegada de um correio trazendo notícias de Coolela. Esse é o procedimento: um grupo de avanço chega ao quartel para que atempadamente se prepare a chegada dos gloriosos combatentes. Rezei para que dessa vez as carroças não viessem carregadas de feridos. Com o meu apoio, o dr. Rodrigues Braga preparou as camas, com lençóis lavados. Depois, o nosso médico estendeu redes mosquiteiras para impedir que as cinzas invadissem a zona destinada às intervenções cirúrgicas.

De facto, ao meio-dia, chegaram mensageiros. Mas vinham da parte do inimigo. Era uma meia dúzia de soldados Vátuas trazendo amarrado um homem alto e de porte altivo. Um dos emissários do Gungunhana deu um passo à frente e anunciou:

— *O nosso rei mandou que vos trouxéssemos este homem. Nós conhecemo-lo como Uamatibjana, vocês chamam-lhe Zixaxa. Aqui está ele.*

Aquele era o troféu que durante meses perseguíramos. Mais do que o próprio Gungunhana, aquele negro era o alvo mais cobiçado pela Coroa portuguesa. O régulo Zixaxa ousara chefiar uma rebelião no sul e comandar um ataque à nossa mais importante cidade. Morreram portugueses, morreram africanos. E ficaram feridos o nosso orgulho nacional e o nosso prestígio junto das nações civilizadas. E ali estava o famoso rebelde de mãos atadas atrás das costas, exausto e descabelado. Apesar de tudo, confesso, o homem mantinha a dignidade de um príncipe. Essa altivez incomodava-me, mas irritava muito mais os seus sequazes. Porque, assim que terminaram de se apresentar, empurraram-no na minha direção como se fosse um saco. Aos tropeções, o prisioneiro acabou esbarrando no meu corpo e tive que o abraçar para que não tombássemos os dois. Só então notei que os Vátuas traziam com eles duas mulheres. Eram esposas de Zixaxa.

— *E para que as trazem?*

— *Para que vejam o seu homem morrer. E depois voltem para as suas terras para testemunhar o que aqui viram.*

As mulheres foram empurradas com mais violência e nada pôde evitar que se esparramassem no chão. O Vátua que dirigia a comitiva voltou a usar da palavra:

— *Cumprimos a nossa parte* — disse o emissário —, *agora cumpram vocês a vossa. Acabem de imediato com a guerra.*

Agora já era tarde, pensei para mim. A guerra já se tinha consumido a si mesma, restavam fuligens esvoaçando pela savana. Chegaram tarde os mensageiros, demorara demasiado a teimosia do Gungunhana. Mas calei-me perante aqueles emissários pensando que seria de toda a utilidade receber e manter cativo quem tanto buscávamos. A entrega de Zixaxa era um sinal de desespero dos nossos velhos inimigos. E mandara Gungunhana proceder à entrega onde lhe parecera mais seguro: no nosso quartel. A escolha do lugar e do momento da entrega apagava a humilhação da cedência. Era ele que mandava mesmo quando não fazia mais do que obedecer.

Pediram os enviados de Gungunhana que desamarrássemos Zixaxa. Queriam de volta as cordas. Esquecido das minhas limitações, ainda tentei desatar aqueles nós cegos. Foi a sentinela que terminou a tarefa. Antes de partir, o emissário do rei ficou a ver o régulo cativo a ser conduzido por uma escolta dos nossos soldados. A meio do caminho o prisioneiro virou-se para trás e falou para os Vátuas que o haviam trazido:

— *Digam ao vosso rei que, afinal, os céus de Gaza estão cheios de andorinhas.*

O prisioneiro e as suas duas mulheres foram amarradas no mastro onde, no centro do quartel, costumávamos prender as mulas. Durante um tempo fiquei ali sentado, apenas fixando o prisioneiro, sem com ele trocar uma palavra. De outro modo não poderia ser: o homem falava um português menos que rudimentar. E eu era um simples amador na língua dos landins. Mas havia no rosto de Zixaxa essa nostalgia de um reino distante, de um tempo que já foi de luz e de festa. E essa saudade eu já a vira nos olhos da nossa gente.

Ao fim da tarde as sentinelas alertaram-me que acabara de chegar um novo mensageiro. Vinha desacompanhado, exausto, e parecia ter deixado de ver. Apresentava-se de tal modo coberto de cinza que não se descortinava a que raça pertencia. Desejava entregar uma carta ao doutor. *Trago isso para o dokotela branco*, conseguiu ainda articular. Da água que lhe servimos apenas molhou os lábios. O resto da caneca usou para lavar o rosto e o pescoço. E depois voltou a desaparecer no mato.

Pouco tempo tinha passado e Rodrigues Braga entrou no meu quarto para atirar um envelope para o meu colo.

— *Esta carta não é para mim, é para Georges Liengme.*

Do mesmo modo que entrou, voltou a sair.

Era agora evidente: o médico branco a que o mensageiro se referia era o missionário suíço. Mas isso não passava de um pequeno equívoco frente ao que a seguir se revelou: aquela carta tinha sido redigida por Bertha Ryff, a esposa de Liengme. O envelope adormeceu no meu colo enquanto a dúvida não me largava: por que motivo aquela mulher usara uma carta para comunicar com quem vivia? E por que razão decidiu entregá-la tão longe? Reconheço, Excelência, a minha falta de escrúpulos, mas fui vencido pela curiosidade. Talvez a intenção de o envolver nesse pequeno pecado seja para aliviar as culpas que sobre os meus ombros pesam. Mas será Vossa Excelência dono da sua decisão como fui eu da minha. Se não quiser espreitar os segredos de Bertha Ryff, interrompa aqui a leitura destas minhas linhas. Pelo sim pelo não, aqui transcrevo a carta, por mim próprio traduzida para português com a ajuda do Rodrigo Braga.

Querido Georges,

Mais uma vez me convidaste para te acompanhar numa das tuas frequentes e longas digressões. Eu iria se fosse um pássaro. Se pudesse voar sobre pântanos, lagoas e cansaços. Mas já não tenho força nem saúde para ser sequer uma pessoa. Não tenho felicidade para ser esposa. Nem esperança para ser mãe.

Procederei agora como fiz em todas as esperas: rezarei para que não voltes tão distante de mim como quando partiste. Fui eu que me afastei de mim mesma, é o que insistentemente me dizes. As insistentes febres terçãs deixaram-me nesse estado de ausência. Mas não é de doença que estou perdendo o senso. É de tristeza.

Estou doente, Georges. Mas é da doença do vazio que padeço. Por isso não é de um médico que careço. É de um amante. Por esta razão te imploro: olha-me com o mesmo desvaire com que te deténs a fotografar as negras nuas. Olha-me, Georges. E verás que não é por um missionário que aguardo. Velo por um marido que não tenha medo do vulcão que por dentro nos abrasa.

Reconhecem na Suíça o teu valor como missionário entre as gentes africanas, combatendo feitiços e feiticeiras. Pois agora, meu querido Georges, eu quero que me enfeitices. Orgulham-se do médico que tantas vidas salvou. Pois eu morri nas tuas mãos. Morri sempre que não me amaste. Morri ainda mais quando me pensaste salvar. E regressei a esta existência sem luz nem brilho. Não é de mais crença que preciso. É de vida. A tua crueldade não foi fazer-me mal. Foi não me fazeres nada. Foi deixares-me sem tamanho, desfocada, inexistente. Eis o que sou: uma simples imagem em contraluz. Uma fotografia que ficou para sempre por revelar.

41

Quatro mulheres face ao fim do mundo

O último a juntar-se à fila dos doentes foi um homem de espessa e desgrenhada cabeleira trazendo moedas de libra encaixadas nas órbitas. Os meus olhos transformaram-se em dinheiro, explicou. O meu cunhado tinha os olhos mortos, acrescentou o indígena. E o dokotela tratou-o. Mas a mim, não quero que me cure. É o contrário: quero que me deixe assim para sempre. Sabe, doutor? Nunca me olharam com tanto respeito. Se não me dói ser cego? Dói-me mais não ser ninguém.

Extrato do diário do sargento Germano de Melo

Eu e Impibekezane regressámos de Sana Benene descobrindo galerias de floresta fechada entre a cintura de fogo. À chegada contornámos pelo largo a povoação de Mandhlakazi. Da capital do reino restavam cinzas. Apressadamente nos dirigimos para o hospital do suíço.

— *Aqui no hospital estamos seguras* — disse a rainha dos Vanguni. — *Os brancos não atacam os brancos.*

A branca Bertha, a mulata Elizabete, eu e a rainha sentámo-nos no topo da duna onde se erguia o hospital. Éramos quatro mulheres a ver a pradaria a arder. Quatro pessoas tão diversas, ali sentadas no abismo do fim do mundo. E então pensei: não existe paisagem exterior. Éramos nós que ardíamos. Os brancos disseram que o inferno era uma fogueira acesa por demónios nas funduras da terra. Esses infernos assomavam agora à superfície.

— *Onde estará o seu filho, rainha?* — indagou Bertha.
— *Onde se terá escondido Ngungunyane?*

— *Foi para Txaimiti* — respondeu Impibekezanc. — *Mas não foi para se esconder. Ao contrário, foi-se mostrar. Foi pedir proteção ao falecido avô Sochangane.*

A mãe de Ngungunyane corrigiu-me então o meu modo de estar sentada. Como tantas vezes fizera a minha falecida mãe, encorajou-me a dobrar as pernas sobre a esteira. Depois, a postura já acertada, sorriu para mim e disse:

— *E tu, Imani, vais comigo para Txaimiti; não quero saber de conselheiros, faço-te de imediato uma rainha.*

Uma rainha coroada no dia em que o reino morreu? Era a pergunta que me ocorria fazer. Mas contive-me ao contemplar a velha monarca com os seus longos colares de missangas no pescoço, as suas infinitas argolas de metal nos tornozelos e nos braços. E pensei: quanto menos sonhos, mais adornos. O padre Rudolfo tinha razão: muito mais rainha era Bibliana com o seu séquito de leais seguidores. E antevi-me, já velha, apodrecendo numa esteira no Kraal do Nkossi. E pensei que Impibekezane merecia toda a minha franqueza.

— *Minha rainha, tenho que lhe confessar: não estou aqui por minha vontade. Foi um demónio, dentro de mim, que me forçou a chegar aqui.*

— *Eu sei que demónio é esse. Queres matar o meu filho?*

— *Quem lhe disse?*

— *Todas querem. Todos querem.*

E revelou então que tinha um plano. E já o tinha certa vez tentado contar ao sargento Germano de Melo em Sana Benene. Mas o moço desmaiara, esvaído em sangue. Coisa de feitiços, certamente. E ela retirara-se sem

337

revelar os seus segredos. Eis o que, na sua concepção, iria suceder: os portugueses iriam retirar-se sem molestar a coroa dos Vanguni. *Depois desta batalha de Coolela eles já aceitaram que se iriam retirar sem maltratar o Ngungunyane. Não o irão matar, não o irão prender. Porque este meu filho, como prometi aos brancos, cruzará a fronteira para os lados do Transvaal. E lá, por detrás dos grandes montes, eu asseguro que ele nunca mais incomodará os portugueses.*

O plano parecia-me confuso. Mas para a rainha fazia sentido: ela salvava o seu filho das mãos dos brancos, mas, sobretudo, das mãos dos negros. O filho tinha até aqui sobrevivido. Mas não escaparia a um próximo confronto. E não seria preciso que os portugueses o viessem derrotar. Porque as suas próprias tropas, mortas de fome e de frustração, fariam justiça pelas próprias mãos. O que Impibekezane precisava era convencer o rei de Gaza de que os portugueses após a batalha de Coolela se iriam retirar voluntariamente para Inhambane e Lourenço Marques. Sem a ameaça dos portugueses, Ngungunyane podia tranquilamente dispensar as suas tropas. Desbaratado por ordem do próprio rei, o exército dos Vanguni seria aliviado do peso da humilhação. E os portugueses não teriam razão para prolongar o conflito. A rainha já começara a convencer o filho. A dificuldade estava nos generais que o rodeavam: a guerra podia ser arriscada, mas era a sua fonte de riqueza. Apesar de tudo, Impibekezane estava confiante. O que não conseguisse pela palavra, conseguiria pelo veneno.

— *Não sei, minha rainha. Como pode ter a certeza de que os brancos irão aceitar esse plano?*

— *Porque já aceitaram* — afirmou Impibekezane. — *Falei com eles.*

— *E aceitaram, sabe por quê?* — argumentei. — *Por-que se calhar esse sempre foi o plano deles, o de se retirarem logo a seguir à batalha de Coolela.*
— *Melhor assim. Quer dizer que este é o último fogo, o último inferno.*

Bertha Ryff escutou em silêncio os convites de Impibekezane para que eu fosse sua nora. E aproveitou a presença da rainha para se fazer ouvir.
— *Pense bem. Dão-lhe um trono, tiram-lhe a vida.*
Não era apenas da guerra que Ngungunyane se devia libertar. Havia outros desafios. Lembrou Bertha que, há duas semanas, se apresentara naquele hospital uma das mais recentes mulheres de Ngungunyane. O rei tinha ido procurá-la nas montanhas da Swazilândia. Febres constantes a atormentavam desde que chegara a Mandhlakazi.
— *São os mandikwé, os demónios* — declarou a jovem virgem.
Foi tratada e, na semana seguinte, voltou para oferecer, como prova de gratidão, uma cesta com ovos. Dirigiu-se então ao médico nos seguintes termos:
— *Ah, mulungu, não tens um remédio que impeça o nosso rei de beber tanto?*
Sendo verdade que o monarca se coibia de comparecer embriagado nas suas funções oficiais, também se devia aceitar que, na sua vida privada, o rei andava de tal modo toldado que se arredava das suas obrigações conjugais.
— *Caso não consigas curar o meu esposo* — disse a jovem esposa —, *prefiro que me devolvas os meus antigos demónios. Às vezes estar doente é um modo de sofrer menos.*

— *Georges foi categórico no diagnóstico: a bebida estava a roubar a virilidade do rei* — insinuou Bertha.

— *Não escute quem assim fala* — pediu-me a mãe.

Se o meu destino era ser esposa do rei, argumentou Impibekezane, deveria reunir as sabedorias da água e do fogo: contornar os obstáculos, abraçar os inimigos para os consumir com a ferocidade de um beijo.

E falou a rainha em xizulu: eu que não desse ouvidos a uma branca. Afinal de contas, não sonhava em recuperar a minha alma negra e africana?

Percebendo a crescente pressão, Bertha chamou-me à parte e sacudiu-me enquanto murmurava:

— *Talvez te façam rainha. Mas será que chegarás alguma vez a ser uma esposa? Ou não passarás de uma escrava?*

As duas mulheres tinham-me acenado com as bandeiras do futuro. Pela primeira vez na minha vida me era dado a escolher um caminho para a minha vida. Eu não sabia escolher. Não sabia que havia tanto que eleger numa simples escolha. Nas duas alternativas eu devia sair da minha terra, sair da minha língua, sair de mim mesmo. Fugir com os suíços era um modo de me salvar do momento, para me salvar da minha própria vida. Evadir-me com um rei podia abrir-me portas para um passado que me foi negado. Mas faltava-me algo nesses dois devaneios. Faltava-me Germano.

Foi naquele momento que surgiu, esbaforido, Georges Liengme. Uma semana depois de ter saído para

Chicomo regressava sem a mula e sem o companheiro de viagem. Aos berros deu instruções para que juntássemos as coisas e fugíssemos.

— *Lançaram fogo sobre Mandhlakazi. E agora vêm a caminho para queimar a Missão.*

Sem alarme, como se há muito esperasse por aquela eventualidade, Bertha entrou em casa para recolher os filhos. Exaltado, o marido apressou-se a recuperar máquinas e chapas fotográficas enquanto, aos gritos, comandava as operações. Informou a rainha de que no sopé da encosta um grupo de soldados Vanguni aguardava para a acompanhar a Txaimiti. A mulata Elizabete recebeu ordens para recolher os medicamentos e esconder os doentes no mato vizinho. A moça encolheu os ombros e, em contraste com o sentimento que ali se vivia, sorriu para mim e murmurou:

— *Não era para mim que falava, Georges não se dirige para mim naqueles modos.*

Num ápice, como se fosse um cena ensaiada, uma meia dúzia de serviçais transferiu os haveres da residência para as traseiras onde estavam estacionados dois vagões puxados por mulas. Uma das carroças já estava repleta de carga. O condutor disse laconicamente: *São coisas do rei.* Todos os pertences dos suíços deveriam, pois, caber na remanescente carroça. De um lado para o outro circulava o médico, instando a que abandonássemos com a maior urgência aquele lugar. Ao passar por mim, lançou-me o repto:

— *Venha connosco, Imani.*

E estendeu o braço travando-me a marcha. Reteve-me um tempo como se soubesse que era o nosso último encontro. Afastei-o do caminho com delicada firmeza.

— *Vou ajudar a sua esposa* — justifiquei.

Sem cerimónia entrei em casa dos suíços para surpreender a mulata Elizabete saindo do quarto do casal. Vinha vestida com um casaco de peles de Bertha Ryff.

— *Todos vão embora, menos eu. E Georges vai ficar comigo* — disse ela. — *Eu é que sou a verdadeira esposa desse branco. Bertha é uma mulher derrotada. Sem faísca. É madeira molhada. Nela não pega fogo.*

Envergando aquelas despropositadas vestes, a mestiça saiu para o pátio e exibiu-se rodopiando como se bailasse até que o casaco descaiu, deixando-lhe o busto a descoberto. Mas não emendou o deslize. Antes deixou que o corpo todo se expusesse. E assim, desnuda, voltou a entrar em casa. A rainha, divertida, aplaudiu a exibição. Apenas eu reparei que Bertha Ryff se dirigiu à carroça, retirou da bolsa as placas fotográficas do marido e as atirou para o meio do capinzal. E não esquecerei a raiva com que maldisse Elizabete e a sua raça:

— *Malditos mulatos! Que ardam todos no inferno!*

Doeu-me aquela maldição. Era uma dor física, um rasgão de corpo, um punhal afiado por demónios. Nunca pensei que as palavras pudessem magoar assim tanto. E cruzei os braços sobre o ventre como se, assim, deixasse de se ouvir as imprecações da mulher branca.

42

Décima quarta carta do sargento Germano de Melo

Desconhecem os brancos que as pedras se semeiam. E que elas morrem quando arrancadas sem autorização das divindades. Os brancos levam-nas para com elas construírem grandes cidades. Constroem-nas com pedras já mortas e assim fazem apodrecer a terra toda em volta. É por isso que as cidades tresandam.

Bibliana falando sobre os garimpeiros

Chicomo, 24 de dezembro de 1895

Excelentíssimo senhor
Tenente Ayres de Ornelas,

Receio que esta carta nunca venha a chegar às suas mãos. Envio-a sem esperança para Lourenço Marques. O mais provável, porém, é que Vossa Excelência já tenha saído de Moçambique. De qualquer modo uso como portador desta mensagem o cozinheiro que hoje sai de Chicomo. E faço tudo isso porque as novidades que aqui lhe trago não se equiparam a nenhumas outras que até hoje lhe tenho feito chegar. Começo por lhe dizer que tenho pena, Excelência, que não estivesse na sala dos oficiais em Chicomo quando Mouzinho de Albuquerque mandou chamar o capitão Sanches de Miranda. Não tenho palavras para descrever o fulgor que ardia no olhar de Mouzinho de Albuquerque em contraste com a sua fleumática compostura militar. Quando Miranda compareceu, Mouzinho foi parco nas palavras:

— *Vou para a frente com o meu plano!*

— *Agora, em pleno Natal, governador?*

— *Quanto antes melhor. E não me trate assim. Sou capitão, nada mais.*

Mouzinho acabara de ser nomeado governador do distrito militar de Gaza. E, quanto ao assalto ao novo quartel de Gungunhana, ele tinha tudo pensado: para os cafres a ofensiva militar portuguesa tinha parado. O próprio Terreiro do Paço também considerava o assunto encerrado. Da metrópole tinham chegado ordens para retirarmos as nossas tropas.

— *Quer melhor momento do que este?* — perguntou Albuquerque.

Sanches de Miranda recebeu com precaução as ousadas instruções. Quis saber o que faríamos com Gungunhana, se o matávamos, se o prendíamos. Que logo se veria, respondeu Mouzinho. Outro parecer tinha Miranda que acabara de chegar do posto de Languene, na margem norte do Limpopo. Sabia que não estava garantida a simpatia da população em redor de Chaimite. Contudo, Mouzinho era agora bem mais do que um simples capitão. E recebera bem diferentes informações: cinquenta e três chefes de povoação tinham-se acolhido à bandeira portuguesa. Depois de Coolela, a maioria dos regulados tinha jurado fidelidade. *Não confunda lealdade com medo*, apelou o capitão Miranda. Que a cafraria vivia entre dois pavores. De um lado, o temor da crueldade do Gungunhana. Do outro, o pânico de que, depois da nossa vitória, castigássemos os que não estiveram do nosso lado.

Foi nesses termos, Excelência, que decorreu o diálogo entre os dois oficiais. Aquilo que entusiasmava Mouzinho era o que mais me aterrorizava: Imani encontrava-se no último reduto de Gungunhana. Soube disso por um dos militares que ateou fogo ao hospital de Liengme. Segundo essa testemunha, a rainha-mãe forçara a que Imani a acompanhasse. O assalto final ao rei Vátua poderia, num cruzar de balas perdidas, roubar a vida da mulher que me conquistara o meu coração.

— *Posso ir convosco?* — perguntei, timidamente.

— *E quem és tu?* — perguntou Mouzinho.

Adiantou-se Sanches de Miranda. Sabia quem eu era e que serviço desde há um mês vinha prestando na enfermaria. Dada a ausência do médico Braga, o melhor seria eu permanecer no quartel até ao regresso da expedição. Rodrigues Braga retornaria no dia seguinte e assumiria a chefia do posto.

E voltaram os dois capitães a digladiarem argumentos, agora num tom mais grave. Para Miranda a intervenção seria apenas uma temeridade com gravíssimos riscos. Mas nada quebrava a confiança de Albuquerque. Gungunhana não estaria à espera. Acabara de nos entregar o Zixaxa e acreditava, por isso, ter caído nas nossas boas graças. No final da contenda perguntou Miranda se o Comando em Lourenço Marques estava informado daquela operação. E aqui, Excelência, vale a pena reproduzir textualmente a resposta de Mouzinho:

— *Comando? Lourenço Marques? Não sei o que é nem uma coisa nem outra.*

Quando Mouzinho se afastou, o capitão Miranda comentou para mim:

— *Este tipo está louco: cinquenta soldados a pé debaixo destas chuvas vão-se atolar no inferno. Vai ser um suicídio coletivo.*

— *Eu vou no seu lugar* — ofereci-me quando o vi a arrumar a mochila.

Sanches de Miranda suspirou e riu-se.

— *Tenho que ir eu* — reagiu. — *E a razão principal é bem triste. Tenho que ir eu porque serei tomado por um outro.*

Os indígenas pensavam que ele era o Mafambatcheca. Tomavam-no pelo falecido Diocleciano das Neves, esse caçador português que tanto angariara a simpatia dos cafres. Por razão desse equívoco, os negros recebiam as nossas tropas com a maior das hospitalidades sempre que fossem capitaneadas por Miranda.

O pelotão aventureiro acabava de ultrapassar a porta de armas do quartel e o capitão Miranda, como que assaltado por uma súbita urgência, voltou atrás para me comunicar num tom quase desesperado:

— *Queres realmente ser útil? Pois manda imediatamente uma mensagem para Lourenço Marques. Alerta-os para a tragédia que se vai passar.*

E de novo se juntou ao grupo que já se afastava, mato afora. Ainda atordoado pela estranheza daquela ordem, assisti da paliçada do quartel à partida das tropas. Faltavam três dias para o dia de Natal e chovia tanto que era como se aqueles portugueses fossem naus atravessando um oceano. No cais eu via as velas enfrentando as ondas. Podia ser épica aquela visão. Mas era confrangedora: os homens mal podiam suster-se nas pernas, as mulas escaveiradas não tinham força para arrastar as carroças. Não era um pelotão em avanço. Era uma procissão de enfermos a caminho da última morada. Contrastava com esse triste cenário o olhar quixotesco com que Mouzinho de Albuquerque, com porte divino, encabeçava a marcha.

Depois regressei aos meus assuntos. Que era apenas um e que me dilacerava a consciência: a terrível ordem de Sanches de Miranda. Quem me dera que estivesse aqui, meu tenente. Porque a mim me cabia naquele momento segurar numa lâmina de dois gumes. Obedecendo ao capitão, desobedecia ao governador. Enviando a mensagem, eu podia prevenir um desastre de proporções nacionais. Não a enviando, podia inviabilizar a captura final do nosso mais poderoso inimigo. E depois, havia ainda a questão prática: como fazer chegar rapidamente a mensagem a Lourenço Marques? Recordei-me então de que entre os doentes da enfermaria havia um telegrafista. Foi ele que, apoiado nos meus braços, fez seguir a mensagem. Estava tão fraco que tive que segurar-lhe os dedos sobre as teclas. O infeliz soldado esquecia-se, de quando em quando, do código Morse. Depois, como um último fulgor o rosto se iluminava e o homem voltava a percutir a tecla, e aquele irritante matraquear era para mim a mais saborosa música.

Já no meu quarto repensei na escolha de António Enes como destinatário do telegrama. Eu estava consciente de que, naquele momento, o Comissário Régio já havia seguido para Lisboa. Mas pensei que alguém no Comando de Lourenço Marques retransmitiria a mensagem para Lisboa. Essa era a minha fé. Essa era a minha aposta. Aquela esperança esbarrava, porém, contra a muralha da realidade. E o meu tenente sabe do que estou a falar. Reina no nosso Comando Militar a ideia de que, após a batalha de Coolela, o Gungunhana esteja definitivamente derrotado, o seu quartel, destruído e o seu exército, desbaratado.

Quem sabe Vossa Excelência, tal como todos os membros do nosso Estado-Maior, já tenha regressado a Lisboa? Talvez também para si a guerra esteja terminada. Bem pode o Gungunhana vadiar pelas suas terras sem que se tenha rendido. Com exceção de Mouzinho, ninguém tem pressa em o capturar.

No dia seguinte, uma mensagem fez vibrar o nosso telégrafo. O mesmo doente, ainda mais debilitado, foi transcrevendo letra por letra o que, do outro lado do mundo, uma anónima mão ia ditando. Por fim, a mensagem estava caligrafada. O mensageiro hesitou até que, constrangido, me passou o manuscrito. Disse ser apenas um resumo de um texto excessivamente longo. Eram poucas as linhas, mas o efeito que em mim causaram foi o de um sismo. Eis o que estava escrito:

Capitão Mouzinho,
Aborte a Missão e regresse imediatamente com as tropas para Chicomo!
Assinado, o governador-geral interino

Num relampejo a minha decisão estava tomada. Arrumei uma sacola e pedi ao cozinheiro do quartel que descêssemos às pressas para o Sul. Havia que travar Mouzinho. O cozinheiro resistiu. Eu podia ter a chefia do quartel. Mas ele não recebia ordens minhas.

Prometi-lhe dinheiro num valor de que não dispunha. E lá me acompanhou.

O negro, que era baixo e anafado, levava às costas uma mochila com víveres e água. Ainda não deixáramos de ver o quartel quando declarou:

— *Langa.*

— *Não entendo.*

— *É o meu nome. Não me chame mais de cozinheiro.*

E o recém-nascido Langa, o cozinheiro, foi-me conduzindo em passo célere. E logo ali se revelou um companheiro de viagem imprescindível. Pois, sabendo que era portador de um papel precioso, sugeriu-me que o tirasse do bolso. *O suor tem inveja da tinta*, disse com humor. Vinha de Lourenço Marques e há mais de uma dezena de anos que servia no nosso exército. Apesar do porte volumoso, Langa era capaz de um passo estugado e foi assim, sem abrandar a marcha, que me sugeriu que nunca desdenhasse dos cozinheiros. O grande general das tropas de Gungunhana era Maguiguana, um antigo cozinheiro da corte de Muzila.

A um certo ponto cruzámo-nos com um grupo de mulheres. Confirmaram que por ali tinham passado os soldados portugueses. Naquele mesmo lugar, a coluna tinha sido parada por um grupo de Vátuas de cabeças coroadas. Contaram-nos que ao verem Mouzinho se deitaram no chão e saudaram:

— *Baiéte, Nkossi!*

Falaram com ajuda de um intérprete português de raça negra. Declararam que vinham juntar-se às tropas portuguesas.

— *Queremos ver derrotado o Umundagazi, esse abutre cego* — foi o que disseram os cafres.

Os portugueses hesitaram em aceitar aquela ajuda.

— *Podem vir connosco, mas sem armas de fogo* — teria declarado Mouzinho.

E seguiram todos, os cafres e os brancos em direção ao Sul. E seriam agora cerca de dois mil auxiliares que marchavam pela planície de Magunhana.

Uma hora depois chegámos a cantinas de uns baneanes que se encontravam sentados à porta, estendidos ao sol matinal nos degraus de madeira da loja. O comércio das bebidas estava nas mãos desses indianos.

Confirmaram os indianos que as tropas de Mouzinho tinham feito paragem naquela loja para se reabastecerem. Naquela mesma varanda, haviam recebido dois enviados do Gungunhana que vinham oferecer três enormes pontas de marfim e seis libras para a mulher do Mafambatcheca, que era o nome pelo qual os indígenas conheciam o capitão Sanches de Miranda. Não pude, Excelência, deixar de sorrir ao pensar em como Miranda se tenha divertido com o equívoco. Os baneanes conhecem bem a língua local e acompanharam toda a negociação. E contaram-nos que, por intermédio dos seus mensageiros, Gungunhana pedia a Mouzinho de Albuquerque que esperasse por ele na margem do rio. Ali discutiriam a paz de que tanto carecia o sul de Moçambique. Mouzinho, segundo eles, não aceitou a proposta.

Decidimos dormir naquele estabelecimento. Os comerciantes colocaram a loja à nossa disposição depois de espalharem no chão uns panos para nos amortecer o corpo. O cheiro a especiarias podia espantar os mosquitos, mas era tão intenso que nos roubava o sono. Lá fora, a noite era espessa como um lençol líquido, tal era a intensidade da chuva. Abençoei aquela bátega, pois atrasaria a marcha daqueles que perseguíamos.

Antes mesmo dos primeiros sinais da aurora metemo-nos a caminho. Nesse dia as nuvens cobriram o Sol. Valeu-me o à-vontade do cozinheiro Langa naquele ilegível território, pois a floresta por onde caminhávamos era tão escura que os braços alcançavam mais do que os olhos. Assim que desembocámos em terreno aberto, deparámos com dois soldados portugueses que caminhavam penosamente. Junto com eles vinha uma meia dúzia de pretos. Os brancos reconheceram-me. Faziam parte das tropas de Mouzinho, mas tinham adoecido tão gravemente que faziam o regresso ao quartel de Chicomo. Quando anunciei o meu propósito, eles riram-se: *Parar Mouzinho? Mais fácil parar o vento!* As tropas que nós perseguíamos levavam agora uma dianteira de uma meia dúzia de milhas. Lembravam-se os enfermos que o último local a que tinham chegado era uma lagoa chamada dc Motacane. Os portugueses estavam mortos de sede e a lagoa era extensa e funda. Contudo, assim que viram aquela toalha líquida, os auxiliares negros correram às centenas para se banharem. Lavavam-se e bebiam ao mesmo tempo, revolvendo o lodo e convertendo a água num líquido viscoso e malcheiroso. Sedentos, os portugueses maldisseram os negros e a sua falta de maneiras. Preocupado com a saúde do capitão Sanches de Miranda, ainda ocorreu a Mouzinho de Albuquerque que o seu companheiro de armas também devia ser evacuado para Chicomo. Desde que saíra do quartel Miranda sofria de febres altas e vomitava tanto que os olhos se ressequiam como duas pedras escuras. Mas o adoentado capitão recusou-se a regressar. Mesmo contrariado, iria até ao fim daquele louca odisseia. Não pelo que pudesse fazer, mas por aquilo que poderia evitar.

As notícias não eram assim tão más. Foi o que pensei. Qualquer atraso na marcha de Mouzinho era para mim um bálsamo. Talvez eu seja pessimista por natureza, mas, a todo o instante, eu via o corpo de Imani varado de balas. Às vezes, eram balas perdidas. Outras vezes a matança era intencional e visava toda a família real. A minha amada tombava, confundida com uma das mulheres do imperador.

43

Tudo o que cabe num ventre

Eis a receita que vos dou. Ide aos jovens, acabados de sair da infância. Roubai-lhes os nomes, retirai-os das terras e das famílias, secai-lhes a alma: os vossos soldados conquistarão impérios.

Ngungunyane, citado por Bertha Ryff

Os portugueses chamavam-lhe Chaimite. Não importa o rigor do nome: Txaimiti não era um lugar onde se esperasse encontrar um rei. Talvez fosse essa a intenção de Ngungunyane: que ninguém adivinhasse o seu novo paradeiro. Quem foge não quer apenas sair de um lugar. Quer que deixem de haver lugares. E o rei dos Vanguni queria estar junto dos que já tinham morrido. Ali estava sepultado o seu Manicusse. Aquela era uma terra sagrada. Melhor proteção não poderia escolher.

Era a Txaimiti que chegávamos eu e a rainha depois de termos atravessado a planície de Mandhlakazi em chamas. Longe, para além da cortina de fumo, ficava o hospital do suíço. Para se chegar ao casario onde o imperador se encontrava era preciso atravessar uma vedação circular feita de estacas de madeira e ramos de espinhosas. A única maneira de o fazer era por uma entrada que tinha menos de um metro de altura e outro tanto de largura. Foi rastejando como bichos que eu e a rainha-mãe entrámos num pátio espaçoso cercado por uma dezena de casotas de argila e colmo. Aquelas povoações dos Vanguni eram conhecidas como os *xigodjo*. Acabávamos de chegar da nossa atribulada viagem e logo ali nos apresentámos sem banho nem repouso. No centro do recinto encontravam-se sentadas as rainhas que o rei escolhera para o acompanhar naquela romaria. Sentadas todas as sete rainhas, eternamente sentadas, as rainhas sem trono. De súbito, de uma sombra lateral, ergueu-se uma outra mulher que eu logo identifiquei mas cujo nome se enrolou no meu espanto:

— *Bibliana!* — chamei.

Apressava-me a cair nos seus braços quando, com um simples gesto, a milagreira de Sana Benene sugeriu que eu guardasse contenção e distância.

— *Fui eu que a mandei chamar* — afirmou Impibekezane. E explicou: Bibliana era da nação dos Vandaus. A própria rainha pertencia a essa gente. Os dois reis que antecederam Ngungunyane fizeram a capital nessa outra nação. Fazia falta alguém que falasse com os poderosos espíritos desse outro lado do rio. Esse era o motivo da presença de Bibliana. Txaimiti era um lugar sagrado. E um lugar assim só se abre com a bênção de poderosos sacerdotes.

Rapidamente se fez escuro. Dormimos ao relento pois não havia lugar dentro das casas. E mesmo que houvesse, mais protegida me sentia longe daquelas paredes. Busquei um canto, afastada de todos. Sobretudo, afastada de todas. Era assim, ao relento, que desde havia meses dormia a maior parte da gente de Gaza. As casas estavam vivas apenas durante o dia. De noite apagavam-se como uma lua nova.

A meio da noite, embrulhada num sobretudo preto, surgiu Bibliana. Parecia uma criatura emanada da própria noite. Deitou-se a meu lado e mandou que falássemos em surdina.

— *O meu pai?* — perguntei, ansiosa.

— *Ficou lá, vim só eu. Mas ele está bem.*

— *Ele fala de mim?*

— *Mandou-te um recado. Pediu apenas que não te esquecesses do que prometeste.*

— *Eu devia ter ido com os suíços.*

— *Irás com os portugueses.*

— *Não acredito nas suas adivinhas.*

— *Não é uma adivinha. É uma negociação. E não fui eu que a fiz. Foi a rainha. Negociou com os portugueses. E irás com eles.*

— *Não acredito.*

— *Pois acredita. Impibekezane mandou esta noite um mensageiro ao encontro do Mafambatcheca.*

— *Esse homem há muito que morreu.*

— *Esse que dizes que morreu amanhã mesmo vai entrar fardado neste recinto.*

Um dedo sobre os lábios e era o modo de me fazer calar. Eu que, em silêncio, escutasse as suas importantes recomendações. Na manhã seguinte deveria sentar-me perto mas não demasiado junto dela. Uma guerra de espíritos iria acontecer naquele lugar. Não valia a pena convocar invejas. Por essa razão eu devia conservar-me afastado das rainhas. Impibekezane, num certo momento, me mandaria chamar. Eu me apresentaria descalça, tão descalça como se me faltassem os próprios pés.

— *É assim que está combinado* — rematou Bibliana. E ficamos caladas, tragadas pelo escuro. Quando já a imaginava adormecida, a milagreira voltou a falar.

— *Vai ser um rapaz.* — E fez uma pausa. — *Esse filho que trazes no ventre é um rapaz.*

Então, as mãos de Bibliana aconchegaram-me a barriga. Fiquei de pedra, toda eu pedra, menos a água que me molhava o rosto. Eu estava grávida. E eu já amava essa criatura que se aninhava no meu corpo. Amava-a mais do que a Germano, que desconhecia estar a caminho de ser pai. Amava-a mais do que a mim mesma.

Um sentimento fundo me dividia: parte de mim queria esconder aquela gravidez. Outra parte rezava para que aquele meu ventre fosse notado. E mais que notado, celebrado. Na véspera de ser mãe eu precisava mais do que nunca de ser filha. E ali estava uma maternal presença me confortando. Uma mãe que era minha por empréstimo me embalava com o simples pousar do seu braço sobre o meu ombro.

Naquela noite fui de novo visitada pelo sonho do parto das armas. Dessa vez, o sargento Germano estava de pé, ao lado da parteira. Aguardava com postura militar a chegada do seu filho. Depois do último espasmo, emergiu do meu ventre uma azagaia. Era uma azagaia linda, com o punho decorado com missangas negras e vermelhas. Desiludido, o sargento deu um passo atrás e assim se manifestou:

— *Eu tinha pedido uma espada. Uma espada, Imani. E*

agora, o que vou dizer aos meus superiores? O que vou dizer à minha mãe?

A mágoa por não corresponder às expetativas de Germano sobrepunha-se às dores do parto.

— *Desculpe, Germano* — lastimei-me —, *mas é essa a nossa filha, a azagaia; segure-a nos seus braços.*

O português contemplou com reserva a recém-nascida, a hesitação dançando-lhe nos olhos, e acabou confessando:

— *Não consigo. Desculpa, Imani, essa não é a minha filha.*

De madrugada acordei ensopada, água no meio do cacimbo. Bibliana já se havia levantado. Em seu lugar estava sentada a rainha-mãe, que me saudou em ciciada voz. Depois, em tom monocórdico, foi-me tranquilizando sobre o que iria acontecer naquela manhã. Eu que estivesse tranquila. Porque ela conhecia quem comandava aquele grupo de soldados portugueses. Esse homem tinha dois nomes e duas vidas. Os portugueses chamavam-no de Diocleciano das Neves. Os negros chamavam-no de Mafambatcheca. Diocleciano morreu há uma dúzia de anos. Mas o Mafambatcheca continuava caminhando e sorrindo pela savana. E continuava a ser um branco bom, um velho amigo da família. Assim que entrasse no *xigodjo* e desse de caras com ela, o português haveria de a saudar com amizade, abraçaria o seu filho e brincaria com o neto Godido.

— *Estivemos fora estes dias, como sabe que é esse homem que comanda os soldados?* — perguntei a medo.

— *Alguém me disse que o viu marchando junto à lagoa.*

— *Mas, minha rainha, doze anos se passaram. Não será o filho dele?*

Não havia dúvidas para Impibekezane.

— *É ele mesmo* — assegurou a velha senhora. — *Em todas as raças há os que morrem e voltam. Nos brancos também os há. Começou com Cristo.*

— *Venha comigo, vou tratar Ngungunyane* — disse-me Bibliana. Estava escuro e ela, sem esperar a minha reação, foi andando e, mesmo de costas, apontou uma pequena fogueira que bruxuleava num dos recantos do alpendre. Ali me sentei, ensonada, pensando nas palavras da adivinhadeira. Disse que ia tratar Ngungunyane. Não disse que ia tratar de Ngungunyane.

Não tardou a que Bibliana trouxesse consigo o imperador, enlouquecido pelas antecipadas saudades do seu próprio império. Embrulhado numa manta, o rei calcorreou o terreiro com passos de prisioneiro, como se temesse um súbito abismo no escuro. Imobilizou-se Ngungunyane perante as chamas, os pés nus perigosamente próximos do fogo. A mulher puxou-o um pouco para trás e segredou-lhe ao ouvido:

— *Olhe bem as chamas.*

— *Onde outros veem chamas, eu apenas vejo sombras.*

— *Eu sei qual é o seu medo* — disse a mulher. — *Quem olha o fogo vê o mar.*

— *Esta noite sonhei com o mar. Sabe o que quer dizer? Que o meu fim está próximo.*

E então Bibliana vazou um pequeno recipiente de água sobre os pés do imperador.

— *O mar pode ser uma prisão* — afirmou a adivinhadeira. — *Mas pode ser a tua fortaleza, uma fortaleza que te protege mais que qualquer* xigodjo. *Quem mais te quer matar já não são os outros. São os teus, Nkossi. Protege-te dos teus.*

E despejou as últimas gotas sobre as pernas do Umundungazi enquanto dizia:

— *Esta água vem do mar. E agora vou voltar para minha casa* — declarou, enfim, Bibliana. Falou mais alto para que a escutasse. Fiz tenção de me aproximar e ela estendeu o braço. — *Não há despedida, eu não saio de dentro de si.*

O sol tinha acabado de se erguer e eu já tinha ocupado, como me haviam instruído, um lugar discreto num pátio de areia, frente à casa onde se escondia Ngungunyane. Sentei-me de costas para Bibliana. E imitei o que as demais mulheres faziam: calada, de olhos no chão, esperei pelo Tempo. No limite daquele átrio estavam sentados os dignitários da corte. Ocupavam vistosas cadeiras e usavam das tradicionais caudas de bois-cavalos para sacudir com preguiça as dolentes moscas. Tudo isso se passava sob a proteção de largos sombreiros que jovens seguravam horas a fio.

Esperava-se pela chegada dos indunas Zaba e Sukanaka, que haviam sido enviados por Ngungunyane para tentar travar o avanço dos portugueses. Levavam com eles seiscentas libras e dentes de marfim. Com esses trunfos tentariam comprar a desistência dos atacantes.

Não tardou que esses emissários regressassem a Txaimiti. Assomaram à entrada do cercado e sacudiram a cabeça. Mandou então o Manhune, o conselheiro principal da corte, que partisse uma nova delegação. E seguiram os mesmos indunas, dessa vez capitaneados por Godido, o filho predileto do rei. Nova espera, o mesmo calor, os mesmos olhares de soslaio das rainhas. Uma delas levantou-se para distribuir água pelos presentes. Apenas eu fui excluída dessa simpatia. Foi Impibekezane que, apenas com um gesto, fez corrigir aquela omissão.

Uma hora depois regressou Godido. Levara aos portugueses uma nova oferta: o mesmo valor em dinheiro e marfim, acrescido de sessenta e três bois e dez mulheres de Zixaxa. Uma vez mais, a proposta tinha sido recusada. Tinha sido a última cartada. Agora só restava esperar pela invasão.

Sob um agoirento silêncio se fez escutar a poderosa voz de Impibekezane. Falava como se no dia seguinte já não houvesse mundo:

— *Ninguém dispara, ninguém protesta. Não vai haver sangue. Foi Muzila que esta noite me falou.*

E escutaram-se então os primeiros sinais da chegada dos portugueses. Ali estavam eles à porta do *xigodjo*. Virei o rosto sem coragem de enfrentar a realidade. E o que vi foi o espanto no rosto da rainha-mãe. Quem arrombava a paliçada não era o tão esperado Mafambatcheca. Nem ele nem o Diocleciano, o seu gémeo teimosamente falecido. Quem arrebatadamente penetrava pelo sagrado recinto era um outro militar português, alucinado e aos gritos. Entraram outros brancos e não se vislumbrava o Mafambatcheca. Soubemos depois que, gravemente doente, o capitão fora poupado ao assalto final. Repousava a uma centena de metros da povoação.

A rainha-mãe sentiu-se perdida. Tudo o que tinha por certeza se desmoronara. E aquele branco que ali se apresentava aos gritos de "*Gungunhana!*" tinha no rosto todas as intenções, menos a de uma conversa amena. Era o fim.

E foi então que a grande mulher, em prantos, se lançou aos pés do militar português. Implorava que fossem poupadas a vida do seu filho e a do seu neto Godido. No sentido inverso, eu suplicava secretamente que aquela espada descesse sobre o imperador e aquelas mãos brancas vingassem os meus irmãos negros. O choro da mãe, porém, foi mais forte que o meu apelo a Deus.

44

Décima quinta carta do sargento Germano de Melo

[...] *Chamei Gungunhana muito d'alto do meio d'um silêncio absoluto, preparando-me para lançar fogo à palhota, caso elle se demorasse, quando ví sahir de lá o régulo Vátua que os tenentes Miranda e Couto reconhe-ceram logo por o terem visto mais de uma vez em Manjacaze. Não se pode fazer ideia da arrogância com que respondeu às primeiras perguntas que lhe fiz. Mandei-lhe prender as mãos atraz das costas por um dos dois soldados pretos e disse-lhe que se sentasse. Perguntou--me onde, e como eu lhe apontasse para o chão, respondeu--me muito altivo que estava sujo. Obriguei-o então à força a sentar-se no chão (cousa que elle nunca fazia), dizendo-lhe que elle já não era régulo dos Mangunis, mas um matonga como qualquer outro. Perguntei ao regulo por Quêto, Manhune, Molungo e Maguiguana. Mostrou-me Quêto e o Manhune que estavam ao pé d'elle e disse que os outros dois não estavam. Exprobei ao Manhune (que era a alma damnada do Gungunhana) o ter sido sempre inimigo dos portugueses, ao que elle só respondeu que sabia que devia morrer. Mandei-o então amarrar a uma estaca da palissada e foi fuzilado por três brancos. Não é possível morrer com mais sangue-frio, altivez e verdadeira heroicidade; apenas disse sorrindo que era melhor desamarral-o para poder cahir quando lhe dessem os tiros. Depois foi Quêto. [...] Elle fora o único irmão de Muzzilla que quizera a guerra contra nós e o único que fora ao combate de "Coollela". [...] Mandei-o amarrar também e fuzilar.*

Joaquim Mouzinho D'Albuquerque, extrato do relatório apresentado ao conselheiro Correia e Lança, governador interino da província de Moçambique, pelo governador militar de Gaza, 1896.

Chaimite, 31 de dezembro de 1895

Excelentíssimo senhor
Tenente Ayres de Ornelas,

Nota prévia
Esta é a última carta deste ano fatídico. Por ser o últi-
mo dia, quero desejar-lhe um ano cheio de sucessos na sua
carreira. Mas também por ser a véspera de um novo tempo,
permito-me iniciar esta missiva com a seguinte anotação
preliminar: já não é para si que escrevo. Apenas para mim
mesmo mantenho o labor da escrita. Estes papéis nunca serão
cartas. Ainda assim vou escrevendo como se amanhã Vossa
Excelência fosse ler estas atabalhoadas linhas. Considero-
-as um pequeno diário dos meus mais atribulados dias em
África. Considero-as uma parte de mim.

Cheguei a Chaimite mas fiquei impedido de entrar onde queria: uma multidão de mais de duas mil pessoas rodeava o novo *xigodjo* de Gungunhana. Vossa Excelência certamente saberá que *xigodjo* é o nome que os indígenas dão aos fortes reais. Apesar de tão numerosa, a multidão mantinha-se num silêncio quase religioso. Ao ver tanta gente, o cozinheiro Langa declarou, apressado: *você vai, eu fico por aqui*. E abrigou-se à sombra de uma figueira africana, a uns cinquenta metros da multidão. Fui com ele, tentando dissuadi-lo. Continuava a precisar da sua ajuda, não mais como guia, mas como tradutor. De repente, naquela mesma sombra deparei com o capitão Sanches de Miranda. Estava deitado sobre uma esteira, pálido como um morto. Dois soldados faziam-lhe companhia e explicaram-me que o capitão estava tão fraco e desidratado que sofria de consecutivos desmaios. Naquele preciso momento parecia desperto, e eu, sem o saudar, retirei da mochila o papel com as instruções recebidas do governo-geral. *Leia, capitão, leia*, e agitei o papel. Mas Sanches não via nem letras, nem papel, nem pessoas.

Escutei a multidão explodir em delírio, os guerreiros batendo com os escudos no chão. Um grupo de mulheres passou por nós gritando:

— *Gungunhana sentou no chão! Os portugueses já o têm amarrado.*

E passaram grupos de pessoas cantando em coro:

— *Abutre, abutre, vai-te embora, abutre. Nunca mais assaltarás as nossas galinhas.*

Procurei pelo cozinheiro, mas já tinha desaparecido. Ergui-me, decidido: abriria caminho entre os negros, fossem eles quantos fossem, demorasse o tempo que demorasse. Entre imprecações e cotoveladas fui criando espaço, mas, depois de desesperados momentos, a paliçada do *xigodjo* ainda não era visível. E, de repente, escutei tiros. Um velho encavalitado sobre um portentoso jovem disse-me que tinham acabado de fuzilar um "grande" do Gungunhana. Ofereceu-se para ceder a sua posição, às cavalitas do seu gigantesco amigo. Demorei a escalar aquele brutamontes que de costas nuas transpirava copiosamente. Daquele posto elevado, fui capaz de ver um homem a ser amarrado. Ao meu lado alguém segredou: *aquele é Manhune, o maior dos indunas.* Depois estranhamente o conselheiro foi desamarrado. Iria ser liberto? Era o que parecia, pelo sorriso confiante que se lhe acendia no rosto. Mas logo se repetiu uma rajada de tiros e Manhune desabou. E fez-se um silêncio sepulcral. Receando que o tiroteio se generalizasse, a multidão começou a recuar. À minha frente abriu-se uma pequena clareira e saltei das costas do negro aos gritos:

— *Abortem a operação! Abortem a operação!*

Estava tão excitado que demorei a aperceber-me do ridículo dos meus propósitos e, sobretudo, do caricato uso do verbo "abortar".

Desisti da gritaria, mas continuei rompendo por entre os negros. Encostado à paliçada, espreitei entre os troncos para ver Mouzinho de costas e uma mulher idosa ajoelhada a seus pés suplicando:

— *Mulungu, eu sou a rainha. Não mates o meu filho, nem o meu neto Godido.*

Em desespero os meus olhos procuraram por Imani. Mas ela não se avistava entre as mulheres que ocupavam o pátio. Um jovem empoleirado em cima de uma árvore foi-me relatando o que se passava dentro do recinto: Gungunhana entregava ouro e diamantes e prometia gado e marfim que tinha escondido. Nessa altura, um grupo de soldados alargou à força a entrada e derrubou parte da paliçada. Venci o que restava do obstáculo e voltei a gritar por Imani. Na pressa, esbarrei contra o tenente Costa, que era quem secundava Mouzinho no comando daquela operação. Saudou-me e disse-me que um dos soldados que apoiava Miranda me havia falado do estranho propósito daquela minha aparição.

— *Não acredita em mim, meu tenente? Foi o próprio António Enes que escreveu esta ordem* — e agitei a folha de papel que ainda em meus dedos teimava.

O tenente empurrou-me na direção de uma comitiva de soldados e prisioneiros acabada de se formar. Enquanto me conduzia por entre encontrões, o tenente explicou-se. O problema, se é que houvesse problema, não estava com quem escreveu a mensagem. O problema estava com quem a iria ler. Mas isso não aconteceria nunca. Porque um ufano Mouzinho de Albuquerque, de espada em riste, não tinha olhos senão para exibir o seu triunfo e esfregar aquela afronta na cara dos que dele duvidavam.

— *Esqueça a mensagem. Não se pode cancelar aquilo que já terminou. E agora, venha connosco, voltamos juntos* — instou o tenente.

E fui seguindo aquela estranha procissão, sem parar de vasculhar por entre a massa de gente que se aglomerava à nossa volta. Felizmente, os soldados solicitaram um repouso para reparar forças antes do regresso. Contrafeito, Mouzinho acedeu. A pausa teria que ser breve.

Temia ele que, depois de uma primeira estupefação, os Vátuas se reorganizassem e resgatassem à força o seu imperador.

Amparado por dois soldados, surgiu então o capitão Sanches de Miranda. O improvável êxito da missão parecia tê-lo reanimado. Mouzinho desceu do cavalo para abraçar o desvalido companheiro. E antes de corresponder às saudações, com voz frágil, Sanches de Miranda perguntou:

— *Por que tivemos que os fuzilar?*

— *Se assim não fosse éramos tidos como fracos* — retorquiu Mouzinho.

Já nos chamavam de mulheres e de galinhas. Era preciso marcar com sangue a nossa autoridade. E voltou Mouzinho a montar o cavalo. De cima da sua montada viu os seus homens procurando por um lugar seco entre o capim encharcado de água. Um sorriso iluminou-lhe o rosto. Fazendo uso do seu tradutor pessoal, deu ordem aos guerreiros Vátuas para lançarem os escudos ao chão. Serviriam esses escudos de almofadas para que os brancos se sentassem. Um rumor de protesto percorreu os soldados de Gungunhana. Estavam vencidos, mas não tinham perdido o orgulho. Deixar tombar os escudos seria a última das humilhações no seu código de honra. Perante aquele embrião de desobediência, Mouzinho ergueu a espingarda e fez voltear o cavalo num largo e vistoso círculo. De imediato os soldados vencidos começaram a depositar no chão as suas armas. E voltou o capitão para junto de Sanches de Miranda com um quase imperceptível sorriso:

— *Vê como se faz?*

45

O rio derradeiro

*Nunca se conseguiu perceber bem o verdadeiro senti-
mento dos Nguni em relação ao Gungunhana. Sem
dúvida que o reconheciam como chefe militar e político,
mas tinham-lhe mais medo do que amor. Consta-se que,
quando finalmente Gungunhana foi levado pelas tropas
de Mouzinho de Albuquerque, aquela multidão gritou o
seguinte: "Hamba kolwanyana kadiuqueda inkuku
zetu", expressão zulu que significa "Vai-te embora, seu
abutre que dizimas as nossas galinhas".*
Raul Bernardo Honwana, *Memórias*, 2010.

Juraria ter visto Germano entre a multidão. Um branco entre uma multidão de negros é sempre uma criatura exposta. Não tanto pela cor da pele, mas pela falta de jeito para ser parte dessa multidão. Corri para ir ter com ele, o coração saltando-me do peito. Queria abraçá-lo, queria contar-lhe que estava grávida, queria um abraço que extinguisse a saudade.

Mas a silhueta eclipsou-se. E eu mesma me apaguei no meio daquele caos. De novo vislumbrei um soldado branco e gritei pelo nome de Germano. Mas foi um atónito Santiago da Mata que me enfrentou. Demorou uns segundos a reconhecer-me. Estava congestionado, de rosto vermelho e caminhava dobrado sobre si mesmo. Apressadamente me pediu:

— *Vigia-me bem esta espingarda enquanto me sirvo*

*daquelas moitas. Cuidado, agarra-me bem esse tesouro, que
há muita pretalhada à solta por aí.*

E deixou a arma nos meus braços. Via-se que ia com
urgência, pelos passos mínimos e a velocidade máxima.
E ia desapertando as calças enquanto se agachava por
entre as folhagens. E ali ficou entre esgares e gemidos.

Um turbilhão de pensamentos desfilou pela minha
cabeça. Vi passar essas mulheres do imperador cuja
principal tarefa era serem invisíveis. E, na direção
inversa, marcharam mulheres calçadas que, de passo
digno, traziam livros e cadernos nas mãos. E outras
se vestiam de enfermeiras e caminhavam de ombros
erguidos e olhar seguro. A pergunta que naquele momento me assaltava era esta, simples e terrível: o que é
que nenhuma mulher negra tinha alguma vez ousado
fazer? E a resposta surgia óbvia: matar um branco a
tiro de espingarda.

E de súbito, como se tivesse sido tomada por uma
outra alma, alcei pela culatra a espingarda de Santiago
e contornei com decisão os arbustos onde ele se ocultava. Encontrei o capitão de cócoras, nessa devota entrega que é o alívio de uma cólica intestinal. Encostei
o cano da arma na sua enrugada testa e disparei. E vi o
homem tombar com a mesma expressão de Francelino
ao morrer, os olhos cheios do espanto dos recém-
-nascidos. O militar sangrava e estrebuchava com tal
vigor que, sem hesitar, desfechei nele um segundo tiro.
E essa outra alma que me ocupava usou da minha boca
para proclamar:

— *Tem razão, Santiago da Mata, há muita pretalhada
à solta por aqui.*

Por um momento, um novo sentimento tomou conta

de mim: eu era dona do mundo, vingadora dos injustiçados, rainha dos negros e dos brancos. Era parceira de Bibliana na divina obra de corrigir o mundo.

Depois, já caída em mim, olhei em volta receosa de que os disparos tivessem atraído a curiosidade alheia. Mas no meio de tanta celebração ninguém tinha dado conta do que ali acabava de ocorrer. Empunhando a arma fui abrindo caminho por entre a multidão enlouquecida. À minha frente passou o séquito dos prisioneiros Vanguni ladeado pelos soldados portugueses. Sete esposas do rei abriam o desfile. Mais atrás seguiam Godido e Mulungo, respetivamente o filho e o tio de Ngungunyane.

Escondi a arma por baixo de uma das capulanas que me cobriam. A mão esquerda oculta entre os panos roçava nervosamente o cano da espingarda. Esperava que surgisse o rei de Gaza para finalmente cumprir a última das prometidas vinganças. Passaram por mim o grupo dos comandantes portugueses. Foi então que desfilou Mouzinho de Albuquerque. Parecia um deus em cima do seu cavalo branco. Quando comigo cruzou o olhar, Mouzinho fez uma subtil inclinação de cabeça. Desprendeu-se do seu rosto aquilo que me pareceu primeiro ser uma translúcida borboleta. E tombou uma espécie de asa de luz, um pedaço de sol desgarrado. Dei um passo em frente e abri em concha a mão direita. Assim que recolhi o objeto, percebi que se tratava de um vidro pequeno e redondo. Devolvi o transparente objeto e Mouzinho sorriu e agradeceu. *Não devia vir para o mato de monóculo*, disse. E havia no seu sorriso uma tristeza profunda.

De repente, alguém gritou numa voz familiar: *é*

ela! E o clamor repetiu-se. Era Impibekezane que apontava para mim aos berros e fazia parar o cavalo do capitão.

— *É ela, é a mulher de que lhe falei há pouco* — disse afogueada. E acrescentou, num suspiro fundo como se fossem as suas derradeiras palavras: — *Esta é a última esposa do meu filho.*

— *Tragam-na junto com as outras mulheres* — ordenou lacónico Mouzinho apontando para mim.

— *Mas já trazemos sete, meu capitão* — protestou timidamente o tenente Couto.

— *Pois que sejam oito.*

Percebi que não havia tempo a perder. Porque, naquele preciso momento, por trás de Impibekezane surgia a figura malquista do imperador. Com mil cuidados fiz subir a espingarda pelo corpo, colocando-a em posição para a descarga. E foi quando a arma me começou a escapar dos braços. Alguém me retirava o fuzil sem alarde, mas com firmeza. E era Germano, o meu Germano! A meu lado, colado a mim, o meu sargento forçava a que lhe passasse a espingarda. E segredou-me:

— *Que loucura é essa? Queres ser morta?* — E, depois, perguntou incrédulo: — *E Santiago, fostes tu?*

As nossas mãos tocaram-se em segredo, os meus dedos escalando os dedos que lhe restavam. E toda a minha vida emigrou para aquele gesto. Foram escassos segundos, mas demorou toda a eternidade, até que um soldado me arrastou à força. Mouzinho tinha pressa em sair do lugar, havia por ali muita gente armada e ninguém confiava na facilidade com que toda aquela operação decorrera.

A comitiva apressou o passo e o soldado que me

conduzia tirou de uma corda para me começar a atar os braços. Germano, que ficara distante, não entendeu o que se passava. Quando me viu ser amarrada, acreditou que me culpavam pela morte do Santiago. Foi quando ergueu da espingarda e começou a gritar:

— *Essa mulher é inocente. Fui eu que matei Santiago! Fui eu que o matei.*

E a última coisa que vi foi dois soldados prenderem Germano de Melo. E escutei a sua inconfundível voz implorando:

— *Cuidado com as minhas mãos, não me amarrem nos pulsos.*

Preparava-me para acudir a favor do meu amado quando os braços da rainha me envolveram no que parecia ser um abraço de despedida. Assim enlaçada ela segredou:

— *Deixa-o, agora és esposa do meu filho.*

O sargento deixou de se ver, deixou de se ouvir. Foi tragado pelo desarrumo do cortejo.

E eu, de pulsos atados e mais amarrada ainda pelo abraço de Impibekezane, suspirei, resignada. Só então a rainha-mãe abrandou o aperto dos seus braços.

— *Para uma esposa do rei vais demasiado despida* — disse ela.

E colocou-me no pescoço um fio de missangas com uma vistosa azagaia de cobre como pendente. Disse que aquele amuleto me protegeria a mim tanto quanto ela esperava que eu protegesse o seu filho.

E a rainha-mãe virou de costas e iniciou o regresso à sua aldeia. Ou melhor, às cinzas do que fora a sua aldeia. Bibliana tinha vaticinado que Impibekezane seria assassinada pelas suas próprias tropas. Mas a velha senhora parecia já desprovida de vida quando silenciosamente se despediu do filho e do neto.

E caminhei como se fosse sozinha naquele extenso cortejo. Dirigimo-nos para sul, atravessando a planície de Languene. Caminhámos dois dias sob intensa chuva até desembocarmos em Zimakaze, na margem do grande rio que os portugueses designam de Limpopo e a quem a gente local chama de "o rio grávido". E mandou Mouzinho que me libertassem das cordas. Teria preferido as amarras cravando-se na carne aos olhares de perfídia que me dedicaram as sete rainhas. Depois, mergulhei o meu corpo no corpo do rio. E só então dei conta de que ambas as margens se haviam enchido de gente.

Àquele nosso porto veio ter uma coluna de soldados portugueses vindos de Chicomo. E traziam consigo Zixaxa e duas mulheres que ali se encontravam aprisionadas. A elas se haviam juntado no caminho outras oito esposas. Impressionou-me, confesso, a serena dignidade do Zixaxa. Sentado no embarcadouro, com as mãos atadas por trás das costas, contemplava a outra margem do rio como se fosse o único habitante do mundo. Lá do outro lado ficavam os seus domínios, aos quais ele suspeitava nunca mais poder regressar. Esse porte aristocrático incomodou o rei de Gaza, que fingiu ignorar aquele que durante meses havia protegido. E deve ter incomodado também Mouzinho de Albuquerque, pois mandou interromper a cerimónia de distribuição das recompensas aos chefes locais que apoiaram o assalto a Txaimiti. O chefe português interpelou nestes termos o prisioneiro:

— *Escolhe três.*

Sabiam os dois homens do que falavam. Com um simples sinal do rosto o Zixaxa designou as mulheres que o iriam acompanhar. As restantes esposas foram doadas por Mouzinho aos chefes aliados dos portugueses.

Nesse instante começou o embarque para um navio de três mastros que os portugueses chamavam de "corveta *Capello*". E logo se espalhou o maior pânico entre o rei de Gaza e a sua corte. Sabiam que o rio era apenas um caminho para chegarmos ao mar. Aquela viagem era, pois, a mais mortífera das transgressões. O oceano era, para aquela gente, um lugar interdito, sem nome e sem destino. Embarcaram chorando como condenados à morte.

No convés, já à vontade como se o barco fosse a sua terra natal, os soldados portugueses ergueram as espadas e desataram aos vivas ao seu rei. Da margem do rio, as filas imensas de guerreiros ergueram as azagaias e responderam em uníssono: *Baiete!* E não se percebia que rei eles assim saudavam.

Mouzinho contemplou Ngungunyane abatido a um canto. E pediu que não se pusessem logo os motores do barco em marcha. Avançou para a proa e ali se exibiu como se posasse montado no seu cavalo. Impressionados, os milhares de guerreiros entoaram um vibrante hino militar. No final do louvor, uma tempestade de insultos foi dirigida ao Ngungunyane, esse mesmo rei que durante anos tinham idolatrado. Mouzinho de Albuquerque puxava lustro à sua vitória. E deixava claro para todas aquelas tropas que o reino de Gaza tinha chegado ao fim.

O barco seguiu corrente abaixo, os marinheiros atentos aos baixios que podiam travar uma viagem que se queria célere e sem interrupção. Mouzinho veio colocar-se a meu lado e depois de uma pausa perguntou se falava português.

— *Estou a aprender* — respondi.

Ele sorriu, como se aquela confissão fosse mais um sinal de submissão da minha raça. Aproximou-se de nós o comandante do navio, que fez continência e estendeu ao português um papel. E depois anunciou:

— *Este telegrama chegou há três dias e foi enviado pelo governo-geral em Lourenço Marques.*

Mouzinho de Albuquerque sorriu para mim enquanto retirava do bolso o seu monóculo.

— *Vamos ver se me salvaste a visão para uma boa ou má notícia.*

Leu em surdina, abanou a cabeça e suspirou: não era sequer uma notícia. E devolveu o telegrama ao comandante do navio mandando que convocasse os oficiais para ali se juntarem. Quando todos se fizeram presentes, o capitão anunciou que iria ler uma mensagem vinda de Lourenço Marques. E todos pensaram que se trataria de congratulações pelo sucesso de Txaimiti. *Já há reações?*, perguntou um, mais impaciente. A compassada leitura de Mouzinho trouxe uma surpresa:

Sr. capitão
Mouzinho de Albuquerque,

Não convindo sujeitar as nossas forças às catastróficas contingências de uma derrota que anularia os efeitos morais e políticos das vitórias até agora alcançadas, deve Vossa Excelência abster-se imediatamente de toda a intervenção

sobre o Kraal do rei de Gaza. Assinado, o governador-geral
interino de Moçambique, Conselheiro Correia Lança

Depois de uns breves segundos de silêncio, rompe-ram os oficiais numa risada coletiva, e foi tal a exultação que o próprio Ngungunyane, não entendendo do que se tratava, esboçou um tímido sorriso de simpatia.

Afastei-me daquela gente e daquela alegria a que eu não pertencia e sentei-me junto da amurada no navio. Seria natural que a grande dúvida do que me iria acon-tecer me rasgasse a alma. Mas eu, naquele momento, era feita apenas de passado. Deixei que a corrente do rio me inundasse os olhos. E passaram por mim os meus parentes, vivos e mortos, passaram por mim os lugares em que vivi, as pessoas que amei. E mais do que todos recordei Germano de Melo. E pensei: mesmo que nunca mais o encontre, esse homem está agora vivo dentro de mim. E acariciei o ventre como se tocasse quem dentro dele habitava. Ao tocar esse filho vindouro, eu afagava a mãe que tinha perdido. As minhas mãos costuravam as linhas do Tempo.

Naquele barco viajavam não apenas pessoas diversas, mas mundos em colisão. As mulheres do Ngungunyane dividiam olhares sombrios entre mim e as esposas de Zixaxa.

Não se encararam nunca os dois monarcas. Eram duas figuras absolutamente distintas, o Zixaxa e o Ngungu-nyane. O primeiro sentado num apoio do cordame, tronco hirto, como se aquele improvisado assento fosse um trono. Envolto numa manta e dobrado sobre si mesmo, o rei de Gaza era o retrato da decadência. A um certo ponto, Zi-xaxa apontou para as nuvens e disse para Ngungunyane:

— *Não olhe as águas que enjoa. Olhe para os céus, Umundungazi.*

O rei fez que não ouviu. Mas Zixaxa insistiu para que o outro contemplasse o firmamento, rodando a mão por cima da cabeça. E apenas eu notei uma ponta de vingança no seu sorriso quando declarou:

— *E veja quantas andorinhas ainda cruzam os céus!*

As andorinhas ajudavam Zixaxa a humilhar quem o acabava de trair. Mas eu não tinha contas a fazer com o mundo. Por isso, me deixei ficar vazia, recebendo o salpicar das ondas que se quebravam de encontro à proa. O rio era agora mais largo e mais revolto. Aqui e acolá flutuavam ilhotas feitas de sargaços e sobre elas se empoleiravam elegantes e acrobáticas garças. Talvez eu fosse uma daquelas aves brancas, talvez o nosso barco fosse um sargaço que me conduzia para um desconhecido destino. A embarcação passava rente às pernaltas, que permaneciam imperturbáveis, ocupadas em se equilibrar sobre os instáveis pousos.

De súbito, um dos soldados portugueses inclinou-se todo para fora do barco e, com um golpe de espada, decapitou uma garça mais próxima. A cabeça e o pescoço da ave rodopiaram no ar e tombaram no convés, contorcendo-se à nossa frente como uma agonizante serpente. Um esguicho de sangue salpicou-me o peito. Limpei-me às pressas numa ponta da capulana. E foi Zixaxa que me chamou a atenção:

— *Ficou um fio de sangue tombando da azagaia.*

Demorei a entender que ele se referia ao amuleto que trazia suspenso no colar. Por um tempo aquela gota foi escorrendo pelo meu colo. E era como se eu sangrasse. Depois, uma onda saltou sobre o convés e molhou-me dos pés à cabeça. Era o rio que me lavava. Um marinheiro atirou-me um pano para me enxugar. Limpei-me devagar como se o meu corpo fosse tão extenso como a terra que ficava para trás. Deixei, contudo, que o meu ventre permanecesse encharcado. Dentro de mim um rio nascia. Fora de mim escoava o último dos rios. As duas águas, sem se tocar, se despediam.

Tudo começa sempre com um adeus.

ESTA OBRA FOI COMPOSTA PELA SPRESS EM CASLON PRO E IMPRESSA EM OFSETE
PELA GRÁFICA BARTIRA SOBRE PAPEL PÓLEN SOFT DA SUZANO PAPEL E CELULOSE
PARA A EDITORA SCHWARCZ EM SETEMBRO DE 2016